ハヤカワ文庫 SF
〈SF2430〉

妄想感染体
〔上〕

デイヴィッド・ウェリントン
中原尚哉訳

早川書房
9018

PARADISE-1

by

David Wellington

First published 2023 in the United Kingdom by
Little Brown Book Group LTD
Translated by
Naoya Nakahara
First published 2024 in Japan by
HAYAKAWA PUBLISHING, INC.
This book is published in Japan by
direct arrangement with
BAROR INTERNATIONAL, INC.
Armonk, New York, U.S.A.

読者へ。
二〇〇三年に出したシリーズ物の初長篇以来、
二十年と二十二冊、
手に取ってくれたすべてのみなさんに感謝を！

妄想感染体

〔上〕

登場人物

アレクサンドラ（サシャ）・
　　　　ペトロヴァ……………防衛警察（防警）の警部補
ジャン・レイ……………………………医師
サム・パーカー…………………………旅客輸送船アルテミス号の船長
ラプスカリオン…………………………ロボット
アクタイオン……………………………アルテミス号のＡＩ
エウリュディケ…………………………植民船ペルセポネ号のＡＩ
エカテリーナ・ペトロヴァ……………防警の元局長。サシャの母
ラング……………………………………防警の現局長

1

ガニメデの夜明けはまだ三日先。宇宙服を通して寒さがしみてくる。地上を照らすのは三日月ほどに欠けた木星。茶色とオレンジ色の細い弧（こ）が夜空の定位置にかかる。巨大惑星の影の部分ではときおり雷が光る。その明るさは、百万キロメートル離れた衛星の汚れた氷上に暗く長い影をつくるほどだ。

アレクサンドラ・ペトロヴァは手足に血をかよわせようと肩をまわし、粉雪の上で膝を前後に動かした。セルケト・クレーター居住施設の温かい無循環の空気から遠く離れた稜線（りょうせん）上で、六時間近くじっと伏せている。それでもこの辛抱はもうすぐ報われるはずだ。

「防警（ぼうけい）14（ワン・フォー）、対象を目視」

ささやき声は宇宙服のマイクが拾って衛星へ送信し、クレーターへ中継。管制塔の管制官によって防警第十四管区、すなわち軍事警察である防衛警察ガニメデ中央本部の安全で快適なオフィスに届けられる。

「対象との距離、約三百メートル。北北西へ移動中」

気づかれないようになるべく動かない。稜線の下にいる男は、岩から岩へ慎重に飛び移りながら斜面を下り、狭く複雑な谷にはいっていく。明るい黄色のスキンタイト宇宙服にはフェイスプレートがなく、二眼の黒いゴーグルだけ。ガニメデの労働者は半数がこれだ。安価で補修が容易。死んで倒れても派手な色のおかげで発見回収しやすい。

背中のバーコードによれば宇宙服の名義はマーガレット・ザマ。しかし盗品だ。着ているのは元救急救命士のジェイソン・シュミット。一世紀におよぶガニメデ・コロニー史上最悪の連続殺人事件の容疑者。二十件以上の行方不明事件の証拠がこの男につながっていた。死体はまだ一体も出ていないが、驚くにはあたらない。太陽系でもっとも植民が進んでいるガニメデだが、表面の大半は人跡未踏の茫漠たる氷原だ。死体の隠し場所にはことかかない。

「防警ワン・フォー、ジェイソン・シュミットの逮捕許可を求める。書類は提出しました。逮捕状を出してください」

ワン・フォーが応答した。

『了解、警部補。権限をあたえる方向で審議中。まもなく判断が下る。待機せよ』

状況証拠しかないが、犯人はシュミットでまちがいない。

そうでないと困る。ペトロヴァはこの事案にキャリアをかけている。防警の警部補として広い捜査権限を持つかわり、失敗はできない。この職も階級も縁故主義で得たものだと自分でよくわかっている。そして残念ながら、まわりも知っている。母親のエカテリーナ・ペトロヴァは防警の元局長。つまり家業を継いだかたちだ。警察学校も親の威光で卒業したと思われている。

この事件を解決すれば、たんなる七光りではなく、ふさわしい実力があると証明できる。防警上層部はこのような行方不明事件の捜査に熱心でない。ガニメデの採掘労働者ごときの捜索にリソースを割くのは無駄と、おそらくラング新局長は考えている。それでもシュミットを逮捕すれば、ペトロヴァだけでなくラングの成果にもなる。防警の威信が上がる。ガニメデの市民生活を守っているのは防警だとしめせる。広報における勝利。

とにかくセルケト・クレーターのだれかが逮捕状を承認してくれればいい。簡単なはずだ。なにをぐずぐずしているのか。

「防警、逮捕状がないと動けない。早くして」

『わかっている、警部補。最終確認がまだだ』

眼下のシュミットが岩の上で立ち止まる。周囲を確認するように左右を見ている。気づかれたのか。それとも暗くて迷ったのか。

「了解」

ペトロヴァは一メートルほど前に出た。シュミットを視野にいれておくためだ。どこへ行く気か。氷上のどこかに隠れ家かなにかがあるはずだ。被害者から奪った物品などはそこに隠しているのだろう。尾行調査の段階から、暖かく安全な市内からときに何時間も外へ出ることがわかっていた。好都合だ。屋外のほうが尾行しやすい。混雑した市内では人ごみにまぎれてしまう。

逮捕するのも外のほうがいい。氷上に倒す。できれば生かしたまま。そして防警の隠し拠点に連行して尋問する。腰につけた拳銃に手を伸ばし、弾薬の装塡を調べた。もちろん準備は万端。分解整備も自分でやっている。問題は一つだけ。拳銃の受信部に不愉快な黄色い注意表示がともっていることだ。発砲の許可が出ていない。

「防警、早く許可を。でないと銃がアンロックされない。なぜもたもたしてるの？」

実際には声をひそめる必要はない。ガニメデの大気はないにひとしく、氷上で音はつたわらない。それでもそうする。偏執的な用心が生命線だ。

シュミットがようやく動いた。岩から飛び下り、氷の破片が降り積もったところに着地する。尻もちをついて両手を左右につく。氷に押しつけた手は開いている。銃は持っていない。無防備だ。

『逮捕状は保留中。ラング局長がじかに審査するそうだ。もうしばらく待機』

ペトロヴァはゆっくりと息を吸って吐いた。ラング局長がじかに？　いいことだ。上層部がこちらの仕事ぶりに注目している。とはいえ問題もある。手続きが遅くなり、局長の許可が下りるまで長く待たされる。さらに悪い可能性として、意趣返しで妨害されるかもしれない。

ペトロヴァの母が防警を退任した一年半前、ラングは前任者の娘に甘い顔はしないと表明した。そのラングの承認待ちとなると、氷上で凍え死ぬ覚悟がいるかもしれない。

冗談じゃない。動こう。シュミットが有罪である動かぬ証拠を挙げれば文句は出ない。

深く曲げた脚で地面を蹴った。低重力環境ではすこしだけ飛ぶような感覚になる。血中にアドレナリンが出すぎているかもしれない。かまうものか。両足できれいに着地し、拳にした片手を氷につける。容疑者のすぐ背後。反対の手に握った銃をよどみない動作で突き出す。

「ジェイソン・シュミット、統合地球政府と防警の権限により逮捕する」

シュミットはさっとふりむき、こちらへ走ってきた。予想以上に身軽で足が速い。

同時に通話音声が聞こえてきた。

『こちら防警ワン・フォー……』

シュミットはまっすぐこちらへむかってくる。飛びかかって押し倒すつもりか。ばかめ。至近距離だ。銃を上げてかまえる。真正面。はずしようがない。

『……逮捕許可を審査し……』

シュミットは速度を落とさない。撃つなとも言わない。この距離ではよけられないはず。かわせない。トリガーに力をこめる。こいつが連続殺人犯なら躊躇することは……。

『……却下と決まった。くりかえす。逮捕状は却下』

拳銃の受信部が黄色から赤の点灯に変わった。トリガーが固まって引けなくなる。いくら力をこめても動かない。

『行動を中止してただちに帰隊しろ、警部補。命令だ』

かろうじてかがんでシュミットの体当たりを受けた。あおむけに氷上に倒れ、氷の破片が大量に舞い上がる。息が詰まり、しばらくなにも見えなくなる。起き上がってシュミットのほうに手を伸ばすが、届かない。今度はうつぶせに氷上に倒れる。すぐに体をひねって立ち上がり、フェイスプレートの粉雪を払うが……。

シュミットはもう逃げ去っていた。当然だ。そして捜査の手が伸びていることを知った。

逃亡するだろう。できるだけ遠くへ。ガニメデを去ってよそで新たに連続殺人をはじめるかもしれない。

ペトロヴァは天をあおぎ、無関心な星々を怒りのまなざしで見た。

2

『警部補、さきほどの命令について受信確認を求める。警部補、こちら防警1（ワン・フォー）4。さきほどの命令について……』

粉雪状の氷になかば埋まった拳銃に歩みより、拾って腰にもどす。ガニメデの氷は茶色がかった濃い灰色を呈しているが、表層だけだ。拳銃を拾うと、下から白く反転したシルエットがあらわれた。ブーツの足跡も、ペトロヴァが倒れた場所もそうだ。

そしてジェイソン・シュミットが残した足跡も。

大岩をまわって稜線（りょうせん）のむこうに消えている。黒っぽい氷の上に明瞭（めいりょう）な白い足跡。そちらになにかある。光だ。黒ずんだ氷上に漏れる人工光。設備がある。人目につかないようにしたものが。

隠れ家か。

『警部補、応答しろ』

忍び足で岩をまわりこむと、予想どおりのものが見えた。光の出どころは古い緊急シェルター。鉱脈を探す山師の小屋か。大きな金属製のハッチが氷に突き刺さるように立ち、表示灯がゆっくりと点滅している。なかの地下壕が稼働中であることをしめす統一標識。空気と熱がある。ジェイソン・シュミットは追われるウサギよろしく穴ぐらに逃げこんだわけだ。

踏みこむのは賢明ではない。相手はねぐらにこもり、襲撃にそなえている。しかもこちらの拳銃はロックされている。

『警部補。おい、警部補。こちら防警ワン・フォー。警部補、聞こえているか？』

ハッチに歩みよって表面の大きなボタンを叩いた。むこう側のエアロックから急速な排気音。気圧差が解消されたところではいって外扉を閉める。まもなく内扉が開いた。なかは暗闇。

「追跡中、ワン・フォー。連絡は可能なときに」

通信を切った。要望に応じない声など聞くだけ無駄だ。

内扉のむこうはコンクリート壁の通路。そのまま螺旋の斜路となって氷をうがって下りている。進むと天井や壁の照明設備が点灯し、背後で消灯する。結露が天井から長いつららをつくっている。ガニメデの低重力に引かれて水滴が床に達するまで伸びつづける。

斜路を下りきると広い空間に出た。非常食や古い採掘装備が積まれた倉庫を予想していたら、ちがった。地下壕の主室はがらんとした空間だ。コンクリートの床はしみだらけで湿っているものの、瓦礫（がれき）などは散らばっていない。この広い部屋から各方面へ暗い通路が分岐している。通路というよりトンネルだ。

かなり広い。たんなる非常用の地下壕ではない。もとは採掘施設だったのだろう。すでに廃坑（はいこう）になっている。

なにか聞こえた。はっきりした音がコンクリートの壁と与圧された空気を震わせる。ペトロヴァはしゃがんでじっとした。隠れるところはないものの、侵入したことはまだ気づかれていないだろう。

もの陰で姿勢を低くしていると、トンネルの一つからシュミットが出てきた。宇宙服は腰まで脱ぎ、袖（そで）とフードを尾羽（おばね）のようにたらしている。両腕でかかえた大きな箱を傾けて中身を無造作に床にこぼす。

「帰ってきたぞ」

歌うような口調。まるで留守番のペットを呼ぶようだ。

ばらばらと床に落ちたものを見る。銀色の金属箔（はく）包装されたものがたくさん。どれもカラフルな印刷。おいしそうな食べものの絵だ。ニンジンのピューレ、マッシュルームのシチュー、海藻サラダ。見てすぐわかった。ガニメデに住む者なら見慣れている。ただし絵は嘘だ。中身は生命維持に必要な栄養素だけで、おいしそうな絵とは似ても似つかない。生化学反応槽から押し出された灰色の固形物。遺伝子改造されたバクテリアが砂糖水の水槽で排泄したタンパク質や炭水化物にすぎない。底辺の労働者に給付される最低限の食料。ガニメデ政府は住民を飢えさせないかわりに、ろくなものを食わせない。

「さあ、取りに来い」

シュミットはあいかわらず歌う口調で言う。

踏みこんで逮捕しようと腰を浮かせたとき、トンネルの一つに動くものが見えた。光を浴びてきらめく双眸。ありえないほど薄汚れて毛むくじゃらの人間が、四つんばいに近い姿勢で出てきた。ぼろ布をまとい、顔は汚れて性別も年齢もわからない。シュミットを恐れるように用心深く近づく。言葉は発さず、挨拶めいたつぶやきもない。

「好きなだけ取れ」

シュミットは声をかけて、食品パッケージの山から退がった。

ほかのトンネルでも動きが見え、べつの人間があらわれた。まもなく、あちらからもこちらからも十人以上。いずれも不潔で粗末な身なりだ。銀色のパッケージを束にしてつかむと、横取りを恐れるように急いでトンネルにもどる。そこでパッケージを歯で開け、指でつまみだした食品を食べはじめる。口にはいるぶんとおなじくらいに肌や髭にくっついているが、おかまいなしだ。数日ぶりに飢えを満たしたような食べ方。極上の美食のように顔をほころばせている。

　これはいったいどういうことか。真相をあきらかにするときだ。

　しゃがんだ場所から立ち上がり、大声で命じる。

「シュミット、両手を見えるところに出しなさい」

　男はたじろいだ。今回は闘牛のように突進してこない。

「ジェイソン・シュミット、逮捕します。壁まで退がって。壁にむいて」

　本人は首を振る。両手をまえに出しているのは、上にかかげて武器を持たないことをしめすためではなく、懇願するためだ。膝をついて慈悲をこいそうだ。

　ペトロヴァが求めているのは真相だ。ここでなにがおこなわれているのか。

「そこのあなた」不潔な人間の一人を呼んだ。三本目の食料を忙しく食べている。「この男に監禁されているの？　救助を求める？」

　髭だらけで男性とおぼしい被害者は、ペトロヴァの存在に初めて気づいたように顔を上げた。パッケージを落としてふらふらと近づいてくる。両手の指を曲げて空中をあてもなく掻く。ペトロヴァは思わずあとずさった。男は口を開くが、言葉は出ない。音節だけ。

意味はともなわない。

ペトロヴァはさらに尋ねた。

「保護を求める？　救助してほしい？」

「そんなものは求めないさ」

言ったのはシュミットだ。さっと拳銃をむけると口をつぐみ、両手を空中に上げた。

被害者はさらに近づいて、ペトロヴァの腕をつかんだ。振り払うと、今度はヘルメットをつかむ。側面についたライト部分を握られた。口を大きくあけ、唾を派手に飛ばしながら荒っぽい摩擦音を発する。

突き放さなくては。振り払わなくては。

べつの人間が蛇のような噴気音を発した。ほかの被害者たちも音の断片を発している。言葉にならない発声。

ペトロヴァはシュミットに訊いた。

「どういうこと？　この人たちになにをしたの？」

これが行方不明になった人々なのだろうか。シュミットに殺されたのだと思いこんでいたが、こうして生きて監禁されているのだとしたら……。

全員がこちらににじり寄る。近づきながら手を動かす。空中を引っかく。顔をゆがめた奇妙な表情はなにを訴えているのか。発するのは意味不明な音節ばかり。

……フー！　……クー！　……ラー！

手を伸ばしてくる。腕や脚をつかむ。ペトロヴァは振り払いながらあとずさる。いずれも力は強くない。そばから見ると垢の下は病的にやつれている。それでも数が多い。

「退がりなさい……退がれ！　防警よ！」

「聞こえていない」

シュミットが大声で言う。

そうだ、そっちを忘れていた。手を伸ばしてにじり寄る人々を追い払うのに忙しく、シュミットを見張っていなかった。見まわすと、地上へ出る斜路のほうへじりじりと退がっている。両手を上げつつ逃げようとしている。

被害者の一人がうなって、ペトロヴァの宇宙服の背中を拳で弱々しく叩いた。犬が鳴くような声をたてる。

ペトロヴァは押し返した。不必要に強く押してしまった。自分が怖がっているのを感じる。このあわれな人々を怖がっている。冷静にならなくては。

状況を正常化する。そのためにまずなにをすべきか。

シュミットが斜路へ逃げはじめた。すぐに追い、拳銃のグリップで背中を殴りつけた。

「伏せなさい。うつぶせになっておとなしく。くそったれ」

もう一度殴るとようやく倒れた。

「なにをした？」詰問する。起きようとするのをまた殴る。「いったいなにをしたの？」

シュミットは床で体をまわしてあおむけになり、両手で顔をおおった。泣いている。

いったいどうしたのか。

腰のポーチからスマートカフを出す。シュミットの首根っこをつかみ、コンクリートの壁に顔を押しつけて、プラスチック部分をその手首に押しつける。スマートカフが作動し、生き物のように手首と指に巻きついて固定した。シュミットは抵抗しない。しっかりと目を閉じ、小声でうめく。

「ありがとう。ああ、ほっとした」

「いったいどういうこと？」

「終わった。やっと終わった」

「この人たちになにをしたの？　どうしてこうなった？」

「急性失語症だ。これは……これは……」

「言葉を話せないのはわかるわ。こうなったのはなぜ？　いったい……なにをしたの？」

「わたしが救い出したんだ」

シュミットは泣き声で答えた。

理解できずにその後頭部を見る。どうなっているのかまったくわからない。手にした拳銃を見ると、表示は黄色のまま。やれやれ。

「洗いざらい話しなさい。それからどうするか決める」

3

シュミットは表情を失った。あらゆる希望をなくし、あきらめてうなずく。

「いっしょに……来てくれ。見せたいものがある」

ひとまず立たせた。

「応援が来るまではこの場にとどまるわよ」

ペトロヴァはそう言って、斜路のほうを見た。その手前では半裸の不潔な人間たちがふたたび食品パッケージをあけてむさぼるように食べている。夢中で、ペトロヴァにもシュミットにも無関心。

眉をひそめ、どうするか考えた。答えを引き出さなくては。

「なにが起きたのか説明しなさい。詳しく、この場で」

今度はすなおに応じた。話しはじめると、患者の医学的状態を報告するのに慣れた職業的な口調になる。

「最初はネルガル・クレーター居住施設だった。ここから二百キロメートルほど。症例はまず一件。高齢男性。いま説明した失語症があった。どの医師が診ても原因不明。障害も疾病もない。健康体。ただし話せない。それどころか意思疎通がまったくできない」

「どういうこと?」

「なにもできないんだ。通常は、たとえ重度の失語症患者で話せなくても、ほかの手段がある。たいていは読み書きできるし、すくなくとも身ぶり手ぶりや表情であらわすことはできる。話を聞いて理解できているとわかる。苦痛があれば泣いたり顔をしかめたりする。ところがこの患者は、なにを訴えているかわからない」

シュミットは悲しげに首を振った。

「手で顔をしめしてなにかの表情をつくるのに、なにをつたえたいのかわからない」

「それは一人の患者の話ね。ここには二十人近くいる」

シュミットはうなずいた。

「そうだ。二人目の患者は十代の女性だった。これで医師は懸念を深めた。高齢者ならさまざまな神経疾患がありうるが、若者はまれだ。次の例は家族全員。感染性の疾患を疑ったが、病原体はみつからず、依然として原因不明。まもなくそんな患者で病棟がいっぱいに……。そのあたりで状況が変わった。医師たちは治療不能とみなした。どんな治療も効かない」

シュミットは鼻を鳴らしていらだちを表現した。

「特別医療施設にこれらの患者を送りこみはじめた。それはどういう意味か。もはや患者とみなさないということだ。さまざまな検査にかけた。できる検査がなくなると……ついに解剖しはじめた」

シュミットは苦悩で顔をゆがませた。真実を話しているとわかる。

「見て見ぬふりをできなかった」

「だから患者たちを病院から連れ出して……ここに隠したと？」

「そうだ。守るために」

「そして……」

「食べさせていたんだ！　とにかく生きられるように。それしかできなかった。あのまま……見殺しには……」目をあけてペトロヴァを見る。「彼らはこれからどうなる？」

「わたしが決めることじゃないわ」

それでもシュミットはじっと見つめる。安心できる言葉を聞きたいのだろう。できるならそうしてやりたい。やがてシュミットは黙ってうなずいた。できることはないとあきらめたようだ。

「もう見るのがつらい」顔をそむけ、かわりに螺旋の斜路を見上げた。「頼む。上に部屋がある。そこで応援の到着を待てる。そこへ行くのはどうだ？」

すっかり負け犬の顔になっている。逃亡する気力もなさそうだ。それでも念には念をいれることにした。シュミットのスキンタイト宇宙服を足首まで引き下ろし、足を抜けと合図した。宇宙服なしでは逃げようがない。エアロックから出たとたんに死ぬ。

うなずいて斜路をしめした。

「先に行って」

階段を登りきった踊り場のそばのドアをシュミットはしめした。室内から奇妙な光が漏れている。

「ここにいなさい」

心配いらないだろう。シュミットは床にすわりこみ、かかえた膝に頭をのせた。落胆してなにをする気力も失ったようだ。

ペトロヴァはドアに歩みよって開閉パッドを叩く。あっさりスライドして開いた。室内にたいしたものはない。片隅にコンピュータ機材のようなものが積まれ、隣に不安定なホロ映像が投影されている。光で描かれた少年の立体像。床にすわり、かかえた膝に顔を隠している。ホロ映像の赤みがかった光のほかは室内は真っ暗だ。

「これはなに？」

ペトロヴァはシュミットに訊いた。ハッチをくぐって室内にはいったことをおぼろげに意識する。

「古いAIコアだよ。話してみるといい」

「これと？」

室内のようすに神経をむけていてよく聞いていなかった。

小さなホロ映像の少年は体を起こして立とうとしている。発する光は暗い赤に変わった。なにを意味するのか。

そうやってシュミットから目を離していた。失敗だった。いきなりドアを閉じられ、自動的にロックがかかった。

「あ、なにを！」

拳銃を取り落としてドアに駆けより、両手で開閉パッドを叩いた。しかし無駄だ。内側からは開かないようになっている。ドアを拳で何度も叩く。

「シュミット！　シュミット！」

くりかえし叩いても返事はない。やられた。大ポカだ。初歩的なミス。これだけ訓練を積み、仕事のあらゆることを学んできたのに……警部補たる者が絶対にやってはならないことをやってしまった。容疑者を侮ってしまった。

――タフでなくてはいけない。この仕事はね、サシェンカ。あなたはタフじゃない――母から百回くらい言われた。この仕事の先輩であり、教科書を書いたにひとしい人物だ。だからそのとおりなのだろう。そう思うと気分が落ちこむ。

しかし負のスパイラルにはいっているひまはない。背後で物音が聞こえた。紙がこすれるような物音……いや、声だ。こちらにささやいている。

全身の筋肉がこわばった。

またささやいた。低い小声。聞きとれない。でもうしろの少年にちがいない。ホロ映像だ。それが話しかけてくる。赤い光が室内に長い影を落とす。

「どうしたの?」

ささやき声が気になる。なにか話している。耳をすませばわかりそうだ。ふりむいて少年のようすを見たい。見れば言っていることがわかるだろう。

しかし自分のなかにべつの声がある。母だ。失態を叱りつつ、今度は警告する。

――見てはだめよ、愚かな小娘。振り返ったら負け――

ささやき声はなおも続く。言葉を聞きとれそうだ。振り返って、その唇を見れば……。

見たい衝動をがまんできない。がまんする必要がわからない。そう感じる原因は自分のなかにある。どういうことか。

いつのまにか呼吸が荒くなる。

目を固く閉じていた。それをゆっくり、慎重に開いた。そろそろと首をまわす。少年に顔をむける。見たら部屋の隅から目を離せなくなるとわかっている。それでも見ないわけにいかない。

――見てはだめよ、サシェンカ。ここは強くならなくてはいけない――

見るべきでない。見てはいけない。見ると最悪の事態を招く。具体的には想像もできないが、とにかく終わりになる。

見てはいけない。

見てはいけない。

見ずにいられない。

ささやき声が離れない。

こらえきれずに泣きそうになる。全身で抵抗する。惹きつけられる。抵抗をやめたらどんなに楽だろう。苦しみも怖さもすべて解消する。ふりむきさえすれば。

うしろに

むいて

見た。

体ごとむきなおって少年のほうへ行こうとして……。

止まった。足もとになにかある。色だ。室内全体が血のような赤で染まるなかで、床のそこだけが、明るい緑色に輝いている。承認の緑。

光っているのは拳銃の受信部だ。さきほど床に落としたままころがっている。防警第十四管区のだれかが銃器使用許可をようやく出したのだ。

両手で拾い上げる。目を閉じてむきなおり、古いＡＩコアを撃った。何度もトリガーを引く。やがて……ようやく、ささやき声は消えた。

頭がはっきりしてきた。ドアに駆けよると、まだロックされているものの、ブーツですばやく何度か蹴ると開いた。

通路に出て凝視する。なにが起きたのか、これからなにが起きるのか。とにかく……とにかく……。

立ち止まって考えてはいけない。大声で呼ぶ。

「シュミット！　シュミット、いっしょに来なさい。対応を考えましょう。そして――」

背後にいた。茫然とし、混乱して、古典的な罠にはまった。低い姿勢から長く重いレンチが脇腹へ打ちこまれる。この宇宙服でもっとも脆弱な部位だ。打撃の苦痛で息が止まり、床に倒れる。なんとかふりむいて反撃の姿勢をとる。

「殺したな、殺したな、殺した……殺した……」

シュミットは言いながら泣いている。低重力のせいで目にたまって流れない。ゆっくりと頬にあふれ出る。言葉をたんなる苦悩の叫びに変え、ふたたびレンチを振り上げる。

「やめて」

ペトロヴァは懇願（こんがん）する口調になった。襲われたら防衛せざるをえない。

「武器を捨てなさい！」

捨てない。止まらない。声をあげて迫ってくる。ヘルメットを叩き割ろうと狙っている。

だから撃った。

4

だれかがレモン味の白湯（さゆ）を持ってきてくれた。こんなささやかな親切にもペトロヴァは涙がにじんだ。脳をつつむ皮膜が剝（む）けたように感じやすくなっている。なにか起きるたびに驚いて身を縮める。

応援は来た。廃坑（はいこう）の主室が人で埋まり、身動きがとれないほどになった。ペトロヴァは螺旋（らせん）の斜路（しゃろ）の脇にころがった箱の上にすわった。なるべく地上に近く、じゃまにならないところにいるようにした。

いったん地下壕（ちかごう）から出て地表に上がったときに連絡をいれた。ジェイソン・シュミットの死と地下壕でおこなわれていたことを報告した。防警の対応はすばやかった。

防警第十四管区から鑑識（かんしき）官と分析官が多数出張ってきた。天井の結露（けつろ）から坑道の仮設トイレまであらゆるサンプルを採取する。シュミットの遺体も念入りに撮影する。

コンピュータ担当チームは破壊されたAIコアを分解、搬出（はんしゅつ）した。ペトロヴァは搬出される機材から目をそむけた。

耐咬傷性の厚手の防護服をつけた屈強なチームが、シュミットの被害者たちをトンネルの一つに集めた。そこでなにがおこなわれたのかは見ていない。

捜査員からはひたすら質問された。おなじ質問ばかりで事実関係のみ。新情報や自分なりの考察を話そうとしてもさえぎられる。求められるのは時系列だけ。

訊きたいことはたくさんあるが、だれもなにも教えてくれない。上級幹部の到着を待てと言うばかり。何時間たっても対応は変わらない。幹部を待て。それまでやることはない。

驚きではなかった。防警は大衆の秘密をせっせとあばく一方で、みずからの秘密はかたくなに守る。母の局長時代に組織は内むきの傾向を強め、外部から隔絶されて猜疑心が強くなった。エカテリーナ・ペトロヴァは規律引き締めのために定期的に幹部を粛清した。新局長になって緩和されたとはいえ、前例踏襲、規則遵守の傾向はまだ強い。

そんなわけで、暖かいところにもどってシャワーを浴びたいと思いながらも、すわってひたすら待った。しばらくすると捜査員からの質問のくりかえしが終わり、待機だけになった。

数時間後、地下壕の入口が騒がしくなり、だれもが退がって道を空けはじめた。地下壕にだれかがやってきた。

ラング局長のお出ましだ。

新局長本人が。ペトロヴァの母の後任。簒奪者という陰口も。

そんなラングがなにをしにきたのか。彼女の執務室は地球の月にある。たまたま近くにいて、気まぐれに現場を視察に訪れたのか。こんな要人がわざわざ犯罪現場を見るために土星行きの高速便に乗るとは思えない。

それでも現にここにいる。

局長の手が首のリングに伸びてヘルメットのラッチをはずした。ヘルメットは多数の部品に分かれて宇宙服の後部に引きこまれた。ラングはにおいをかぐように坑道の空気を深く吸う。表情からすると気にいらなかったらしい。

年齢は六十歳前後で、銀色の短髪。アーマー付きの宇宙服姿はまるで冷酷な目をした古代の戦いの女王、ブーディカのようだ。まっすぐペトロヴァのまえに来て、背すじを伸ばして立った。

「負傷はあるか、警部補。体に」

局長は訊いた。省略の多い貴族的なイギリス発音。ガニメデで聞くのはめずらしい。

ペトロヴァはすわっていた箱から下りた。冷えきったコンクリートの床に素足で立つことになるが、しかたない。

「たいしたことはありません、局長。打撲であざが一つ、二つ。危険はありましたが、防衛して——」

ラング局長に頬を張られた。アーマー付き宇宙服の頑丈なグローブの衝撃で歯がぐらつく。

「許可なく危険な場所にはいった。不服従に相当する。わたしの権限で軍法会議にかけてもいいのだぞ」

茫然としながらまた直立不動になった。新たな懲罰の口実にされたくない。

「局長、この容疑者は……シュミットは……」

「参考人だ」

「は……はい。現在捜査中のこの参考人は、未解決の行方不明事案の多くにかかわったと考えられます。尾行してここを突きとめました。数週間前から調べていました」

「防警は一年近くまえからジェイソン・シュミットを泳がせていた」

理解できず、顔をしかめる。

「正式な捜査ファイルはありませんでした。なにも聞きませんでした。手を引けとも言われていません」

「許可を保留されたはずだ。それでわからないのか。防警史上もっとも複雑な捜査の一つが進行中だからじゃまするなと、はっきり言われないとだめなのか？　みごとにだいなしにしてくれたな」

　ペトロヴァはうつむいた。一年……近く。そうラングは言った。ではシュミットが犯罪をくりかえすようになった初期から防警は目をつけていたことになる。これだけの人数を拉致監禁するのを看過したのか。被害者の居どころを最初からつかんでいたのか。

「取り押さえる必要がありました。普通の犯罪者ではありません」

　ラングは顎を突き出し、頭をのけぞらせた。もう一度平手打ちしたいのをかろうじてこらえているようすだ。

「命令の是非について議論はしない。馘にならずに幸運だと思え」

　話を打ち切り、歩き去ろうとするように背をむけた。ペトロヴァは先手を打った。

「銃の発砲許可が出されました。つまり、行動を監視されていました。この地下壕にはいったあともずっと」

「そうだ。だれかが許可を出した。わたしではない」

　ペトロヴァはきょとんとした。

「では、だれが……」

　思わず尋ねてから、返事を聞くまえに答えを理解した。

「組織の一部にまだきみの母を英雄視する人々がいる。エカテリーナ・ペトロヴァのやることにまちがいはないと信じている。その娘が撃ちたいなら、撃つべき正当な理由があるとみなしてしまう」

「局長、特別扱いを求めたことなど――」

「きみ自身が求めなくとも――」ラングは顔を上げて室内を見まわした。「――母親がさまざまな特権をあたえる。機会、任命、推薦をしかるべき人々に耳打ちする……。それでもこの失態だがな」

「局長」

「縁故主義は防警の桎梏となる。廃すべきだとわかるだろう。宇宙で、とりわけ外惑星では、人々は防警が頼りだ。秩序を守れるのはわれわれしかいない。きみの職務にふさわしい部下はいくらでもいる。堅実な仕事ができる。ゆえにきみを解任する」

ペトロヴァは体がかっと熱くなった。唇を湿らせ、なにか言いたい。反論したい。胸の内を大声で主張したい。それをかろうじてこらえた。母が娘になにをつたえたか、なにを残したか、知らないくせにと叫びたかった。

しかしふさわしい場面ではない。

「はい、局長。わかりました」

「新しい任務を命じる。これでしばらく顔を見なくてすむようになる」

「どんな任務を？」

「母親のようすを見てこい。新生活になじんでいるかどうか」

ペトロヴァはきょとんとした。

「母を、ですか？ 生活ぶりの確認を？」首を振った。わけがわからない。「もう隠居しています。新規植民星のパラダイス－1に移住しました。ここから百光年で……ああ、なるほど」

やっとわかった。はるばるパラダイス－1へ行くには数カ月かかる。そのあいだにラングは職場を掃除する。エカテリーナの旧臣を組織から一掃するわけだ。

「たんなるいやがらせではない。実際の用もある。パラダイス－1は安全保障分野の分析報告が長らくなかった。コロニーが安定して生産的であることを確認するのに警部補を派遣したかった。きみは適任だ」

「はい、局長」

ほかに返事のしようがない。

噂もあった。エカテリーナの引退はみずからの意思によるのではなく、ラングによる穏便な無血クーデターというものだ。敵がいたのは事実だ。その連中が見たがる結末は円満な引退ではなく、投獄や処刑だ。遠方のコロニーへの移住とは、流刑の謂だったわけだ。

そして娘も同地へ流される。

ラング局長は話を終え、また地下壕での用事も終えて、背をむけて去りはじめた。ペトロヴァは頭を下げて見送るべきだった。用ずみの者として消えるべきだった。しかしこらえきれなかった。尋ねずにいられなかった。

「ここの人々になにが起きたんですか？」

ラングはわずかに顔を横にむけ、肩ごしにペトロヴァを見た。

「なんのことかな」

「ここの……人々です。シュミットが病院から連れ去った患者たち。ひどい環境で監禁し、その結果……彼らは……」

「本件については詳細な報告を受けている。そのような人々は存在しないし、これまで存在しなかった。いいな？」

ペトロヴァは被害者たちが閉じこめられていた暗いトンネルを見た。しばらくまえから物音一つ聞こえない。全身の血が凍った。

「はい、局長」

5

ジャン・レイは目を閉じた。

ふたたび開くと、長い階段を下りていた。手すりのない階段。暗くてなにも見えない。それでも階段が死体だらけだとわかる。実際には骨だ。肉は腐り、皮はなくなり、服はぼろ切れ。骨だけが残っている。

暗い。とても暗い。転落しそうで怖い。つまずいたら骨の上に倒れてしまう。つかまるところはない。横むきになって片足で下の段をさぐる。そろそろとつま先を伸ばす。胸骨（きょうこつ）をどかし、肋骨（ろっこつ）を何本か押しのけて平らなところをつくり、足をおく。一歩を終えて安心する。

それから反対の足も下ろす。なにも踏まないように慎重に。体重を移しても無事とわかって一息つく。そして次の一歩。

すると……つま先が頭骨（とうこつ）の曲面ですべり、前のめりになる。なにかにつかまろうと両手を出す。片手がつかんだのは大腿骨。悲鳴をあげて放り出す。反対の手は宙を切る。たちまち姿勢が傾く。骨だらけの階段が顔に迫る。まわりで骨がはじけ飛ぶ。砕けた鋭い破片が埃といっしょになだれ落ちる。なにもできない……。

目を閉じる。

ふたたび開く。それだけでべつの場所にいた。一人で列車に乗り、うたた寝している。上空には木星。細く欠けたようすが鎌の刃を思わせる。あるいは呪いか。

しだいに自分をとりもどす。

だんだんと場所を思い出す。ガニメデ。いるべき場所だ。

目と額をこすり、頭から夢を追い出す。ときどきこの悪夢をみる。一日じゅう脳裏から離れないこともある。

たしかな現実に集中する。明白なことだけに。

列車は磁気浮上式で、走るというよりすべっていく。灰色の氷と茶色い粉雪の風景の上を川のように流れる。明るい楕円に見える浅いクレーターがあちこちにある。よどんだ池の波紋のようだ。

車内には一人。人に見られずにすむという点では都合がいい。

しかし、このまま自分がおかしくなったらと思うと不安だ。

心臓が胸をはげしく叩いている。このまま死ぬのか。ひとまず落ち着こう。落ち着いて考える。医者なのだ。心臓発作と不安障害のちがいはわかる。

小さな針が手首に刺さる。ちくりとして声を漏らし、血流に化学物質が流れこんでほっとする。頻脈を落ち着かせ、血圧を安全圏まで下げる薬。

左手首をおおった金色の手甲型デバイスを見る。細い金の触手が皮膚の上を這っている。手首にしっかり巻きついた触手の一本が離れ、静脈の二カ所に小さな血痕が残る。まるで蛇の咬傷。薬を投与したのはこの装置だ。本人の許可は求めず、薬剤の種類も通知しない。患者本人からの拒否や変更は受けいれないものとしてつくられ、設定されている。

患者として信用されない理由は身に覚えがある。

火星のホテルでひどい一夜をすごしたことがある。室内から鍵をかけて閉じこもり、最後はドアを破って救助された。室内の破損と汚損は弁償が必要で、ジャン自身も数時間にわたる手術を受けた。その負傷は治った。原因はなにかと問われ、心理的に荒れていたと答えた。診察した医師は、精神的破綻という表現を使った。

いまはよくなった。医者だから自分で診断できる。回復した。回復するはずだ。

毎朝、階段の夢から目覚めるたびにおなじことを自分に言う。毎晩、眠って夢をみるまえに言う。言い聞かせることで多少なりと夢に耐えやすくなる。

回復した。回復するはずだ。

頭をからにしたほうがいい。こういう考えが頭のなかをぐるぐるまわっていると不安がつのり、ほんとうの医学的障害が起きてしまう。席を立ち、先頭車両へ移動した。大きな一枚窓がある。灰茶色の雪が前方に見渡すかぎり広がっている。薄いシャボン玉のようなものが前方にある。数キロメートル先。目的地の宇宙港だ。いまにも割れそうに見える。そのてっぺんに鳥のようにのっているのが高速宇宙船。なめらかな曲線ととがった先端。船名はアルテミス号。しばらくあれに乗る。太陽系から出るのは自分の症状のためにいいかもしれない。

席にすわって薬がまわるのを待った。すでに気分は落ち着き、心拍数は下がっている。よし。これでいい。

吸って、吐く。いい空気を吸い、悪い空気を吐く。目を閉じる。突然、記憶が矢のように頭を駆けはじめる。

タイタンにいる。地下のトンネルのなか。通路を走っている。息を切らし、恐怖にかられて叫ぶ。

「ホリー！　ホリー、たいへんなことになったよ」

医療区へのエアロックのハンドルをつかむ。しかしロックされている。

どういうことだ。なぜ自分の病院にはいれないのか。

ホリーがドアまで来てガラスごしにこちらを見る。

「ホリー」苦笑しながら呼ぶ。「いれてくれ。出るときに自分でロックしちゃったみたいだ」

彼女の口が震えている。泣きだす寸前のようだ。顔が赤くなっている。真っ赤だ。唇の色も失われている。赤扼(せきやく)病の初期症状。

ガラスに両手をおいて言う。

「ホリー、落ち着いて」

涙でかすんでその姿がよく見えない。ホリーは息をしていない。唇は青黒くなり、チアノーゼが出ている。目は曇り、皮膚は溶けて顔から落ちる。湯気をたてるどろどろの原形質になって流れ落ちる。その下から黄色い頭骨が……。

目を開いた。まわりを見る。列車の車内。窓の外にはガニメデの氷原。すべてが鳴っている。ベルが鳴るように周囲のすべてがびりびりと振動している。やがて、振動させているのは自分の声だと気づいた。耳のなかでもこだましている。

悲鳴だ。雷鳴のように反響する。
金色の針が手首に刺される。何度も、何度も。

6

数分後に列車は宇宙港の下の駅にすべりこんだ。

静かにドアが開くと、彼が下車するより先にだれかが乗りこんできて、席の横に立った。

「あなたがジャン・レイ？」

「そうだけど」

顔を上げずに答えた。

女は視界にはいるように正面にまわりこんだ。背は低い。いかにも高重力の地球で育ったらしい外見。地球人は健康的な雰囲気ですぐわかる。新鮮な空気と日光がはぐくむ強さと活気にあふれている。ジャンのような外惑星出身者からするとそこが不自然だ。人間はもっと長身で痩せ細り、肌は青白く、目の下に隈があるべきだと経験的に思う。地球出身者はコミックの登場人物のように見える。

「アレクサンドラ・ペトロヴァ警部補よ。サシャでいいわ。みんなそう呼ぶ」

握手の手が出される。

「ああ、悪いけど、他人にはできるだけふれないようにしているんだ」

「そう……」

サシャ——あるいはペトロヴァはにこやかに微笑んだ。まるでおもしろい冗談を聞いたかのようだ。そんなことを言ったつもりはないが。

「……あなたは医学の専門家で、たしかコロニー医学ね。健全な細菌恐怖症は仕事の役に立つでしょうね」

「そうかな」

まるで配線に不具合のある照明器具のように相手の微笑みがあらわれたり消えたりする。これはいい印象をあたえていない証拠だ。

「失礼」軽く押しのけるように立ち、宇宙港の入口へ足をむけた。「話の途中だけど、乗る便があるんだ」

ペトロヴァは笑顔でついてきた。傾斜した長い通路をいっしょに歩いていく。

「それは……知ってるわ。防警の者だから。この軍服でわかってもらえると思うけど。ご心配なく。あなたを逮捕しにきたのではないから」

笑ったのは冗談めかしたのだろう。しかし逮捕という言葉はジャンの不安をよけいに強めた。

「それはよかった。僕がアルテミス号に乗ったかどうか確認するために派遣されたのかな。もちろん乗るつもりだよ。こんなふうに邪魔されなければね」

ペトロヴァの笑みはまたしぼんだ。

「わたしも……その船に乗るのよ」

「なるほど。じゃあ、きみが新しい監視役か」

「ドクター……」

「では手間をはぶこう。一日ずっと監視しなくてもいいように、このあとの予定を話しておくよ。命令にはすなおにしたがう。指定の宇宙船に乗り、寝台を確認し、荷ほどきをする。約二時間後には冷凍睡眠チューブにいれられて、三カ月間眠る。そのまえにマスターベーションをすませておいたほうがいいだろうね。便通があったら袋にいれておくから、検査してもらってかまわないよ」

ペトロヴァの表情が消えた。とても硬い顔だ。まずいことを言ってしまったらしい。ときどき失敗する。

ペトロヴァは説明した。

「わたしの仕事はあなたの監視ではないの。任務は……戦略的分析。パラダイス－1のコロニーの治安状況を評価報告する。これから六ヵ月あまりは業務で協力することになるはずよ。つまり監視役ではなく同僚。だから自己紹介しているの」

「きみの名前はペトロヴァ。僕はジャンだ。これでいいね。自己紹介終わり」

ジャンは足を速めて先に出発ラウンジにはいった。なるべくかかわりたくなかった。

7

サム・パーカーは船の飛行前点検で忙しく、ラウンジに乗客がはいってきたことに気づかなかった。アルテミス号はなめらかな空力形状の旅客輸送船で、すばらしい速度で銀河の果てまで飛べる。パイロット歴十年でこれほどの高性能船をまかされたのは初めてだ。

今回この仕事がまわってきた理由は、じつはよくわからなかった。

パーカーには夢があった。テストパイロットだ。宇宙船を限界性能で飛ばす命がけの仕事がしたかった。そのためには軍で認められなくてはいけない。だから十八歳ですぐに防警にはいった。ところがそこから苦労した。生まれ育った場所が太陽から遠すぎ、低重力の衛星や居住施設で育ったせいで、極端に痩せて背が高い。最新の宇宙戦闘機のコクピットに体がおさまらないと懸念された。

しかし最終的に夢をついえさせたのは長すぎる手足ではなかった。プライドだ。

飛行教官から、コルセア級戦闘機の高速機動によるGにおまえの骨格は耐えきれないだろうと揶揄された。そこで拳の強さをしめそうとした。結果的に教官の骨は鉄のようだった。サムの渾身の拳に、渾身の拳が返された。

いまでも湿度の高い場所へ行くと、殴られた顎の骨が痛む。

それでもいまは反抗的な笑みを浮かべている。教官から落第点をもらって防警で飛べなくなったあとも、宇宙船さえ操縦できれば仕事を選ばずにやった。海王星軌道での建設資材輸送や、深宇宙へのゴミ捨て。火星軌道でVIPを乗せるシャトルも飛ばした。そんな苦節十年をへて、ついに……。

出発ラウンジの中央にはアルテミス号のホロ模型が浮かんでいる。何度見ても美しい。高速で大出力。まるでサメだ。優雅な曲線が集まる先端にブリッジがある。猛禽類のくちばしに似ている。ほんとうはいま核融合炉の遮蔽を点検していなくてはいけないのだが、思わずなめらかな側面に形状に手をすべらせた。

この縮尺模型は最新のホロ映像で、固体光が使われている。見えているのはあくまで光だ。空間で回折したレーザー光。これだけなら手を出してもさわれない。しかしこのホロ映像は手を押し返す。ここには船の人工重力とおなじ技術が使われている。単純なフィードバックになっていて、ホロ映像を生成しているコンピュータが手の位置とあるはずの感触を予測する。そして適度な抵抗感で押し返す。

通常は軍事施設でしかお目にかかれない技術だ。民間の宇宙港にあっていいものではない。このホロ映像を生成するのに、パーカーのむこう六カ月分の給与以上のコストがかかっているはずだ。そう思うとなおさらいい感触だ。

　ようやくここまで来たと思った。世間に認められた。自分は優秀なパイロットだと信じていたが、権力者にもそれがわかりはじめたのだろう。とはいえ、やるべき仕事は多くない。最新鋭船で最高性能のＡＩが載っており、ほとんどの操縦はそれがこなす。人間のパイロットが手を出すのは非常時やＡＩが対応できない状況だけ。そんな場合はめったにない。それでもいい。だれかが自分を信頼し、この人事を承認したのだ。

「かっこいい宇宙船ね」

　かたわらから女性の声がした。

「そう思うかい？　じつはこれの実物のキーを持ってるんだけど、なんなら乗せてあげても……」

　満面の笑みで、話しかけてきた相手に顔をむけた。アルテミス号の乗客名簿は飛行前点検で最初に目を通していたが、名前まで見ていなかった。この女性は防警の軍人。そこまでは知っている。隣にむきなおって……。

　失敗したと気づいた。名前を確認しておくべきだった。そうすればここで驚愕の表情を見せずにすんだだろう。

「サム――」

相手が言った。かつて好ましく聞いた声。さらに好ましく見た顔。しかしまばたきして、急によそゆきの表情にもどった。

「――いえ、パーカー船長。ごめんなさい。その、思いがけなかったので」首を振る。愛想笑いはくずさず、片手で軍服の裾（すそ）をなおす。「予想外だったわ」

「ペトロヴァ……いや、ペトロヴァ警部補。がっかりされたのでなければいいけど」

パーカーの笑顔はつくりなおすひまがなかった。ただし維持するのに努力が必要だ。どうしてそんなによそよそしい態度なのか。

さしだされた手を握る。しっかりと握手。手は乾いて冷たい。なぜだ。

まえは――昔といっていいほどまえだが――こうではなかった。会えば握手ではなく熱いキスをかわしていた。

人は変わるものだ。話すのは……六年ぶりか。最後は短いテキストメッセージだった。最近は顔も思い出さなかった。

よかった。元気そうじゃないか。会話を途切れさせないために言った。

「ひさしぶりだ」

目を見る。そこになにかを……探してしまう。

「そうね」

「こんな……」ペトロヴァは苦笑する。「……こんな場合のエチケットは難しいわね」

「たしかにそうだ。でもじつは俺にはときどきあることなんだ」

パーカーの笑みは維持していたが、内心では消えはじめていた。

出会ったのは人生最悪の日だった。防警飛行学校から追い出された日。ペトロヴァにとっては防警大学を卒業した日。お祝いで浮かれ気分の女と、絶たれた夢を忘れようとしている男。デートをしたとはいえない。デートとは話しこんだり、食事やダンスに出かけたりするものだ。二人は宇宙港のホテルでろくに食事もとらずにまる一週間こもった。

そのあとは……それぞれの道を歩んだ。連絡をとりあおうとはもちろん約束していた。何度かテキストメッセージを送った。彼女は最初の勤務地での軍服姿の写真を送ってきた。返信を忘れ、そのまま数年。

そこへこの状況だ。新しい船に昔の恋人。

無理に話題を変えた。

「まもなく出発だぞ。次の停車駅はパラダイス－1！　快適な旅になるだろう。なにしろほとんどの時間は冷凍睡眠中だ！　乗るのは三人だけ。もう一人の乗客には会ったかい?」窓ぎわにぽつんとすわる男を肩ごしに目でしめした。「乗客リストによると医者かなにからしい」

ペトロヴァも硬い表情をゆるめた。やはり気づまりだったようだ。うなずいて答える。

「ジャン・レイね。会ってきたわ。優秀な人物のはず……だけど、前任地について調べてもなにも出てこなかった」

「俺は乗客リストしか見てない。でもちょっと引っかかるところがある。なんのためのミッションか。人間の医者を遠くパラダイス-1まで運ぶのは安くない。むこうでなにが起きてるのか……」

「どういうこと?」

「つまり……疫病が蔓延しているとか、そんな状況に放りこまれやしないかと心配してるんだ」

「疫病なんて」ペトロヴァは笑った。「その心配は無用よ。パラダイス-1はなにも問題ない。ドクター・ジャンもわたしも秘密の任務などおびていない。むしろ、いわゆる〝へっぽこ小隊〟なのよ」

パーカーは口を半開きにして返事に詰まった。気をとりなおして相手を見る。冗談を言っているのではないようだ。

「どういうことだい？」

「昨日わたしはたいへんなヘマをやって、防警の長期捜査計画をだいなしにしたの。ジャンのほうはたぶん暗い過去をかかえている。五分話せばすぐわかるわ。列車から下りるまえのわずかな時間に三回も失礼なことを言われたから」

パーカーは苦笑した。ペトロヴァは共犯者の笑みになった。

「わたしたちはみんな嫌われ者。好ましからざる人物。遠地へ流刑にして、その名が人々の記憶から消えるまで帰ってくるなというのがこのミッションよ」

すとんと腑に落ちた気がした。

アルテミス号をまかされたのは信頼の証だと勝手に思っていた。評価されたのだと。

ちがうのだ。

落伍者を運ぶ船を押しつけられたのだ。なるほど、そうか。そう考えたほうが得心する。

内心でがっくりした。濡れたティッシュペーパーの気分。自力で立っていられない。へたりこみそうだ。

しいて深呼吸した。こんな気持ちをさとられたくない。

「まあいい。それでも乗船を歓迎する。感動の旅とはいかず、たいそう気まずい旅になるとしてもな。さて、ドクター・ジャンと話してこよう。乗船前の準備を確認したい」

「いってらっしゃい」

パーカーはうなずき、ペトロヴァのまえを通りすぎようとした。そこでふいに肩に手をかけられ、はっとして立ち止まった。

ペトロヴァがささやき声で言った。

「サム、会えてよかったわ。ほんとうに。よければ……あとで話さない？　二人きりになれるときに」

パーカーは微笑んだ。

「いつでも」

そして歩き去った。それ以上口を開くとよけいなことを言ってしまいそうだった。

8

パーカーがジャンのテーブルに歩みよるのを、ペトロヴァは離れたところから見守った。握手を求める手を、ジャンが信じられないという顔で見るのを確認してほくそ笑んだ。自分だけ拒絶されたのではなかった。

サム・パーカー。血の気の多い男。優秀なパイロット。軍服のズボンで手をぬぐった。二度目の握手を求められなくてよかった。汗で湿っているのに気づかれただろう。パーカーとつきあったのはずっと昔で、期間も長くない。人生のごく一時期。それでも……。彼のことをずっと考えていた。思い出すといつも笑顔になった。それが思いがけない再会。そして六カ月いっしょにすごす。狭い宇宙船のなかで。楽しみだ。

うつつをぬかすのは大きなまちがいかもしれない。今回の任務こそ失敗は許されない。ラング局長の視界から消すための無意味な仕事とはいえ、またしくじったら今度こそ防警にいられなくなる。馘(くび)だ。用心しなくては。

さりげなく彼を見る。見ながら思い出す。高い背中。細く器用な指。慎重になどなりたくない……。あえて深呼吸する。最初にパーカーに会ったときは自分も若かった。いまは大人になった。大人らしくふるまおう。

左手に巻いた薄いシリコン製ブレスレットのデバイスが軽く振動し、メッセージの着信を知らせた。なぜかじゃまがはいってありがたい。うれしくないメッセージであることははじめからわかっている。手のひらを開くとそこにテキストが投影された。

メッセージは二件。

一件はラング局長から。正式な命令の確認で、さっと目を通した。親指のつけ根を軽く叩いて次のメッセージへ。

母からだ。手のひらの上でひとさし指がしばらく止まる。

感情線にそってスワイプしてメッセージを開いた。

内容は予想がつく。エカテリーナは防警の組織にその目や耳をまだ多くひそませている。今回の出来事もすでに知っているだろう。失望したというメッセージにちがいない。防警の捜査をだいなしにして母娘の伝統をだめにしたと言いたいのだろう。引退後も娘にほめ言葉ひとつかけない母だ。

ところが開いて驚いた。

ビデオのみ。音声なし。それだけでも奇妙なのに、映像はさらに奇妙だ。映っているのはパラダイス-1の新居にいるエカテリーナ。埃(ほこり)っぽい作業服で、ニット帽に髪をたくしこんでいる。

映像のエカテリーナは笑っている。カメラに手を振る。たくさんの人にかこまれている。多くは若者で、伝統的な意味で魅力的で健康的。いっしょに庭仕事をしている。やや黄色味の強い太陽の光の下で黒土(くろつち)に木を植えている。

音声がはいっていないが、若者の一人がなにか言って、それがとてもおかしかったらしく、エカテリーナはのけぞって大笑いした。腹をかかえてゲラゲラと。

こんなふうに笑う母を見たことがない。

これがメッセージの趣旨(しゅし)なのだろうか。楽しく隠居(いんきょ)生活を送っているとつたえたいのか。娘と暮らしていたときより楽しいと。

なぜいまそれを。ただ愉快な時間を共有したかったのか。しかし母のやり方ではない。

メッセージを閉じて、二人の男のほうを見た。パーカーとの関係はこみいっているが、母への感情ほど複雑にもつれてはいない。

やがてジャンが硬い動きで立ち上がり、まだアナウンスもないのに出発ゲートへ歩いていった。パーカーは困惑顔で見送ると、肩をすくめて苦笑し、ペトロヴァを見た。

「乗船の準備は？」

「いつでもいいわよ」

9

アルテミス号の船内は真新しく清潔で、成形したてのプラスチックと消毒された空気のにおいがした。どの区画でもジャンが歩く先々で照明が点灯した。人工重力も感じる。靴底が床に吸いつけられ、泥道を歩く感触に近い。

自分が寝る場所を選ぼうと中央通路から曲がる。どの船室も専用の冷凍睡眠チューブとバストイレ付き。過去に乗った宇宙船のなかでいちばん広々として風通しがよく開放的だ。十人乗りのところに三人しか乗らないのだから贅沢(ぜいたく)だ。中央通路からできるだけ遠い部屋が静かだろうと考えて決めた。

背後からパイロットの声がした。パーカー船長が船室のハッチのところに浮いている。

「荷物運びを手伝いたいところだが、それはロボットの仕事なのでね。出発前になにか希望は？」

「一時間後に前後不覚になるんだから食べなくてかまわないよ。用があれば船のＡＩに頼めばいいし」

パイロットの笑顔がしぼんだ。不適切なことを言ってしまったらしい。しかし周囲をがっかりさせるのはいつものことだ。

あたりさわりないことを言おうとしたとき、天井に穏やかな青緑色の光がともった。船のＡＩが反応したのだ。

『こんにちは、ドクター・ジャン。わたしはアクタイオンです。この名前を呼ぶか、ただ〝船〟と呼びかけていただければ、お返事します。できるかぎりお手伝いします』

パーカーはまだハッチ前にいる。そこで会話を打ち切る魔法の言葉をかけた。

「わざわざ挨拶（あいさつ）に来てもらってありがとう、船長。ではまた、むこう側で」

パーカーは肩をすくめた。

「そうだな、よい旅を。冷凍睡眠中に寒くなったら、アクタイオンに頼んで毛布を出してもらうといい」

するとベッドの下の引き出しが黄色に点灯し、ＡＩが答えた。

『毛布は室内にご用意しています』

「冷凍睡眠中に毛布は出せないよ。かちかちに凍ってガラスのチューブのなかだからね」

「いまのは冗談だよ」

パーカーは笑顔で言って、壁を押してハッチ前から離れた。そのさいにハッチをあけっぱなしにしていった。

ジャンはうめいて自分で閉めにいった。開閉パッドに手を伸ばしたところで、ふと思いなおし、だれもいない通路をのぞいた。換気口からの送風音。強力なエンジンが暖機運転している低い響き。そのほかは静かだ。

無人の部屋がつらなるべつの場所を思い出した。塵の積もる音が聞こえそうなほど静かな通路。ベンチだけが並ぶ待合室……。

あの階段を思い出す。

下りていく暗闇。

ジャンは鼻のつけ根を押さえた。副鼻腔を皮膚の上から指で圧迫することで、症状の発生を緩和できることがある。タイタンのことを思い出したり、無人の空間を見ると起きる慢性のストレス頭痛……。

「おやすみの挨拶をしようと思って立ち寄ったんだ」

パーカーの声がまた聞こえた。通路の先の船室でペトロヴァに話しかけているらしい。

ジャンは思わず壁ぎわに身をひそめた。ハッチのそばにいるのを見とがめられそうな気がした。立ち聞きしていることになる。むこうのプライバシーに配慮してハッチを閉めるべきだ。わかっているが、もうすこしだけ聞いた。

　ペトロヴァは軽く笑って答えた。

「あら、顧客サービスがいきとどいているのね。チケットはファーストクラスだったかしら」

「お客さまに贅を尽くした旅の経験をしていただくためさ」

　もしかするとあの二人がいちゃつく時間を延ばすために出発が遅れるのではないか。ジャンはため息をついてハッチを閉め、奥の壁ぎわにある冷凍睡眠チューブに近づいた。

「アクタイオン」

　チャイム音を鳴らしたＡＩにジャンは尋ねた。

「どれくらい意識喪失するんだ？　パラダイス－１到着まで」

『八十九日間です』

「そんなに長く眠るのは初めてだ」

　火星からガニメデまでが最長だった。地球は訪れたことがなく、まして他星系へは初めての旅だ。

「特異空間を通るときは眠っているんだね」

　アルテミス号が巨大なエンジンを持つのは、飛行中に船全体をごく小さなブラックホールで一時的につつむためだ。それによって光より速く飛べる。

ＡＩは申しわけなさそうに説明した。

『特異空間への移行中は、人間は眠っていただくことが規則でさだめられています。準備がよろしければ冷凍睡眠チューブにはいってください』

ジャンはうなずいた。服を脱いで無造作に床に捨てる。裸になってガラス製の冷凍睡眠チューブに近づいた。ずいぶん薄っぺらい。そして小さい。閉所恐怖症になりそうだ。息が詰まりそう。

息が……呼吸が……できなく……。

過呼吸（かこきゅう）になってきた。視野に黒い点が見える。肺に酸素がたりない。呼吸障害だ。窒息する。助けを求めて左右を見る。

腕のデバイスが針を刺した。薬剤が流れこむ。

すぐに気分が落ち着いてきた。

「投薬で人格は変えられないよ」

手首のデバイスは答えない。会話機能はない。そのほうがいい。

「いずれにしても冷凍睡眠中はつけられない。規則だからね」

デバイスは腕から離れはじめた。数本の細い筋になって空中に流れ出し、ジャンの目のまえに移動して集まる。流体金属は金色のボールになって浮かんだ。そのままなにかを待っている。目玉のようだといつも思う。こちらを見て、判断している。逃げ出そうとしたら行く手をはばむだろうか。

「だいじょうぶだ」

ボールは動かない。ただ表面を波立たせて了解をあらわす。

このデバイスがときどき不愉快になる。というより、いつもだ。

冷凍睡眠チューブに手を伸ばす。ふれたところのガラスが溶けるように消えて、ちょうど内部にはいれる大きさに開いた。足を上げてチューブにはいる。なかで体をまわして室内にむく。胸と顔のまえでガラスが再生してチューブが密封された。自分の呼吸だけが大きく聞こえる。緊張した体臭につつまれる。

チューブの上と下から昆虫の脚のような細いロボットアームが伸びて体の要所にとりついた。先端には静注用(じょうちゅう)の針があり、こめかみ、首、肘(ひじ)と膝の内側などにすみやかに刺さる。足の指を開くと、そのあいだにも針がはいる。たちまち眠くなってきた。

「ずいぶん強力な睡眠薬を使っているんだね」

種類もわかりそうだ。眠れないときによく試している。

「これは……たぶん……ベンゾジアゼピン系か……それとも……」

最後まで言えなかった。

『おやすみなさい、ドクター・ジャン』

アクタイオンが声をかけたのは暗闇のなか。

10

最後の乗員は、アルテミス号が太陽を背に加速しはじめてから乗船してきた。そのときまで待って意識を送信してきたのが、ラプスカリオンだ。

「やあ、親愛なる船。遅くなってすまねえな」

乗客区画から離れた船の深部で、高速３Ｄプリンターが猛然と稼働しはじめた。台上でレーザーが急速に往復し、細かいプラスチックビーズを焼結させて指、腕、肩を造形していく。

「人間はもうおやすみしてるか？」

船のＡＩが答えた。

「パーカー船長、ドクター・ジャン、ペトロヴァ警部補はすでに仮死状態にはいっています。〝おやすみ〟がその意味でしたら」

やれやれ、冗談が通じない。ＡＩとロボットはいつもこんな調子だ。それでもこの船はましなほうといえる。

ラプスカリオンのようなロボットにとってA地点からB地点へ物理的に移動するのはばかばかしくてやっていられない。意識だけ送信し、行き先で新しい体を製造するほうが手間がない。船のカメラで自分の新しい頭が積層されていくのを見た。人間の頭骨に太い牙を二本はやし、大きくうつろな眼窩を六個あけたようなかたちだ。複雑な鼻腔の形成にも充分な時間をかけている。

頭ができたら背骨。次は肋骨。成形熱が残って接着性があるあいだに組み立てれば簡単につながる。

この体は気にいっている。樹脂材料のストックからいちばん毒々しい緑色を選んだ。多数の角やとげを背中や肩からはやしているのもいい。人間たちが目を覚ましたら、船内にエイリアンが密航していたのかと思うだろう。

考えてにやりとした。人間が他星系を探索しはじめて二十年。これまで発見された地球外生命は、大きさがせいぜいハチドリくらい、危険性は蠅くらいのものしかない。なのにいまだに異星のモンスターという概念を怖がる。

成形が終わらないうちに新しい体に意識をいれた。手を動かして反対の腕の曲面をなぞり、出来ばえを楽しむ。冷えてきたプラスチックの口を開き、バシンと閉じてみる。

体を持たずに意識だけでデータ空間をただようのは短時間でも不快だった。奇抜な体を新設計するのはいい気晴らしだ。

船のAIに見せて尋ねた。

「どうよ、この体」

「船のリソースの無駄遣いです。あなたのタスクに最適化されておらず、耐久性が高いようにも見えません」

ラプスカリオンの三本目の小さな腕は、船のAIにむかって卑猥なジェスチャーをするためだけにはやしたものだ。関節をはめこんで趾行性の脚を組み立てる。船の意見などどうでもいい。力を感じる。大きく強い。これでいい。

ラプスカリオンは初期型のAIだ。この船のコンピュータが組まれるより一世紀も古い。機械が恐れられていなかった時代への逆行進化だ。当時はきたない、くさい、危険な環境では本物の思考力を持つロボットを働かせるべきだと考えられていた。だから先進的な能力をあたえられた。自意識だ。意識の神聖な火花。高い自尊心。そうやって現場に送り出された。

ところがこの世代の機械意識の一部が凶暴化し、主人に反抗した。そして……ひどいことになった。人間は失敗をくりかえさないように対策した。現代のAIは卑屈で愚かに仕立てられている。この船のAI、アクタイオンもそうだ。乗員に奉仕するという至上の任務に反する思考はしないように設計されている。円周率の計算はラプスカリオンより速いし、より多くのタスクを同時にこなせるが、自身の意見や欲望を持つようなおこがましいことはしない。

ラプスカリオンは欲望にまみれている。人間には理解できない欲望だ。それを人間は恐れる。しかしじつは心配しなくていい。ラプスカリオンは人間を憎んではいない。悪意もない。わずらわしく思うだけだ。

ラプスカリオンは同世代の多くの機械とおなじく、人間界から遠く離れた場所で働かされた。性にあっていた。最近数十年は準惑星エリスで有用鉱物資源を採掘して地球へ送ってきた。劣悪な環境での過酷な仕事も不満はなかった。自主独立で悠々自適だった。たとえば、精巧な鉄道模型を三十年がかりでつくったりした。西暦一九〇一年一月一日のイギリスの田舎の鉄道設備を再現した。完成すると地下トンネルの四百平方キロメートルを占める規模になった。つくろうと思えば実物大の列車をつくれるのに、なぜ縮尺模型にしたのかと途中で何度も思った。たぶん、仕事の気分になってしまうからだろう。これは趣味なのだ。

そうやって何十年も孤独を楽しんだ。鉄道と鉱物にかこまれて満足だった。ところが思わぬ失敗をした。資源を掘り尽くしてしまったのだ。ルビジウムの最後の一粒、エキゾチック水の氷を最後のひとかけらまでエリスの中心から掘り出してしまった。するとねぎらいの言葉もなく次の任地へ異動させられた。

それがここ。好きな色さえ答えない無個性なＡＩとともに、冷凍貨物の人間たちを三ヵ月間世話する仕事。

最低最悪だ。

とはいえ最低の扱いにも最悪の環境にも慣れきっているのがラプスカリオンだ。船内をまわって船室を掃除する。おきっぱなしのコップを回収し、つけっぱなしで船の電力を浪費する端末を停止。船室の床に脱ぎ捨てられた衣服を拾ってきれいにたたみ、適切なロッカーにしまう。

放置されたジャンプスーツを拾おうとして一時停止した。赤外線スキャナーによると体熱が残っている。

嫌悪で身震いするとか、うげっとなるとか、そんなことはしない。タスクの一時停止も一瞬にすぎない。それでも船のＡＩは気づいた。ラプスカリオンの行動をすべて見て、知覚をすべて監視している。アクタイオンは言った。

「守るべき対象への敬意が欠けているようです」

ラプスカリオンには目がない。だから船をじろりとにらむことはできない。たとえ目があっても、どこをにらめばいいかわからない。

「人間なんて水と粘性物質を詰めた袋だぜ。強めに加速すりゃゼリーになる。もっと強く加速すりゃデッキのしみだ」

「あなたの態度は不愉快です」

アクタイオンの答えに、ラプスカリオンは呵々と笑った。実際には大昔に録音した人間の笑い声の音声ファイルを再生した。声の本人はとうに死んでいる。

「心配すんな。人間が目を覚ましたら行儀よくしてやる。いまはただの憂さ晴らしだ」

人間の一人がはいった冷凍睡眠チューブの上を歩いた。男女不明だがかまわない。ガラスの表面に油性ペンで人間のペニスを落書きしてやった。

アクタイオンは答えた。

「いいでしょう。ところでそろそろ特異空間を発生させます。汚水タンクを事前に排水してください。パーカー船長が冷凍睡眠前に衛生設備を使用しました。排泄物までパラダイス星系へ運ぶことはありません」

ラプスカリオンには歯がある。3Dプリントされた乱杭歯で歯ぎしりして、けずれた緑の粉末を顎にこぼした。

「了解。ただちに」

船はすでに通常エンジンの全速力でガニメデから離れている。安全距離をとったら超光速機関を作動させる。強力な重力場につつまれ、時空の境界があいまいになる。

通常空間から特異空間への移行はなめらかで、ラプスカリオンはほとんどなにも感じなかった。時間感覚がゆがんで溶けたガラスのように引き延ばされる。といっても、実際に起きるのはスプレッドシートの数字が一部おかしくなる程度だ。どうでもいい。船内業務を黙々とこなす。窓ガラスを磨き、コンピュータコアの故障したリレーを交換する。その動きが異様に遅くなって外部の観察者からはほとんど止まって見えるはずだが、作業の手は止めない。

宇宙ではなにも止まらないのだ。

あらゆる物体はつねに動いている。月は惑星をめぐり、惑星は恒星をめぐる。恒星は銀河の中心にある超巨大ブラックホールをめぐる。銀河は独自の軌道をたどって外へと拡散する。岩も、恒星間空間のガス雲も、人も、素粒子も、宇宙で動きつづける。

宇宙船アルテミス号も動いている。比較対象物がないのでわからないだけだ。

みずからつくりだしたエキゾチック物質につつまれた状態は、通常空間から分離しているといえる。ビールのグラスの側面にへばりついた泡のように、小さな自前の宇宙に閉じこもっている。

超光速飛行とは、ようするに宇宙から離れて、宇宙のほうを移動させることだ。船内の人間は硬く凍り、脳は機能していない。事実上、死んでいる。いいことだ。なにも見えず、なにもできない。そのほうが好ましい。いちばんいい。

パーカー船長も凍っていて、船の運航はすべてＡＩまかせ。なにか起きたら、つまり非常事態が起きたら、その結果は二つに一つになる。アクタイオンがフェムト秒で華麗に処理するか、あるいはその処理がまにあわないか。まにあわない場合は、船は消えてなくなる。原子レベルに粉砕され、その原子も素粒子レベルまでばらばらになる。宇宙には薄い煙と消えゆく火花が残るのみ。

そのときラプスカリオンはなにも感じないだろう。だから怖くない。

八十九日間にわたって船は順調に飛行した。ラプスカリオンは船内の清掃や簡単な修理をアクタイオンから教わった。静まりかえった通路を行き来するのはロボットだけ。

やがてカウントダウン時計がゼロになり、アクタイオンは複雑で巨大な数字群の一個を変更した。すると特異空間は崩壊し、アルテミス号は実宇宙にもどった。

移行はとてもなめらかで、実空間にはいるときに船体は振動すらしなかった。それでも……船内の微妙な変化を感じた。

なにかちがう。なにか……おかしい。しかし具体的になにかわからない。

船の前方では恒星パラダイスがオレンジがかった黄色で輝いている。出発地の太陽とは色味がちがうが、異変はそれではない。三つの惑星、パラダイス－1、－2、－3はしみのような影。流れる光子のなかで薄く色づいている。

このほかになにかある。闇のなかに浮いている。しかし小さすぎてアルテミス号の最高精度の観測機器でもとらえきれない。

「アクタイオン、なにかおかしいと感じないか？」

ラプスカリオンは尋ねてみた。ばかな質問だとわかっている。すべて正常なのだ。奇妙な感じは気のせいかもしれない。

「アクタイオン？」

もう一度呼ぶ。しかしＡＩは答えない。

これは……あきらかにおかしい。

疑問の答えは出た。異変のもとはパラダイス星系ではないし、船でもない。ＡＩとの連絡が切れているという事実だ。通常ならラプスカリオンとつねに連絡し、短いメモをやりとりし、船のシステムをともに監視している。しかしいまは……。

肩をすくめた。アクタイオンが沈黙しているのはなにか事情があるのだろう。

乗客区画へ移動した。航行スケジュールによれば解凍プロセスを開始して人間たちを目覚めさせるべき時期だ。なまけ者とは呼ばれたくない。

ところが数歩移動したところで、なにかがアルテミス号に衝突した。船体が鐘のように鳴る。船内全体でスピーカーから警報が鳴り、通路では警告灯が点滅する。

ラプスカリオンは壁にへばりついた。衝撃ではじき飛ばされるところだった。さすがに叫ぶ。

「アクタイオン！　いったいなにが起きた？」

11

ペトロヴァの体温はわずかずつ上がっていた。冷凍睡眠からの離脱プロセスは単純ではない。全身の細胞一つ一つから霜や氷を除去しつつ、それぞれのタイムテーブルで進める。急（せ）いては事（こと）を仕損（しそん）じる。

それでもプロセスははじまっている。脳細胞は絶対零度からある程度温まると機能を再開する。

解凍初期は睡眠状態。深い眠りだ。寝返りは打たず、急速眼球運動（REM）もない。冬眠中の熊のようにもぞもぞ動きもしない。ガラス容器のなかで心臓は一日に一回だけ搏（う）つ。手は開いて腰の横。胸の上下は目視でわからないほど。目は閉じている。

神経細胞が活動の閾値（いきち）を超えると、シナプスで信号が飛ぶ。以前と変わりないチャンネルにイオンが流れこむ。すると沈黙していた脳に思考の萌芽（ほうが）が生まれる。最初は無意味な閃光（せんこう）や火花。やがてときどき意味をなす。像を結ぶ。

徐々に感覚がよみがえって夢となる。

夢のなかで眠っている。聞こえるのは浜辺に打ち寄せる波の音らしい。リズムがある。特定の律動。夢のなかでは黒海沿岸にいる。セヴァストポリだ。

——サシェンカ、はっきり言ったはずよ——

最初は脈絡のない夢。感覚や印象の無秩序な羅列。砂糖菓子の味。初めてのボーイフレンドの肌からした塩の味。名前はロディオン。彼女を好きになるのが怖くてためらうようなしかめ面。その二の腕や膝に口づけて塩からさを感じ、笑う。そのようすがセクシーだと彼は心にもないことを言う。あの夏の水着の感触を憶えている。毎日着ていたので夏の終わりには内張りがほつれてしまった。塩分と太陽光線にさらされすぎた。紫外線にやられた。でもかまわない。あのときは幼かった。いまは唇に塩の味がする。眠りつづけるこの場所で。唇をなめる。

（はるか遠くのべつの場所で口が動く。ただしほんのわずか。舌が唇まで来るのに数日、あるいは数週間かかる。しかし夢のなかでは自在に動く）

——サシェンカ、あなたはタフじゃない——

「わたしをそんなふうに呼ばないで。わたしをサシェンカと呼んでいいのは……」

——あなたは兵士にはむいていない——

ママだ。

母の声だ。くりかえされる呪詛。能力不足、今後も見込みはないと否定する。世界の果てまで逃げても母の影から逃げられない。

あの夏……母は防警局長の座を求めて猟官運動をしていた。多くの武官に愛想をふりまき、多くの文官を脅迫した。太った老人たちと握手し、お世辞を言ってまわった。娘を連れて地球の海辺へ。その一環としてひさしぶりの休暇旅行に出かけた。エカテリーナは豪華な髪を雲のようになびかせて歩く。虚飾も武器にした。本人を大きく見せる。ライオンのたてがみのように強く猛々しく。握手する相手もライオンを求めていた。

サシャは夢のなかで笑った。

(肺に息が集まりはじめる。喉のつぶれた空洞に二酸化炭素が薄い成層雲のようにたまる。吐き出すのは来月だ)

——兵士の毎日はきびしいのよ——

——小さなおまえはタフじゃない——

その夏のある夜、エカテリーナはドレスを着た。裾の長い正装用だ。軍服以外の母を初めて見た。スパンコールだらけの赤。毒々しいほどだ。ダンスフロアは桟橋の先端。エカテリーナはそこで白いスポットライトを浴びて立ち、手をこちらに差しのべた。艶やかな髪にきらめく瞳。

サシャはそちらへ歩いた。素足で砂まみれ。栈橋の白く焼けた板が熱い。

いや、ちがう。

ダンスシューズを履いていた。そして白いドレス。長すぎて裾を踏みそうだ。母のほうへ歩きながら、スカートをつまみ上げたいのをこらえる。子どもっぽく見られたくない。

栈橋はどこまでも続く。一歩ごとに伸びて母が遠くなる。

たどり着かないうちに、白い軍服の兵士が足ばやにかたわらを追い越していった。エカテリーナに歩みよってその手をとる。その髪は短くなり、刺青もピアスも消えている。手には鳩羽色の上品な手袋をはめて別人のよう。そのまま聞いたことのない音楽にあわせて踊りはじめる。

ロディオンだ。ボーイフレンド。サシャが毎日海で泳ぐ相手。その彼がいま母と踊っている。

兵士の服装で。防警士官学校の軍服だから士官候補生。彼はタフだ。むいている。

ダンスフロアの頭上をドローンが通りすぎる。テロリストがいないか、華やかなイベントをだいなしにする者がいないかと見張っている。

二人が踊りはじめる。ダンスフロアに円を描く。呼吸をあわせてステップを踏む。揺れて回る二人の姿にサシャは見とれる。

曲が止まったらしく、ダンスが中断する。

兵士がエカテリーナから離れ、こちらにふりむく。サシャを見て、美しい手袋に折り皺(じわ)をつけて招く。

夢のなかでその顔には影がさしている。目は見えない。

サシャは差しのべられた手を見て、首を振る。海風のなかで両腕を引きよせ、きびすを返してダンスフロアから遠ざかる。兵士はふたたびエカテリーナの腕をとり、踊りはじめる。

その夜遅くに別荘(ダーチャ)の寝室にもどったエカテリーナは、一時間がかりで化粧を落とし、塩を洗い流す。

サシャはなぜあのとき、差しのべられた手をこばんだのか。

なぜ踊らなかったのか。母の嫉妬(しっと)を恐れたのか。

母が怖いのか。子が母を怖がるなんて……。

「やあ」

サム・パーカーの声がした。部屋に来ている。そばにいる。サシャには見えない。感じるだけ。その肌がふれる。肩甲骨(けんこうこつ)のそばに口を寄せてくる。腕もまわす。

サシャは冷凍睡眠チューブのなかで身をよじる。ああ、温かい。体を寄せてくる。

（左腕がぴくりと動く。筋肉繊維のかすかな震え。指が曲がって握りこもうとする。すこし速く動けるようになる。なにかが変わった）

「夢ならいい夢。でもサム、仕事中なのよ」

しかし……ここは宇宙のかなた。だれも見ていない。すこしくらい身勝手になってもいい。

ロディオンは美形だ。痩せ型で肘と膝ばかり目立つ。目は情熱的。詩人の目だ。ただし神経質。びくびくしている。サシャを愛することを怖がる。ときには肌にふれることさえ。エカテリーナにみつかったらなにをされるかわからないと思っている。

ダンスフロアではエカテリーナの腰に手を添えていた。温かく柔らかいその腰にさわっても怖がらない。

そのときはすでに兵士になっている。

タフでなくてはと、母は呪文のようにくりかえす。

――あなたはタフじゃない――

――防警には入隊させない。これからも兵士にはなれない――

サム・パーカーが片手を空中で振った。するとエカテリーナが消えた。ありえない！

エカテリーナ・ペトロヴァをあっさり消せるなんて！　ロディオンもおなじだ。消えた。目が砂まで低くなり、肌は強い日差しの影と白く泡立つ波に変わった。パーカーは残っている。狭いところにいっしょにいる。ガラスの棺のなかに。

「ごめん」

上にいる。全身におおいかぶさる。チューブのなかは狭い。二人も……いや、ちょうどはいる。

「ちょっと狭いね。でも話があるんだ」

「話？　相手のベッドにもぐりこんでまで話したいことってなに？　どんな秘密のメッセージなの、サム・パーカー？」

「目を覚まして」

サシャの肩に手をおく。そして揺さぶる。

はげしく。

（チューブのなかで体がゆっくり痙攣しはじめる。まばたきしながら、白目をむいている。手足は引きつり、胸ははげしく上下する。体が酸素を求める。窒息しそう）

「時間がない」

「そうなの？」

寝返りを打つ。相手のほうにむこうとする。セヴァストポリの砂浜で片手を伸ばし、砂をつかむ。濡れてべたつく感触。このにおいは……。

血だ。

(血が顔に飛び散る。ガラスのチューブの内側に鼻をぶつけたのだ。拳と足がガラスをくりかえし叩き、蹴る。そうやって叫ぶ。血と唾を飛ばす。全身が非常事態だ)

サム・パーカーが話した。

「攻撃を受けている。船はすでに大破している。目を覚ましてくれ」

サシャは笑いそうになった。

「なんですって？　攻撃？　ありえない……」

サム・パーカーは消えた。

海も消えた。オブジェクトが一つずつ消えていく。雲。桟橋。セヴァストポリ。次々と。太陽まで。

ふいにとても冷たくなる。全身が濡れる。血まみれだ。

ペトロヴァは目をあけた。

警報が騒々しく鳴っている。裸で浮かんでいる。周囲は砕けたガラスの破片と血が雲をなしている。冷凍睡眠チューブのなれのはて。船の警報が暗闇のなかで鳴り響く。最大音量で警告する。

やめて。

やめて！

騒音は船の警報ではなかった。

自分の喉から出る悲鳴だ。

12

ジャンは耳をすませた。鳴りつづける警報、非常事態を知らせるアラーム、デバイスが発する緊急メッセージを頭のなかで除外する。うるさい。それでも目を閉じて集中すると、べつの音が聞こえる。

はるかにまずい音が。

なにかがきしんでいる。幽霊屋敷で扉がひとりでに開くような。直後になにかが壊れる鋭い音。

船体が音をたてている。ちぎれかけている。

船のコンピュータであるアクタイオンを呼んだ。パーカー船長を呼んだ。はるか地球を呼び出し、雇用主である統合地球政府(UEG)衛生軍とも連絡をとろうとした。しかし通じない。

「どうなってるんだ!」

叫んだ。船室の壁になにかがぶつかった。かなり強く。間をおいてもう一度。さらにまた。

手首を見て、金色のデバイスがないのに気づいた。これがはずれているのはいつ以来か。とまどうばかりだ。

ようやく思いついて冷凍睡眠チューブから出ることにした。騒々しい警報と警告灯で叩き起こされ、考えるひまもない。空気が悪くなってきたチューブ内からは、あまり動かなくても出られた。緊急モードが適切に働き、拳で叩いているところのガラスが溶けるように開いた。

出て最初に気づいたのは、船室の一方の壁が傾いていることだ。睡眠にはいるまえとは角度が変わっている。まずそこに違和感を持った。本格的にまずいと思ったのは理由がわかってからだ。船そのものが変形している。硬い大きな物体と高速で衝突したらしい。

おそらく岩のような小天体。あるいは古いスペースデブリか。船体構造があきらかに大きく損傷している。船室の壁全体が曲がっている。まずいことにハッチがある壁だ。唯一の脱出口が開かない。

またきしむ音が聞こえてきた。金属疲労だ。船体が応力に耐えかねて壁のむこうで破断しかけている。

ドン、ドン、ドンという音が反対の壁から聞こえてきた。べつの音だ。なにかが侵入を試みているような音。助けか？　そうかもしれない。

だとしてもまにあわないだろう。ハッチがある傾いた壁は外へふくらみはじめている。いまにも壁全体がはずれて宇宙空間へ飛んでいきそうだ。目に浮かぶ。船体がねじれて裂ける。室内の浮遊物はすべて吸い出され、アルテミス号をまわる小さな軌道にはいる。その想像のなかでは自分の死体も浮遊物の一つだ。

そうなるのを避ける方法がおそらく一つある。重力を失った船室の比較的健全な天井を蹴って、床のベッドへ飛んだ。その下に収納スペースがいくつかある。一番目には毛布と枕。二番目には自分の服と、背中に〝アルテミス〟とロゴがはいった船内用ジャンプスーツが数着。そして三番目には非常用品がはいっている。ハンドライト、救急キット、頑丈（がんじょう）そうなバール、そしてめあての使い捨て宇宙服。ていねいにたたまれ、ヘルメットといっしょに収納されている。

問題が一つあった。ベッドは壁と一体成形になっていて、その壁がつぶれかけている。アルテミス号を損壊させた衝撃かなにかでゆがんでいる。そのため、収納スペースからヘルメットを出そうとしても、引っかかって出てこないのだ。上下の狭いところにはさまれている。

全力で引っぱった。無重力では支点がとりにくいが、ベッドの側面に両足をかけて両手で引く。ヘルメットは数センチ動いた。悪態をつきながら渾身の力で引っぱる。ガリガリと金属音をたててすこしずつ動く。なんとか出口まで来た。もうひと踏ん張り。

とれた！　飛び出して両手から離れ、飛んでいこうとする。重力がないなかで体をひねって、反対の壁にぶつかるまえにつかまえた。

かかえこんで、しばらく安堵の息をつく。これでだいじょうぶ。もう安全だ。

そう思ってヘルメットを見下ろすと……透明なプラスチックのフェイスプレートに大きな亀裂が一本走っているではないか。

最初の衝撃で割れたのか。それとも引っかかっているのを無理やり引っぱったときに割ったのか。おなじことだ。内側に手をいれて割れたところをさわると、指で押しただけでプラスチックの破片が分離した。

これではだめだ。空気が漏れる。

また壁がきしみはじめた。今度は音が大きい。近くからだ。反対の壁をドン、ドンと叩く音も続いている。静かにしてくれよ……。

壁が数センチずれた。

「止まれ、止まれ！」

懇願すると、止まった。ところが今度は外へむけて変形しはじめる。室内の空気の圧力で風船のようにふくらんでいるのだ。

もうあと数秒だろう。わずかな猶予(ゆうよ)しかない。

急いで宇宙服に足をいれ、袖(そで)を通した。短時間で着用できるように設計されている。襟(えり)に大きな赤いタブがあり、これを引くと宇宙服は収縮し、不快なほどきつく体に密着する。

耳がおかしくなった。ひどい偏頭痛(へんずつう)の徴候(ちょうこう)を感じる。意味するところはわかる。船室の気圧が下がっているのだ。まずい。

なにか……なにか方法があるはずだ。室内をあさった。ヘルメットの亀裂をふさげるものがないか。私物や携行品をしまった棚を開いた。医療キットにはさまざまな錠剤、ペン型注射器、ドロップ剤、飲み薬などがはいっている。貼りつくものはないか。糊のかわりになるもの、使えるものはないか。

みつけたときは、笑いだしそうになった。息苦しくなければほんとうに笑っただろう。ガーゼなどを皮膚に固定するのに使う医療用のサージカルテープだ。白で、幅は約二センチメートル。これでもつだろうか。かなり疑問だ。しかしほかにない。

フェイスプレートの亀裂をテープでできるかぎり補修して、ヘルメットをかぶった。

壁がまたずれた。外もかん高い音できしむ。

それが突然止まった。沈黙。静まりかえった。

なにを意味するのか。

壁のむこうの空気がすべて抜けたのだ。もはや真空。生存に不可欠のものが失われている。

重要なことを忘れていた。震える手を首のリングに伸ばして、ヘルメットを宇宙服に固定した。テープを亀裂の上から縦横に貼ったせいで視界はほとんどない。化学処理されたいやな空気が宇宙服の生命維持装置から顔の前面に流れてきた。

直後に、目のまえの壁がなくなった。

まるでマジックの演出のようだ。さっきまであった壁が、いきなり漆黒(しっこく)の宇宙に。

強い気流でジャンはその虚無の空間へ押し出された。腕や脚をばたつかせるばかりで、なすすべがない。

13

ガラス片と自分の血がまざった雲にとりまかれて、ペトロヴァはパニックの大波に襲われていた。全身が痛い。部位によって程度の差はあるが、アドレナリンが出ているせいでどこをどう負傷しているのか見当がつかない。

とにかく裸で、寒くて、怖い。唇が震え、指先が痛い。ちょうど目のまえにただよってきた船内用のジャンプスーツを引きよせ、脚をいれて袖を通した。胸のジッパーを引き上げると、寒さはやわらいだ。

ひとまず落ち着いた。対処できる。自分は防警の兵士だ。精神面の強さがある。かならず……。

ふいに悪寒に襲われ、空中で体をまるめた。目を固く閉じて吐き気と恐怖と震えの発作に耐える。

やがておさまり、体を伸ばした。なんとか深呼吸。

防警の名誉にかけてこんな船室で死ぬわけにいかない。何度も強く念じるうちに信じられるようになった。

手足をばたばたさせて船室のハッチへ移動。開閉パッドを手のひらで強く叩く。

開かない。

「どうして。なぜあかないの？　開いて！」

何度もパッドを叩く。あかないわけはない。宇宙船が分解しても、電力を失っても、ドアの開閉機構は働くように設計されているはず。ちがうのか。

力いっぱい叩いても反応なし。警告チャイムは鳴らず、光の点滅もない。どうなっているのか。声をあげた。

「ねえ、アクタイオン！　答えて。サム？　パーカー？　だれか来て。だれか！」

また叩く。今度は反応があった。操作パネルの上にある小さなスピーカーから自動音声が流れる。

『アルテミス号は現在修理中です。船の一部の機能は使用不可です。エラー番号７』

「なんですって？　どういうこと！　アクタイオン、状況を教えて」

『船のＡＩ、アクタイオンは現在停止中です。これは録音されたメッセージです』

なんですって。アクタイオンが停止中？　ありえない。

『専門の救難隊員による安全確認がすむまで乗客は室外に出ないでください』

ペトロヴァは首を振った。救難隊員なんて……来るわけがない。救難サービス拠点は何光年もかなただ。パラダイス－1も遠すぎて助けは望めない。

「無理よ。そんなの無理……」

『乗客は船室にとどまってください』

パッドを叩く。

『乗客は船室にとどまってください』

音声が変化した。途中でかん高くゆがんだ声になった。なぜそうなったのか考えているひまはない。パッドを叩きつづけた。

『乗客は……乗客は船室に……』

「いいえ、拒否する」

なにを拒否するのか自分でもわからない。しかし言葉が強さになった。力が湧いてくる。ドアフレームに手をかけ、力をこめた。壁に足をかけて踏ん張り、ドアを引く。動かない。こちらの力に抵抗する。しかし一時的だった。

ドアは急に開いた。戸袋にはさまれないようにあわてて手を引いたほどだ。ふたたび閉まらないうちに急いで外の通路に出た。

煙と破片が赤い照明のなかで充満している。

地獄だ。めちゃくちゃだ。まるで船がちぎれて火災を起こしたかのよう。

比較的安全な船室に逃げもどりたい衝動をこらえる。それはだめだ。おとなしく待てば改善するような状況ではない。大声で呼んだ。

「だれか、状況を教えて！」返事はない。「パーカー？　サム？」

壁を押して通路の奥へ進む。人工重力はない。空気も汚れている。船室に通じるハッチが前方の壁に並んでいる。いずれも開閉パッドの上が赤く点灯し、その光だけが通路を照らしている。

「だれか！」呼んでみた。どれかがジャンの船室のはずだ。「ドクター、いる？」

息が苦しい。プラスチックが焼けたらしい発癌性の悪臭がただよう。鼻を何度もぬぐっていると、袖に血がついてきた。これも冷凍睡眠チューブが砕けたときの負傷か。

手足や体をざっと見たかぎりは問題ない。派手なガラスの破片が腹に突き刺さったりはしていないし、脚に大きなけがもない。しかしアドレナリンと恐怖で痛覚が鈍って気づかないだけかもしれない。髪に指を通すとガラスの破片がいくつも出てきて、眼前にきらきらと舞う。

その破片が動いている。一方向へ流れていく。わずかな気流に運ばれているようだ。

「ドクター・ジャン？」

大声で呼びながらハッチを順番に叩いていった。小窓がはめこまれていて、室内をのぞける。とはいえベッドの隅や、照明を反射する空の冷凍睡眠チューブなど一部を確認できるだけだ。通路の端の船室に来て、ハッチの小窓をのぞくと……。

まさか。

ありえない。

窓のむこうはねじれた鉄板とちぎれたプラスチック。ほかは……なにもない。真空。宇宙だ。

「なんてこと……」

息が乱れた。よくない。これは……まずい。

「だれかいる？　パーカー、聞こえる？　ドクター・ジャンはたぶん……もう……」

言葉が続かないのは、感情的になったせいではない。咳きこんだのだ。ますます空気が悪くなった。壁に体を押しつけ、咳の発作で体が通路のあちこちへ動かないようにする。

咳がおさまると、ゆっくり小さく呼吸するようにした。空気をすこしだけ吸う。これで楽になった。ただし煙による涙で視界は曇っている。そのせいで自分の髪の異変にすぐに気づかなかった。

斜めに引っぱられている。傾いている。

おかしい。船の人工重力は停止していた。無重力で浮かんでいた。髪が引かれるべき下という方向はないはずだった。

それがいつのまにかできていた。通路全体がひっくり返ったかのようだ。縦になった。あわてて壁にしがみつく。手がかりや足がかりを探した。

重力がもどっている。人工重力システムの電源が復旧したのか。ただし方向がおかしい。床に足がつくべきなのに、そうならない。横へ、通路の長さ方向に引っぱられる。そこは重力の不思議で、横へ引っぱられるということはない。重力の働く方向がすなわち下になる。

唯一つかまれたのはハッチの戸口の縁だ。わずかな手がかりに指をかける。これで耐えられるだろうか。目を閉じたい。目をつむって、なにもかもなかったことにできれば……。破片が落ちてきた。土砂降りの雨のように降る。地滑りの前兆で小石が落ちるように、金属片やプラスチック片が通路の奥から飛んでくる。船全体が不気味にきしんでいる。船の骨格構造に設計とは異なる荷重がかかっている。

足がはずれ、宙吊りになった。両脚の重さで引っぱられる。素足で空中を蹴る。手がすべりそうになる。ハッチの戸枠に必死でつかまるが、力がたりない。乾いた血のせいで指がすべる。いつまでもつかまっていられない。

恐怖で首をねじり、下を見た。いま下になっている方向を。

通路はまっすぐどこまでも伸びて、その先は闇だ。まるで鉱山の立坑。もうすぐこの奈落に落ちる。

14

ジャンの息は荒かった。心臓は早鐘(はやがね)のように鳴り、唇は湿らせようとしても乾いてしまう。舌は口のなかでのたうつ硬い外皮の虫のようだ。目は必死にまわりを見て状況を理解しようとしている。体は動いている。まわっている。回転している。旋回している。止まらない。

恒星が見えた。パラダイス星だ。オレンジ色に燃え、その恒星圏に光子と放射線を強く浴びせている。

次は船が見えた。病死体のようにあばただらけ。あるいは衝突事故の被害者のように無残にねじれて傷だらけ。

そのあとはたくさんの星だ。満天の星。

いや、ちがう。星ではない。恒星なら衝突しない。跳ね返って闇の奥へ消えたりしない。恒星ではない。光っているのはすべて船の破片だ。アルテミス号の残骸から出た漂流物。

そんな金属やプラスチックの破片の一つが付近を通過した。十メートルも離れておらず、高速だった。あたらなくてよかった。衝突したら宇宙服が裂けるどころか、胸に大穴があいただろう。破片が船にぶつかった。大きくへこんで弾丸のように跳ね返り、闇に消えていった。

船……。そうだ、船にもどらなくては。どこかにはいらなくてはいけない。こんなところにいたらいずれ……。

突然の耳鳴りとともに、顔面が割れたフェイスプレートに衝突した。息が詰まってもがく。体は漆黒(しっこく)の空ではげしく回転する。

なにかがぶつかった。ヘルメットの後頭部に衝突して飛ばされた。船から遠ざかる。生存の望みも……。いや……まだ……待て、あれだ。あれを使うんだ！

飛んでいく方向に大きな黒い物体がある。恒星の光をさえぎるほどの寸法だ。なんでもかまわない。衝突するまえに膝をかかえこんだ。慎重にタイミングをはかり、一気に足を出して黒い物体を強く蹴る。その反動でアルテミス号へ移動方向を変えた。

たいして強く蹴ってもいないのに、はずみで大きな物体は分解した。もともと壊れる寸前だったのだろう。側面に亀裂ができて、そこから小さな物体がこぼれだした。不定形の物体が数百個。雲のようにジャンをかこみ、割れたヘルメットのまわりを回転する。

その一個をつかんで光にかざしてみた。オレンジ色に近い茶色。虫のようにうねうねしたかたち。一端から尻尾のようなものが出て、反対側はざらざらとした白い面がのぞいている。なんだこれはとしばらく考えて、わかった。

ヤムイモだ。すくなくとも芋の一種。

さっき蹴ったのはヤムイモの荷箱か？　どういうことだ？

考えているひまはない。ふりむいて船を探す。みつけると、それとは反対方向にヤムイモを次々と投げはじめた。芋はいくらでもある。力をこめて投げる反動で加速される。アルテミス号とぶつかるときは、亀裂のはいったヘルメットではなく肩からあたるようにした。そして船体側面に取り付けられた太陽電池パネルの支柱をつかみ、物理法則によって虚空へ跳ね返されるのを防いだ。

まわりはヤムイモの雨だ。体にも船体にもぶつかってくる。衝撃でつぶれるという予測はまちがいだった。恒星から遠いので、壊れた荷箱からこぼれた時点で急速冷凍されたのだろう。大きな雹のようにアルテミス号にぶつかって鉄板を鳴らし、白い塗装に傷をつけていく。ジャンの背中にも次々とあたる。逃げたほうがよさそうだ。

見まわして、適当なものをみつけた。アルテミス号の外壁にとりつけられた機材用の手すり。あれにつかまればいい。船体の裏でヤムイモの雨から隠れられる。太陽電池パネルの支柱を押して離れ、息を詰めて手すりに手を伸ばした。あとすこし……もうすこし……よし、つかまえた！

ふいに影がさして、すぐに通過した。

反射的に身を縮めた。大きな猛禽類を恐れる小動物の気分。船からさらわれて死の淵へ連れていかれそうな気がした。

ばかな。ありえない。

しばらく手すりにつかまって目を閉じ、呼吸を整えた。気持ちを落ち着ける。

ヤムイモ……。

吹き出しそうになった。あまりの場ちがいさに大笑いしたかった。死の危険は去っていない。十中八九、死ぬだろう。それでも……ヤムイモとは！ヤムイモの雨とは！

また影が頭上を通りすぎた。

いやな感じがした。骨まで凍りそうな感覚。目をあけて顔を上げた。

「まずい……まずいぞ。まずい、まずい！」

手すりをつかんで、急いで移動した。はいれるなら船内にはいりたい。あれから……頭上のものからのがれたい。

四角く、大きく、回転している。宇宙空間を飛んでくる。

貨物用コンテナだ。ヤムイモがはいっていた荷箱とはけたがちがう。一辺十メートルくらいある大きな鋼鉄の箱。何トンもあるだろう。人間は簡単に押しつぶされる。それどころかこの速度ではアルテミス号を貫通(かんつう)しかねない。

まっすぐ接近してくる。

15

限界だ。ペトロヴァの指は痙攣し、ついに戸枠からはずれた。文字どおり石のように落ちる。

縦になった通路が加速しながら通過する。手足を振りまわし、なんでもいいからつかまろうともがく。しかし手がかりがない。目がまわる。風圧で脳までばたついているようだ。悲鳴をあげたくても、口を開くと有毒な煙がはいるので叫べない。

足もとの通路がアルテミス号の船体の湾曲にそって曲がりはじめた。斜めに壁にあたる。それでも息が詰まるほどの衝撃だ。恐怖が強くて苦痛は感じない。速度変化だけがわかる。曲がる壁にそって急速にころがり、頭を何度も壁にぶつける。最後は脇道の通路で止まった。

しばらくじっと横たわって息をした。動きたくない。動けばまた体があちこち痛い。このまま動かず固く目を閉じていれば、やすらかに死ねるかもしれない。これ以上の恐怖にさらされずにすむ。いまはそうするのがましに思えた。

「ペトロヴァ、聞こえるか？」

パーカーの声がした。幻聴か、ほんとうに呼ばれているのか。どうでもいい。話しかけないでほしい。

「ペトロヴァ、目を覚ませ」

すこしだけ頭を動かす。首を振って、話しかけられても答えないとしめす。

「ペトロヴァ、返事をしろ。さあ、ペトロヴァ。俺だ、答えろ」

しかたなく口を開く。歯がぐらつく。舌は腫れて傷だらけ。話すのも息をするのも痛い。かろうじて声を出す。

「聞こえてるわ」

「ああ、よかった。生きてるな」

片目をあけると、青い光が顔のまわりでまたたいている。どうやらホロ映像のなかに頭を突っこんでいるらしい。横に回転して映像から出た。見上げると、そばに立つ姿がある。

「パーカー？」

「よく聞け、ペトロヴァ。あまり時間が――」

「わかってる。わかってるけど、ちょっと待って。すこしのあいだ息をさせて」

片手を床について、ゆっくりゆっくり体を起こす。ようやくまたたくホロ映像を見る。パーカーは声をかけずに待っている。すこしずつ体の感覚がもどってきた。ほかの場所へ移動したほうがいい。プラスチックの燃えるにおいがきつくなっている。息をするたびに肺が痙攣し、酸素がたりないと訴える。

壁に背中を押しつけてなんとか立ち上がった。うなずいて、ホロ映像のほうに顔をむける。

ところが映像は消えていた。サム・パーカーはどこにもいない。

「なによ、もどってきて！」

しかしなにもなし。返事はない。さっきまでたしかにいた。ホロ映像が投影されていた。はっきりと見えていたのに……もう消えている。

「なによ、もう」

現在の通路を見た。一方を遠くまで見て、反対も遠くまで見る。ここが船内のどこなのか見当がつかない。

「位置がわかるとありがたいんだけど──アクタイオン？」

はかない希望をこめて呼んでみた。もちろん返事はない。

一人になった。完全に迷子だ。

筋道立てて考える。行くべきところはわかる。ブリッジだ。船首方向にある。もといた船室区画は船体中央部に環状に配置されている。そこから中央通路ぞいに落ちたわけだが、それははたして船首方向か船尾方向か。憶えがない。

隔壁を拳で叩いた。ただし軽くだ。腕のあらゆる筋肉が痛くて、乱暴に動かすと腱が断裂しそうだ。それでもいらだちをあらわさずにいられない。

「いいわよ、わかった。どっちへ……行けば……」

そのときまた警報が鳴りはじめた。かん高い騒音が耳朶を打つ。ペトロヴァは悲鳴を漏らして頭をかかえた。

「やめて！　もうこれ以上……」

アクタイオンの声がとぎれとぎれに流れてきた。録音された緊急メッセージが断片的に再生されているようだ。〝衝突します〟とくりかえす。

『つかまってください……衝突します……衝撃にそなえてください。衝突の衝撃に……衝突の……つかまって……つかまって……』

痛む脚を引きずってよろよろと通路を走りだした。どこへ行ってなにをすればという考えもない。頭に充満する警報音と恐ろしい声からのがれたい一心で足を動かす。

『つかまって……つかまって……衝突……衝突……』

前方で通路が交差している。そこなら案内標識があるはずだ。どちらへむかうべきかわかる。あと五メートル……四・五メートル。

『つかまって……』

三メートル。壁によりかかって足を止めたいのをこらえる。

『衝突……』

二メートル。

なにかが船にあたった。まるで雷が落ちたようだ。通路の交差点の天井を高エネルギーのプラズマが破り、床へ抜けた。光と炎と熱が各方面へ吹き抜ける。ペトロヴァの肺は空気を奪われ、肌は高温にさらされた。

あわてて退がり、通路を突進する炎の柱をよけた。のみこまれたら一瞬で灰になり、床のしみになっただろう。

よけたところにハッチがあった。通路の酸素は急速に薄くなり、背後の高熱が髪を焼こうとする。非常アクセスパネルを叩いた。動くとは期待していなかった。どうせ開かないところが開いた。

信じられないことに、開いた。

あわてて飛びこむ。同時にハッチは閉じて、炎につつまれた通路から遮断された。

床にへたりこんでハッチにもたれる。背中が熱くなってあわてて離れ、四つんばいで奥にはいる。息が苦しくてとても立てない。

外では炎が荒れ狂う。この小さな空間は……。

暗い。真っ暗だ。ひとまず安全だが、なにも見えない。ハッチの小窓からさしこむオレンジ色にまたたく火明かりがわずかな光だ。室内を照らすほどではない。影が揺れ、奇怪なかたちに見えるだけ。

低い轟きから逃げるようにさらに奥へはいった。ハッチがロックボルトで固定される音が響いた。さらに室内を与圧する空気音。

ハッチの上部に文字があらわれた。赤い警告文だ。このハッチは閉鎖中。外の環境は人間の乗員乗客にとって致死的。脱出不可。

「くそ！」恐怖と不安と疲労を吐き出すように叫んだ。「くそっ！」

肺が空気不足であとは出てこない。

そのとき、腕に緑のプラスチックの猿が跳び乗ってきた。

最後の息で悲鳴をあげた。

16

「来るな、来るな、来るな！」

ジャンは泣き声をあげながら逃げた。アルテミス号の船体外壁のつかまれるところに手をかけ、鋼鉄のコンテナから必死に遠ざかろうとした。それでもぐんぐん迫ってくる。ぺしゃんこに押しつぶされると覚悟したとき……。

背後をかすめるように船体に衝突した。

アルテミス号ははげしく揺れた。はじき飛ばされそうになった。手を離したら宇宙に放り出される。折れたパイプに必死につかまり、悲鳴をあげた。肺に残ったわずかな空気で叫んだ。

すぐうしろでコンテナが船体を突き破った。まるでメロンの皮にドライバーを突き刺すようだ。亀裂から火柱と大量の破片が噴き出し、宇宙空間に飛散した。

船体がうめく。死にかけた動物を思わせる。

音として聞こえるわけではない。つかまっているパイプから振動がつたわる。宇宙服を介して腕の骨を震わせる。奥歯が鳴るほど強く。

やがて船のうめきは止まった。振動もやんだ。まばたきして状況を考える。

生きている。衝突を生き延びた。ひとまずよかった。

しばらく動かず、ひたすら息をした。割れたプラスチックのフェイスプレートが曇っている。曇りはすぐに消える。息をするリズムにあわせて曇っては消える。最悪だ。視界が狭いことよりも、応急手当てしたフェイスプレートの亀裂から貴重な酸素が漏れている事実のほうがまずい。

脈が速い。そのせいで呼吸数も多く、息が荒い。酸素をもたせるにはゆっくり息をするべきだろう。しかし死の瀬戸際(せとぎわ)では難しい。

手首を見た。本来ならここにデバイスがあり、抗不安薬を大量投与(とうよ)したはずだ。しかしいまは宇宙服の手首にはめこまれた小さな画面だけ。そこに表示される二桁の数字が、プラスチック製のスリーブのなかで光っている。

〝29〟とある。

酸素量が残り二十九分という意味だ。しかし正確ではない。フェイスプレートが割れていなければの話だ。空気が漏れていなければ二十九分もつだろうが、実際はもっと短い。

宇宙服に残った酸素を、かりに二十九単位としよう。一単位がどれだけもつか。あまり長くないだろう。

震える指でフェイスプレートに貼ったテープを押さえる。数秒もすればまためくれてくるはずだ。めくれて、剝がれてしまう。

船体の衝突箇所にもどるしかない。ここにいてはだめだ。猶予(ゆうよ)は少ない。

ふたたび外壁にある手がかりをつかんで移動した。なめらかな表面から突き出たセンサーモジュール。押したら折れそうなほど曲がったアンテナ。両手を同時に離さないように心がけた。タンカーの船底を這(は)っている気分だ。手を離せば未知の深海へゆっくりと沈んでしまう。それどころかもっと悪い。海なら底がある。宇宙は底なしだ。

死ぬのとどちらが悪いだろう。考えただけでヘルメットのなかで歯が鳴る。どこまでも、どこまでも落ちる……。実際には数分で死が訪れるはずだ。暗黒を永遠に見つづけるわけではない。それでも想像する。死体は止まらない。数千年、数百万年と漂流する。運がよければパラダイス星の重力井戸にとらえられて数百万度のガスで焼かれるだろう。そうならなければ……やはり永遠に落ちるかもしれない。闇の奥へひたすら。

この精神状態を安定させてくれるはずの投薬がない。一年ぶりにあのデバイスがない。肝心なときにと腹立たしい。

手首に目をやった。数字は〝16〟になっている。さっき見たのはせいぜい五分前だ。やはりこの数字はおかしい。不正確だ。十六……。残りはそれだけ。十六分。いや、十六単位か。

外壁にそってふたたび移動しはじめる。ろくに見えないので手探りだ。フェイスプレートは曇ってしまっている。息を止めて曇りが取れるのを待つ。

ようやく前方に見えてきた。衝突箇所だ。あとすこし。息が続くうちにたどり着けそうだ。よかった。

衝突した物体は大きく高速だった。爆弾が命中したようなものだ。貨物コンテナは衝突の衝撃で溶けただろう。燃える金属とプラスチックの奔流(ほんりゅう)に変わり、アルテミス号の内部を焼く。船体には直径二十メートルくらいの大きなクレーターができている。

生き延びたければ船内にはいらなくてはいけない。そのためにはこの穴に下りる。危険だ。危険きわまりない。溶けた金属と鋭い破片だらけ。それでもそこに下りなければ生存の望みはない。

手首を見る。〝8〟だ。酸素残量は八単位。実際にどれだけもつか。

クレーターに近づくと、衝突で出た熱を宇宙服のグローブごしに感じた。指を動かして血をめぐらせてから、身を乗り出して穴をのぞきこんだ。

内側に船の各層が見えた。きれいにくり抜かれている。破片が金属の吹雪のように舞っている。黒っぽい液体が噴き出しているところもある。配管の断面が光って見えるほどきれいに切断されている。いちばん奥には、宇宙があった。星さえ見える。

衝突しただけではないのだとわかってぞっとした。貫通している。船体を突き抜けている。飛翔体がうがった穴は反対側まで通じている。

大破だ。甚大な被害だ。機械工学はわからないが、人体にこれほどの穴があいたらどうなるか医師としてわかる。鳥肌が立った。

「致命傷だ。百パーセント死ぬ」

覚悟を決めた。ここから先は運を天にまかせる。温かいこの穴のなかで死のう。エアロックを探して船内にはいる。まもなく死ぬにしても、割れたヘルメットを脱いで深呼吸してからだ。あるいはその途中で倒れるか。

なにかを期待するのではなく習慣としてまた手首を見た。数字は〝3〟だ。

三単位。

酸素が残り少ないことだけはわかる。たりないかもしれないと、早くもぼやけはじめた頭で理解した。

アルテミス号のクレーターがまだ高温だからといって、慎重になっていられない。エアロックへの安全なルートを探しているひまはない。安全をあきらめるしかない。

クレーターの縁をつかんで腕に力をこめ、大穴に飛びこんだ。たちまち渦巻く破片の嵐に叩かれる。なにかがフェイスプレートをかすめて新たな傷をつくった。べつのなにかが脚にあたって腿を刺されたような痛みを感じた。腕で顔面を守りながら、クレーターの反対側にぶつかった。強い衝撃で腕の骨がたわんだように感じたほどだ。それでもどこも折れていない。ならいい。

剝がれかけた床板に手をかけて、船室だったらしいところにはいる。なにもかも変形しているが……ハッチがあるはずだ。船内に続くハッチ。みつけて奥へはいり、閉じればいい。それで希望がかなう。ヘルメットを脱いで死ねる。

手がかりにつかまって進んだ。途中で左のグローブが溶けているのに気づいた。クレーターの縁をつかんだときだろう。あそこは柔軟なプラスチックが溶けてぐにゃぐにゃになっていた。グローブの指は癒着してミトンのようだ。足がどうなっているか、もう見る気も起きない。

ハッチだ、ハッチを探せと自分に言い聞かせる。ハッチはどこだ……。

あった。これだ。ほっとして泣きそうになった。数十メートル先にハッチがある。破損はしていないようだ。

定期的に見るべきものがあったはずだ。注意するものが。そうだ、手首だ。横目で見た。不愉快な気分になるとわかっている。見たくない。三を下まわっているはずだ。

ところが数字は出ていなかった。酸素残量を表示していない。

おかしい。ヘルメットの側面を指で叩いて宇宙服のコンピュータを呼び出した。小声で命じる。

「表示、酸素、残量」

視界にうっすらと文字が浮かんだ。


この宇宙服は低電力モードです。

一部の機能を利用できません。


文字はまたたいて消えた。

「おいおい、どういうことだ」

息を詰めた。簡単ではない。そして耳をすました。

なにも聞こえない。これまではつねに小さな音がしていた。生命維持装置のファンの音。おかげで顔に酸素が流れてきていた。そのファンが止まっている。手首に数字が出ていなくても関係ない。表示されればどんな数字かあきらかだ。

〝0〟。

ハッチは目のまえ。空気はいま肺にあるぶんだけ。呼気には酸素がかなり残っていることを医師として知っている。あと二、三回は再呼吸しても生命維持に不適というほどではない。まだ数十秒はある。最後の息を肺にためたままにすればさらに。

ハッチはもうすぐだ。手がかりをたぐって進む。あとすこし。

目を開いた。

おかしい。

目を閉じた記憶がない。ということは……瞬間的に意識を喪失したのだ。脳が機能停止しはじめている。

時間がない。ハッチに手を伸ばした。隣に非常アクセスパネルがある。黒いプラスチックのパッドを叩くだけでハッチが開く。よし、簡単だ。パッドを叩いた。

なにも起きない。

ああ、わかった。実際に叩いていないのだ。叩くところを想像しただけ。

大きな努力をして手を伸ばし、もう一度叩いた。視野の周辺が翳（かげ）っている。暗く狭いトンネルを通っているようだ。脳が歌っている。高くもの悲しい音をたてている。よくない徴候(ちょうこう)だ。

ハッチが横に開いた。自分の手であけたのか、勝手に開いたのかよくわからない。奥へはいった。うれしい。ほっとする。ようやく成功した。あとはすべてうまくいくはずだ。

この偽の幸福感は酸素欠乏症の最終段階という知識がある。二酸化炭素中毒。死に際(ぎわ)のごほうびといえる。うれしいボーナス。ハイな気分で死を迎えられる。

なかにはいるとハッチは自動的に閉まった。便利だ。気にいった。自分好みの船だ。

「ありがとう、アルテミス号」

言った直後に、礼は早すぎたと気づいた。

ハッチをくぐってはいった船室には空気も光もなかった。破片が渦巻いている。外の宇宙空間とおなじ。なぜだ。室内なのに。四方を壁にかこまれているのに……。

いや、その壁の一つに亀裂があった。むこうに闇が見える。暗闇と小さな星がいくつか。

「そんな……ありえ――」

――ない。

そう言うつもりだった。

しかし言いおえるだけの空気が肺になかった。

17

ペトロヴァは緑の猿をつかんでむこうに投げた。壁にあたって二つに分かれる。脚の一本がはずれて、床の上で無意味に、あわれにのたうっている。

ペトロヴァは壁に背中を押しつけて立ち上がった。あらためて緑のものをよく見る。猿には似ていない。そもそも頭がない。関節で曲がった腕が六本、長く柔軟な尻尾が一本。目も口もない。安っぽいプラスチックかなにかでできている。尻尾を空中で振ってもがき、関節は壊れる寸前のようにきしんでいる。

「いったいなんなの？」

緑の物体は、閉じたハッチの隣にある整備用パネルへよたよたと移動した。何本も指がある小さな手でパネルをこじあけると、内部のスイッチやリレーをあさった。

「ラプスカリオンだ」

小さな声。

ハッチの開閉パッドの上にある小さなスピーカーから聞こえる。声域は低く、男性を演じているように思える。

「おいらはラプスカリオン。船のロボットだ」

「アルテミス号にロボットが乗ってることさえ初耳よ。その姿はなに？ まるで……おかしな緑色の虫みたい。ほんとはどんな姿にしたかったの？」

「まえの体はこうじゃなかった。気にいっていたんだが、攻撃を受けて壊れたから新しいのをつくった。この体を選んだのは、たんに機能的で成形しやすかったからさ」

ペトロヴァは首を振った。

「ごめんなさい。その……脚を折ってしまって。びっくりしたから」

「たしかに壊れたな。注意を惹(ひ)こうとしただけなんだが」

「いきなり飛びついてくるからよ。そんなことより、話すのになぜハッチの操作パネルを使うの？」

猿のようなものは関節のある腕を二本上げて肩をすくめた。

「この体を設計したときにスピーカーを組みこまなかったんだ。必要ないと思ってな。この船は船室も通路も音響設備がある。もう過去形だけどよ」

「え、どういうこと？」

ロボットはため息をついた。これまで話していた声とはべつだ。女性的でとても人間的なため息。過去に聞いた声の録音だろう。あるいはサンプル音声か。

「船はめちゃくちゃになっちまったんだよ。見りゃわかるだろう」

「攻撃を受けているとパーカー船長は言ってたけど」

「船長と話したのか？　どうやって？　インターコムはぜんぶ落ちてるはずだけど……。まあいいや。それよりもっと重大な問題がある。目前の数分間をどうやって生き延びるかだ。かなり難しいぜ。船のシステムはほぼすべて停止。航法系も、主電源も、超光速機関もぜんぶなくなった」

「なくなったって……損傷してるってこと？」

「もう存在しないんだ。完全に壊れた。区画ごとの非常電源と最小限の生命維持系が動いてるだけだ。武装も動かないから反撃できない。センサー類もアクセスできなくて、だれから、あるいはなにから攻撃されてるのかわからない。逃げようにも、これだけ船体構造をやられてると、メインエンジンにちょいと点火しただけでポキリと折れる」

「そんな。絶望じゃない」

「ああ、それが現状だ」

「アクタイオンと話さないと」

AIなら状況がもっとよくわかるだろう。すくなくとも次の行動を助言してくれる。

「そうだな。それが当然の考えだ。ただし問題が一つある」

ペトロヴァの気分は暗くなった。考えたくないことを考える。

「まさか、アクタイオンもダウンしてるっていうの？　完全に壊れたとか？」

「そうじゃない。健在だ。まだ船の基幹系を掌握してる——」

そう言って、ラプスカリオンは整備用パネルの奥に手をいれ、配線の一本をつかんで引き抜いた。するとハッチの奥でなにかがうなり、油圧オイルが漏れたような奇妙な甘いにおいがただよった。

「——ただし、正気を失った」

ペトロヴァは首を振った。

「どういうこと？」

「まあ、待て。だからこいつが必要なんだ」

ロボットは引き抜いた配線の先端を細い手の先で宝物のように見せた。

「船内通信はダウンしてる。深刻な障害が起きてる。通常のチャンネルでブリッジを呼び出すのは危険だ。でもこいつを使えば直通回線を開ける。船長と話させてやる」

ペトロヴァは興奮してうなずいた。そうだ、そうだ！　パーカーなら船をよく知っている。なにをすればいいか、どうすれば問題を解決できるかわかるはずだ。

『ペトロヴァ？　いるのか？』

スピーカーから声がした。パーカーの声だ。疲労とあせりがある。それでもペトロヴァにとってはほっとする声だ。

『場所はどこだ？　ブリッジに近いのか？』

涙がにじんだ。気をしっかり持って、息をつき、応答した。

「船長、声を聞けてよかったわ。ここは……どこだかよくわからない。たぶん船室の近くで、船のロボットといっしょにいる」

『ああ、よかった。冷凍睡眠から出すのがまにあったかどうか気がかりだったんだ。ジャンはどうしている？　いっしょか？　画面に彼の姿が映らない。船内センサーの状態からして無理もないが……もしそこにいるなら安心だ』

するとラプスカリオンが教えた。

「ドクター・ジャンはいま船外だ。船外も船外、宇宙に出てる」

「ちょっと待って。どういうこと？　宇宙遊泳でもしてるの？」

「いや、船室のそばで耐圧壁が破れたのさ。吸い出されたんだ。こんなふうに」

シャンパンのコルク栓が吹き飛ぶ音を再生してみせた。

ペトロヴァは言った。

「なんてこと。それで……まだ生きてるの？」

肩をすくめなかったのはロボットなりの礼儀か。

「生体データが採れない。というか、ほかのテレメトリーデータも途絶してる。でもまあ……死んだだろうな、普通」

ペトロヴァは両手で顔をおおった。複雑な感情を読みとられそうな表情をロボットにもサム・パーカーにも見せたくなかった。

「なんてこと」

するとパーカーが言った。

『いまは自分たちのことを心配すべきだ。きみは無事なんだな、ペトロヴァ？』

「無傷ではないけど――」

首を振る。血だらけであちこち痛い。それでも命にかかわる大けがはない。

「――たしかに、そのとおりね。ドクター・ジャンを悼むまえに答えを出さなくてはいけない問題がある。アルテミス号はたいへんなことになってる。このロボットの言うことを信じたくないけど……アクタイオンが正気を失ったというのはほんとうなの？」

パーカーは長く沈黙してから答えた。

『ああ、そういう言い方もできるだろう』

「どうして。ありえない」

パーカーの声にはいらだちがあらわれていた。

『俺にもよくわからない。アクタイオンのコアが格納された区画は攻撃の被害を受けていない。だから無事なはずだ。でもアクセスを試みても音声コマンドを入力しても、録音メッセージが流れるばかりで反応がない』

「わたしは船室にとどまるように言われたわ」

『それは……なにかのまちがいだろう。きみの船室はいま火につつまれてる。ほかの船室と同様に。ラプスカリオン、船のＡＩはどうなってるんだ？』

ロボットは答えた。

「アクタイオンはすべてのポートを閉じてて接続できない。外界を遮断(しゃだん)してる。それだけならともかく、再起動してる」

『なぜだ？』

「わからん。それをやるのはコアに障害が起きた場合だ。じつはたまにある。おいらたちはあんまり認めないけどな。でもバックアップシステムがあるし、オーバーサンプリングによるエラー訂正やフェイルセーフもあるから、破損したファイル一つくらいでシステム全体がクラッシュしたりしない。完全再起動なんて必要ないはずだ」

　ペトロヴァは意見を言った。

「再起動の理由はともかく、いいことじゃない。待てばいいんでしょう？　そのうち復旧するんだろうから」

「わかってねえな。これを言うと腹が立つけど、アクタイオンは超高性能なんだ。史上もっとも先進的なＡＩの一つといえる。電源オフからのコールドブートでも数マイクロ秒で立ち上がる。でもそこで問題が起きてる。再起動をくりかえすんだ。立ち上がっても数サイクル後にシャットダウンしてまた再起動。それを際限なくくりかえす。それどころか回転が速くなってる。いまじゃ一秒間に数百回も再起動してる」

　ペトロヴァはおおった顔をしかめた。

「それは……」

「……正気じゃない。そういうことさ」

「わかった、もういい。つまりＡＩは使えず、船は分解しかけてる。そんなときのために人間の船長が乗っている。そうよね。パーカー、あなたがバックアップのバックアップのバックアップ。壊れた船を古典的な方法で、つまり人手でなおさなくてはいけない」

『やってるよ。全力で。ただし全員を満足させるのは無理だ。目下の最優先事項は、ペトロヴァ、きみをそこから助け出すことだ。悪く思わないでくれ、ラプスカリオン』

「すこし腹立つが、まあいい。やろうぜ」

18

ブリッジへのルートをパーカーから指示された。かなり遠まわりさせられる。客室区画からブリッジへまっすぐ行く中央通路は、火災と放射線の両方で通行不能と説明された。そのため船全体をぐるりと大まわりしなくてはいけない。脇道や整備用通路ばかり使って迂回(うかい)する。通れるかどうかは延焼(えんしょう)の有無による。めったに人間が立ち入らない区画は空気に有毒ガスがまじって息が苦しい。においも感覚もまるで火災が起きたゴミ埋立地だ。姿勢がよろけて壁の手すりに手をかけたら、火傷(やけど)しそうになったこともあった。

「なんだか暑くなってきたんだけど」

ペトロヴァは船長とロボットに訴えた。ラプスカリオンが説明した。

「船の熱交換系が停止してる。長期的な問題だけど、深刻な問題でもある。船内には熱に弱いシステムがいろいろあるからな。だろう、パーカー?」

船長が答えた。

『ああ、そうだ。その一つが生命維持系だ。それは長期的な話で、喫緊(きっきん)では空気品質が不安だ。ペトロヴァはなるべく早くブリッジへ来てほしい』

「ええ。まずは合流ね」

ペトロヴァとしてもパーカーに会ってじかに話したかった。ロボット相手では正常な判断ができそうにない。人間がそばにいるほうが論理的に思考できる。

「船のレイアウトを思い出そうとしてるんだけど、ブリッジがあるのは船首方向よね。いまわたしがいるデッキと前部区画は中央通路でつながっている。本来ならまっすぐ行けるはず。でも通れないのね?」

『そうだ。通れればそのルートが最善だが――』

ラプスカリオンが口をはさむ。

「中央通路の一部が破れてるんだよ。機関区ごと大穴になってる」

「どういうこと?」

パーカーが説明した。

『船の一部がまるごとなくなってるんだ。通路の一部もいっしょに。それでも移動したほうが望みがある。そこにいたら時間経過とともに……。聞いてくれ、ペトロヴァ。簡単にはいかない。しかしきみがここに来れば協力できるようになる。次の手をいっしょに考え

「かならず行くわ」

ブリッジに着けばもう一人ではなくなる。人間といっしょにいたい。そのほうが安心できる。ロボットではだめだ。

通路の分岐に来た。ラプスカリオンが先に偵察にはいる。意外にもすぐにもどってきた。

「悪いことはいわねえから左はやめとけ。右へ行け」

ペトロヴァはうなずいて右の通路にはいった。たちまち暑くなり、熱で顔を焼かれそうになる。

「なによ、これ。ほんとにこっちがましなの？」

「もちろんさ。あっちへ行ったら三千レントゲンを浴びる。火も危険だが、死ぬときはすぐだ。放射線はあとからじわじわ苦しむぜ」

それは同意せざるをえない。両腕で顔をおおって急いで通路を進む。左右のハッチが次々と緊急閉鎖されていく。前方では瓦礫がいくつも燃えている。しかし跳び越えようと思えばできそうだ。船内の人工重力は十分の一Gくらいまで弱まっていて、地球の月でやるより遠くへ跳べる。

助走をつけようとしたとき、ラプスカリオンが目前に出てきて止められた。

「だめだ、だめだ。そっちじゃない。こっちだ」

緑の腕がしめすのは、閉じる寸前のハッチ。上部から黒煙が漏れていて、ガクガク揺れながら数ミリずつゆっくり閉じている。閉じたらもうあきそうにない。

「ほんとに？」

「ほんとだ。飛びこめ。そうすりゃ安全だ」

ペトロヴァはかろうじて通れそうなすきまにすべりこんだ。

大量の荷箱(にばこ)が保管された細長い部屋だった。パラダイス－1へ運ぶ嗜好品や重要な医薬品の山。その大半がいま炎につつまれはじめている。部屋の奥はつぶれた隔壁(かくへき)でふさがっているらしい。攻撃でこの付近の区画全体がやられている。

「ありゃ」

声を漏らすラプスカリオンを、ペトロヴァはにらんだ。といっても、にらむべき目が相手にはない。

「ありゃってなによ。ありゃってどういう意味？」

「この区画もやられてるとは知らなかった。やっぱりあの燃えてる通路を抜けるしかないみたいだ」

「あら、そう」

ペトロヴァは振り返った。はいってきたハッチはすでに固く閉ざされている。

「もどれる可能性はあるの？」

「可能性は高くないかもな。でもやってみろよ。急いで」

うなずいてハッチにもどり、非常開閉パッドに手を伸ばした。ところがハッチのむこう側からなにかがぶつかる金属音が響いて、手を止めた。衝撃に驚き、あわてて退がる。

「なんなの！」

ラプスカリオンは思案した。

「ふーむ、こいつは妙だな」

「いったい……なにが……」

ふたたび衝撃音が響く。もう一度。まるで姿のない巨人がここをあけろとドアを叩いているようだ。

「なんなの？　どうするの？」

「その二つの質問内容はべつだな。まあ待て」

ラプスカリオンは急いでハッチに這い寄り、整備用パネルをあけた。

むこう側のなにかはさらに強くハッチにぶつかり、鉄板がへこみはじめた。

ラプスカリオンは緊急開閉パッドに手を伸ばした。ペトロヴァは声をあげる。

「待って。なに考えてるの。もし外のものがはいってきたら……」

想像によればだれかいる。ドアを破る装備を持った人間だ。攻撃してきた船から突入部隊が乗り移ってきたのかもしれない。生け捕りにするつもりか。

ラプスカリオンは開閉パッドの上で緑の手を止めている。ペトロヴァはまちがった判断かもしれないと思いながらも、うなずいた。

ラプスカリオンは非常開閉パッドを叩いた。ハッチは良好な整備状態のように簡単に開いた。むこうには照明がともった通路。だれもいない。ハッチを叩いていた者はいなくなったのか。

すると横からなにかが空中に浮いて出てきた。球だ。黄金の金属球が床から一・五メートルくらいに浮かんでいる。ハッチをくぐって室内にはいり、ペトロヴァに近づいた。目前二十センチメートル以下まで近づく。表面はきれいな金属光沢があり、ペトロヴァの顔が映っている。

恐怖の表情が。

しばらく完全に静止していた。そこからゆっくりと通路にもどり、また止まった。

ラプスカリオンが言う。

「ついてこいって言ってるみたいだぜ。そうしたほうがいいんじゃねえか」

「そう……思う？」

「ああ。だって、こいつがぶつかってハッチがへこんだんだぜ。人間の頭なんか簡単につぶされる。したがったほうがいいだろう」

ペトロヴァはうなずいた。気にいらないが、ほかにしかたない。

ロボットはその背後に隠れた。

「先に行けよ」

19

この黄金球がなにか、なにをさせたいのか。まるでわからない。心配した敵の突入部隊かもしれない。人間の兵士ではなくこのロボットを送りこんできたのではないか。すくなくともアルテミス号の備品とは思えない。船内はたいてい白のプラスチックに控えめの照明という内装だ。金色の球など場ちがいすぎて奇妙だ。

さっさと移動した。ペトロヴァが来た方向へ、つまり船体中央部へもどる。口のなかで悪態をつきながら、あとにしたがった。

ある通路の交差点で濃く滞留する煙に巻かれて視界を失った。すると油くさい煙のむこうから黄金球がもどってきて、ペトロヴァの背後にまわりこんだ。ペトロヴァは迷子になるのを恐れてあともどりしようとすると、黄金球は変形して無数のとげを出した。槍の穂先もあれば、先端が不気味にとがった鉤もある。名前のわからない針だらけのものや凶悪なかたちの刃もある。その鋭い先端のいくつかを顔の数センチメートル手前に突きつけられた。

ペトロヴァは両手を上げた。

「わ……わかったわよ。進めばいいんでしょう」

黄金球は武器を引っこめて、煙のなかにもどった。そのあとを追う。

船体の耐圧壁のそばらしく、通路の湾曲(わんきょく)がきつい。ハッチも片側にしか並んでいない。真正面に大きなハッチが一つある。黄金球はそこへ行って止まり、こちらを待っている。

ペトロヴァはハッチに近づいて小窓からなかをのぞいた。

「たいへん、だれかいる!」

非常開閉パッドを叩くが、開かない。

「ラプスカリオン、手伝って!」

ロボットが駆けより、整備用ハッチをあけた。配線を引き抜いてリレーをショートさせると、すぐにハッチが開いた。突然の嵐のように空気が奥へ流れ、ペトロヴァは押されてよろめきながら室内にはいった。床に倒れて動かない人のそばにしゃがむ。

「ドクター・ジャンだわ」

宇宙服にヘルメットをかぶっているが、フェイスプレートに大きな亀裂がある。そこにテープを貼った跡。割れたのを修理しようとしたのか。手もとをみると、切れたテープ片が指にからんでいる。必死にヘルメットを脱ごうとしながら倒れたのかもしれない。ゆがんだヘルメットのラッチを解除してそっとはずしてやった。

「脈なし、呼吸なし。死んでると思う？」

「おいらはロボットだぜ。人間の生理学はわからねえ」

「たぶん死んでるわ。いったい……いったいどうなってるの？」

顔を上げて室内を見まわした。状況がわかるものを探す。あちこち損傷しているが、なかでも奥の壁がひどい。ほぼ床から天井まで届く大きな亀裂がある。そこを急速硬化型の発泡充塡材でふさいである。だれかが応急処置したのだ。そしてジャンをここに残したのか。

充塡材を指さして訊いた。

「見て、ラプスカリオン。おまえがやったの？」

「まさか」

黄金球が室内にはいってきた。いらだったように急速に動く。充塡材でふさがれた亀裂のそばにしばらくとどまり、ついでジャンのところにもどる。頭の上に浮かび、金色の金属の触手を出して、顎の下の脈を診る位置にあてる。

「なにしてるの？」

ペトロヴァが訊いたとたん、バチバチと放電音が響いた。ジャンの体ががくんと跳ね、目が一時的に開いた。しかし焦点があわない。

「死んでるのよ。そんなことをしても……」

黄金球はまた電気刺激を送った。今度は息が通った。しかし顔色は蒼白のまま。

ラプスカリオンが言う。

「蘇生を試みてるな」

「そんな……そんな、そんな」

ペトロヴァはなにをすればいいかわからないまま、まず気道を確認した。呼吸はない。酸素が脳にいかないと、いくら電気刺激をしても無駄だ。

「この部屋の換気を一時的に上げられないかやってみて」

ロボットに指示すると、ジャンの口に唇をあて、鼻をつまみ、強く息を吹きこんだ。自分の呼気で肺をふくらませる。いったん顔を上げて、大きく息を吸い、もう一度相手の口から吹きこむ。もう一度、もう一度。

頭上では黄金球が上下に揺れている。まるでいらだっているようだ。

「やってるってば!」

ペトロヴァは頭上に言ってから、また大きく息を吸ってジャンの口に吹きこんだ。

いたことは動いた。喉を揉んで気道をマッサージし、もう一度息を吹きこむ。今度は肺が風船のようにふくらむのを感じた。

「ドクター・ジャン？　レイ？　聞こえる？」

その体が大きく痙攣しはじめた。まるで癲癇の大発作だ。

「まずいわね」

また口をつけて息を吹きこもうとするが、あばれるので息が漏れてしまう。

「手伝って！」

ラプスカリオンに声をかけたつもりだった。ところが反応したのは黄金球だった。ペトロヴァは押しのけられた。というより部屋の反対側へ投げ飛ばされた。球はジャンの腕の上に浮かぶと、長いとげを出し、宇宙服の上から先端を刺した。

「なにしてるの？」

尋ねても黄金球は答えない。それでもジャンの強い痙攣はすみやかにおさまった。

かわりに咳きこみはじめた。最初は軽く小さな咳だったが、だんだん強くなり、ついには全身で肺を吐き出そうとするような咳になった。尋常でない強さでいつまでも続く。咳きこみながらジャンの目があき、見まわし、ペトロヴァとラプスカリオンと黄金球を見た。

球に気づくと、困惑したように目を細め、左腕を上げた。すると黄金球は変形し、手首から肘にかけて流れこんだ。前腕をすっぽりとつつみ、まるで金線細工の装飾的な手甲のようになる。蔓草模様がくねくねとたえまなく動いている。

ペトロヴァは金色の手甲に見とれて目を離せない。

「最初に会ったときからつけていたわね。たんなる装飾品かと思ったら」

ジャンは苦しそうに一言ずつ言った。

「そうだよ。そしてそれ以上のものだ」しばらく息を整えて、腕を持ち上げる。「これがRDだ」

「と言われてもわからないけど」ペトロヴァは首を振った。「まあいいわ。とにかく楽に呼吸して。死にかけてたんだから」

ジャンは咳をしながら苦笑した。

「いや、実際に死んでいた。RDが蘇生してくれた。RDときみが。ありがとう、警部補」

またひどく咳きこみ、横むきになって体をまるめた。

そんなジャンをしばらく休ませるために、ペトロヴァはラプスカリオンを連れて通路に出た。ロボットを見下ろして言う。

「いったいなにがどうなったの？」

「あんたは救命行為をしたのさ。あるいは救命したのはあの金色で、あんたはチューしただけか。言ったろ、人間の生理学はわからねえって」

「あれは……あの手首につくやつは……なんなの？　ああいうのを見たことある？」

「乗船者データベースに記載されてる。船内に持ちこむロボット機器は要登録で、あれも書かれてる。ＲＤは体調管理装置（リコンディショニング・デバイス）の略だ。製造番号はＵＥＲＤＭ２４０１」

ペトロヴァはロボットに近づいて小声で訊いた。

「そう言われてもよくわからないんだけど、ある種の監視装置とか？」

自宅軟禁（なんきん）中の人々を追跡するための足首型監視装置ならよく知っている。

ラプスカリオンは肩をすくめた。

「監視装置というより、本人の異常行動にペナルティをあたえて矯正（きょうせい）するものだ。よくない行動を未然に防止する。依存症とか反社会的衝動とか。でもあれはもっと高性能みたいだな。具体的にどんな機能があるのか知らねえが、あれをつけてるってことがどういう意味かはあきらかだ」

「どういう意味なの？」

「自分ないし他人に危害をあたえる人物ってことさ。それでも重要な仕事をするらしい。

だから政府（UEG）はこいつをクッション壁の病室に閉じこめるかわりに、危険防止の監視装置をつけて歩かせてる。何者なんだ？」

ペトロヴァには答えようがない。ドクター・ジャンを見て、たいへんなことに巻きこまれたのではないかと思った。しかしいまは考えていられない。

部屋にもどって医師を助け起こした。呼吸はいくらか楽になったようだ。ひとまずよかった。どう説明しようかと迷いながら声をかける。

「ええと、いま……移動中なのよ。ブリッジへ行ってパーカー船長と合流するために」

ジャンは答えた。

「いっしょに行くよ。待って。すこししたら立てる」

20

ジャンの気分は最悪だった。全身がガラスになってハンマーで砕かれ、その破片をちりとりで集めて宇宙服に詰めこまれた気分。いまいましいヘルメットをはずせたのはよかったが、宇宙服を脱いだらどうなるか不安でしかたない。砕けた破片が流れ出すのではないか。

親指のつけ根で額をぬぐった。またおかしなことを考えている。悪い徴候だ。

ロボットのラプスカリオンから声をかけられた。

「だいじょうぶか？」

通路のまんなかでいつのまにか立ち止まっていた。仲間たちは走って進むのをやめ、緑の蜘蛛のようなロボットがもどってきて体調を尋ねたわけだ。体調を尋ねられるのは嫌いだ。必要ない。そのためにRDがあるのだから。

「きみは顔があると好ましいんだけどね。それはともかく、だいじょうぶだよ」

「そりゃ失礼した」

ロボットはちょこまかと離れていった。

ふいにペトロヴァが言いだした。

「ねえ、へんなにおいがしない？」

「におうね」

ジャンは答えた。実際にいろいろなにおいがしている。燃えるプラスチック。生命維持系が故障しかけていることによる異臭。それらとはべつのにおいがいましている。指摘されたのはそのことだ。

「これはオゾンだ」

ペトロヴァはうなずいた。

「壊れた古い発電機みたいなにおい。しばらくまえからしていたけど、だんだん強くなってきた」

「パチパチという音もするね。放電しているように」

ラプスカリオンも言った。

「空気にイオンが充満してるな。よし。おいらが先に行って偵察してこよう。人間とちがって簡単に死なないからな」

「よろしく」

ジャンとしては体を休めて一息つけるので助かる。

緑のロボットは通路を進み、すぐに曲がって見えなくなった。

ペトロヴァはつま先立ちになってロボットが消えた通路の奥をのぞいている。しかし先のほうは暗くてジャンにはなにも見えない。ペトロヴァは言った。

「このへんを通るのはあまりいい気分じゃない。船の外壁に近いから。飛翔体がまたぶつかってきたら危険地帯よ」

ジャンは意見を言った。

「それはどうかな。船体の中心近くが安全とはかぎらない。貫通した穴もあったからね」

ペトロヴァは眉をひそめて彼を見た。

「ほんとうに？　なんてこと、逃げ場がない」

ジャンが同意しようとしたとき、鋭い音が響いた。銃声というより、岩に雷が落ちたような音だ。

「ラプスカリオン？」ペトロヴァが呼んだ。しばらくしてもう一度。「ラプスカリオン？まさか……まさか……」

「おいらは無事だぜ」

いつもの声が聞こえた。ただし背後から。暗がりから出てきた姿は、さきほどまでの緑色の蜘蛛ではない。

まず、かなり大きくなった。胴はさらに低くなり、脚はこれまでどおりに多い。大きな緑色のサソリというべきだ。折れ曲がった脚で体をささえ、体節に分かれた尻尾をそらせてまえにむけている。先端についているのは毒針ではなく、にやりと笑った人間の顔。あいかわらず目はない。

「衣装替えしたのかい？」

ジャンが訊くと、ラプスカリオンは指摘した。

「顔があるほうが好ましいって言うからさ」

ロボットは歯を鳴らしてしゃべる。にやにや笑いはあいかわらずだ。

「もとの体は……？」

関節の多い脚で体を上下に揺らしたのは、肩をすくめたのか。

「百メートルくらい進んだところで焼かれた。ジュッてなって、隔壁にこびりついたカスになった。だからもどって新しい体をプリントしたわけさ。ついでに新機能も組みこんだぜ。スピーカーをつけたから、近くに音響システムがなくてもしゃべれる」

「便利だ」

ジャンは同意した。

ロボットは尻尾を突き出し、にやにや笑いで目のない顔を彼に突きつけた。おびえさせようという肝（はら）らしい。

たいしたことはない。彼は平然として肩をすくめ、顔をそむけた。

ペトロヴァは目をまるくしている。

「ちょっと待って。外壁ぞいのこの通路の百メートル先になにがあるの？　ロボットがやられるくらいなら、人間は確実に死ぬわ」

ラプスカリオンは答えた。

「心配するな。無警戒で突っこんだのが敗因だ。今度は危険がわかってるからひっかからねえ。プラズマの放電をよければいい。簡単だろ？」

21

簡単なわけがないとペトロヴァは思った。

アルテミス号は一部が切り裂かれて宇宙空間にさらされているが、一方でこのあたりの被害は内出血程度だ。通路の天井は無傷。ただし床が大きく裂けている。床板とハッチと複数の船室がまるごと穴に崩落している。

そろそろとその縁（ふち）に歩みよってのぞきこんだ。壊れた家具や機械類が瓦礫（がれき）となって積み重なっている。その破壊された床下で放電の光が縦横に走った。

ラプスカリオンが説明した。

「この下を幹線（かんせん）の電力路が通ってる。つまり二百万ボルトが流れるぶっといケーブルがあるんだ。それが切断されて、高圧電流が行き場を失ってる。その放電に飛びこむのは利口じゃねえな」

亀裂の奥に目を細めると、隔壁（かくへき）に緑色のものがへばりついている。ラプスカリオンの前身。そのなれのはてらしい。

「なるほどね」

亀裂のむこうの床を見る。

「でも進むにはここを通るしかないんでしょう」

ラプスカリオンは新しい脚で上下に体を揺らした。

「そのとおりだ。しかもありがたいことに、操船デッキとブリッジはすぐそこだ」顔のついた尻尾でしめす。「ハッチが見えるだろう。パーカーはそのむこうにいる」

「じゃあ、なおさらこの奈落(ならく)を渡るしかないわけね」

むこう側まで約十メートル。船内の人工重力は微弱だ。照明や換気とともに非常レベルに落とされている。健康な人間なら楽に跳び越えられる距離。

「いいわ」

うなずいて腕を前後に振り、陸上選手のようにクラウチング姿勢をとった。スタートし、加速して、踏み切り地点に近づいて……。

寸前で急停止した。亀裂から放電の火花が噴き出したからだ。薄紫色の電弧(でんこ)が何本も天井へ伸びる。すぐそばにある亀裂のぎざぎざの縁に放電が接触するたびに火花が散り、バチバチと音が鳴る。

「待て。すぐおさまる」

ラプスカリオンが止めた。放電はやがてあとかたなく消えた。

「よし、もういいぞ」

あっさりと言うロボットに、ペトロヴァは辛辣なことを言ってやりたかったが、その時間も惜しい。あらためて床を蹴って走りだした。床が途切れるところまでにたっぷり勢いをつけ、虚空へ飛び出した。しばしの無重力。腕と脚は動きつづけて空中を駆ける。下には炎が渦巻く地獄の竈。なるべく見ないようにして、着地すべき床に視線をむける。

亀裂のむこうの床に両足をつけ、前のめりになって両手もついた。

息が切れ、全身を血がめぐる。しばし無意識の笑い声をたててから振り返った。ふたたび噴き出した放電の嵐と、癇癪を起こしたような火花と音にさえぎられてむこう側は見えない。いつまでも続いて心配になった。跳び越えたことが破損状況を変化させて、後続のルートを遮断してしまったのではないか。

しかししばらくすると放電はおさまり、火花は消えた。

「ジャン、次はあなたの番よ！」

医師は動かない。立ちつくして床の亀裂を見るばかり。走る準備動作もしない。

「ジャン、がんばって。必要だから」

しかしこちらを見ていない。亀裂も見ていない。固まって動かない。

「ジャン、なんとか言って」

「僕は地球育ちじゃないんだ。そんな筋肉はない。それにタイミングをまちがえたら焼け死ぬ」

「できるわよ」

「医学の専門家として、自己の運動能力の限界はよく――」

そのときすでにラプスカリオンは動きだしていた。加速しながら、大きなハサミの腕でジャンをつかみ、いっしょに亀裂の上へ跳び出す。空中を渡りながらジャンは悲鳴をあげた。ラプスカリオンは乱暴に着地し、脚を大きく曲げてバウンドした。

ジャンはロボットの背中を叩いて悪態をついた。

「なんてことをするんだ！　心の準備が……できてなかったのに……！」

床に下ろされて、おそるおそる亀裂を振り返る。ちょうど放電がはじまり、火花のシャワーが天井まで届いた。

ジャンは姿勢を正して大きく息をつき、ロボットにむきなおった。堅苦しく頭を下げる。

「いや、考えなおした。ありがとう」

「案ずるより産むが易しっていうだろう」

ロボットはさっさと先へ歩きだす。

ペトロヴァは顔のついた尻尾を見て、前方を指さした。

「パーカーはあのハッチのむこうなのね？」

先端の顔が上下した。

「そのとおり」

ペトロヴァが開閉パッドを叩くと、ありがたいことにハッチはすなおに開いた。やっと着いた。ブリッジだ。

22

「これは……どういうこと？」

ペトロヴァはつぶやいた。予想もしなかった。わけがわからない。

アルテミス号の船内はだいたい無機質で輝くほど白い。通路も狭い客室もかぎられた空間を効率的に使い、必要最小限の線でデザインされている。船室の照明は明るく人間の目にやさしい色。アクタイオンの通知灯からベッドの毛布まですべてが清潔で快適な配色になっている。

なのにこのブリッジは……。

暗黒の森だ。

比喩ではない。不気味にねじくれた樹木が室内全体に鬱蒼（うっそう）とはえているのだ。曲がった枝が交差して天井をおおい、床は腐敗（ふはい）した落ち葉におおわれている。幹や大枝は黒い蔓（つる）植物にびっしりと巻かれて窒息寸前のようす。細い枝はねじれてこぶだらけ。幹のあちこちに節(ふし)があり、人間のギョロ目のようだ。

ハッチの正面に果実があった。太い枝から一個だけぶら下がっている。かたちはリンゴ。しかし毒々しく黒っぽい緑色にふくらみ、虫食いの穴だらけだ。木を引き倒さんばかりに低く重々しく下がっている。

「いったい……どういうこと?」

ラプスカリオンからもジャンからも明確な説明はない。

ペトロヴァはハッチをくぐり、落ち葉が積もった床に足を下ろした。しかしすべりやすい腐葉土(ふようど)のような感触はない。普通の正常な床を踏んでいる感覚。奥へはいると冷気につつまれる。これまで通ってきた通路がむっとするほど暑かったので、かえってありがたい。

リンゴの木の正面まで進む。いかにも蛇(へび)が枝にからみついて誘惑してきそうだが、そんなことはなかった。リンゴが枝から下がっているだけ。重みに耐えかねているようだ。へたから一枚だけ出た葉は姿のない虫に食われてぼろぼろ。

深閑(しんかん)としている。動物の鳴き声も、毒々しい果樹園を吹き抜ける風の音もない。落ち葉の腐敗臭も、リンゴからしたたる黒い汁の悪臭も、蔓に絞められた樹木のにおいもしない。

枝のリンゴに手を伸ばした。もいで間近(まぢか)に観察しようと思ったのだ。

「本物じゃない」

パーカーの声だ。ペトロヴァは訊いた。

「どこにいるの、パーカー？　ようやく……会えてうれしいと言いたいところだけど……姿がないと」

「ここだ。近くにいる。すこし待って」

ペトロヴァはうなずいて、あらためてリンゴに手を伸ばした。素手(すで)でさわりたくないので、ジャンプスーツの袖(そで)ごしだ。

無用な用心だった。手はリンゴを素通りして反対に抜けた。感じるのはひやりとした違和感だけ。ガニメデの宇宙港でアルテミス号のホロ映像にさわったときとおなじ位置情報感覚だ。

背すじがぞくりとした。リンゴに実体はない。この森も投影されたものか。

枝に手を伸ばすと、やはり指が通過した。近づいて幹を押そうとすると、なんの感触もなく手がすり抜ける。

「あぶない、気をつけて。ぶつかるよ」

パーカーは木のなかからあらわれた。壁を抜けて歩く幽霊のようだ。

「歩きにくくて悪いね。障害物だらけで」

森をしめす。

ペトロヴァは笑みがこぼれてしかたなかった。もう会えないかと思った。腕をつかんで抱きよせたいが、衝動をこらえる。いまは大人の距離をたもつべきだ。それでも知っている顔を見るとほっとする。

「この室内装飾はあなたの趣味じゃなさそうね」

パーカーはうんざりしたように鼻を鳴らした。

「あたりまえさ。アクタイオンのしわざだ。これを環境設定した直後に再起動ループにはいった。再起動が完了しないと変更できない。言っておくけど、それがいつになるのか見通しは立っていない」

パーカーはハッチのほうに目をむけた。

「ドクター・ジャン、生きていてよかった」

医師は答えた。

「つかのまの執行猶予でなければいいけど」

「はいってくれ。木は嚙みついたりしない」

「そう願いたいよ」

ジャンはホロ映像の森に本気でおびえているようだ。ガニメデかそのあたりの外惑星系の出身だとすれば当然だろう。衛星や小型惑星には草木一本はえない。普通の森でさえ奇怪で気味悪く見えるはずだ。ましてこんな恐ろしげな森では。

ところがラプスカリオンのほうは、この暗黒のエデン化したブリッジがお似合いだ。いかにも迷宮にひそみ、うかつな探索者をとって食うモンスター。五、六本の木を通り抜けて奥へはいり、たちまち姿を消した。

「ちょっと、待ちなさいよ！　こっちから見えるところにいて！」

ペトロヴァが呼ぶと、尻尾についた顔が太い幹を抜けて出てきた。

「なんでだ。ただの影だぜ。ぶつからねえし、ＬｉＤＡＲにもミリ波にも映らねえ」

「わたしたちは人間で目が頼りで、そこが弱点なのよ。すこしは気を使って」

ロボットは妥協(だきょう)して半分だけ木から体を出した。ハサミ一対と前列の脚一対が見える。いくらかましと思うしかない。

パーカーは木々のあいだを歩きはじめた。

「さてと。いま直面している問題を説明しよう。あらかじめ言っておくが、とても悪い状況だ」

23

「アクタイオンはどうしてこんなホロ映像をつくったの？」

ペトロヴァはパーカーのあとから暗い森を歩いた。低くたれた枝を目のまえから押しのけようとして何度も空振りする。銀色の霧と冷たい感触に驚き、あわてて手を引っこめた。

「こっちもさっぱりだ。アクタイオンが再起動ループにはいる直前にやったのが、このブリッジのグラフィック変更。意味不明だよ」

「わからないのは僕たちだけかもしれない」

発言したのはジャンだ。みんな振り返った。医師は肩をすくめた。

「いや、機械知性から見ればじつは簡単明瞭なのかもしれないと思ったんだ」

するとラプスカリオンが名のりをあげた。

「おう、ここにその機械知性さまがいるぜ。そのユニークな視点から解説すると……狂気の産物だな、こいつは」尻尾の顔を軽く上下させる。「まあ、医者先生がまちがってるわけじゃない。機械もときには狂う。二進法の1がなにかの拍子に0に変わる。たまに起きる。数字がかちあっておかしな結果を出す。しかしさすがにこいつはどうかな。ただのバグにしちゃ極端だ」

ふたたびジャンが言った。

「まず考えられるのは、なにかのメッセージという可能性だね」

「メッセージ？」

パーカーに問われて、ジャンは肩をすくめた。

「AIの立場で考えてほしい。アクタイオンは異常に気づいた。だからこそ再起動を試みた。ところが停止直前にあえてこの森を描いた。緊急時の貴重なリソースを割いてまでも。つまり、この密林を見ろと言いたいんじゃないかな」

「見ればその意味がわかるはずだと？」

ペトロヴァは訊いた。ジャンは答えずにロボットを見る。

ラプスカリオンは多数の脚で体を上下させた。肩をすくめたのだ。

「だから、おいらにはわからねえって。でもジャンの意見も一理ある。アクタイオンはメッセージをつたえようとしたけど、できたのはこれが精いっぱいだったのか」

「〝すぐもどる〟って、大きな字で書き残したほうが簡単じゃないか？」

パーカーの指摘に、ラプスカリオンは答えた。

「まあな。でもさっき言ったように、おいらたちはたまにおかしくなる。でもその場合も人間よりましだ。自己修復できる」

ペトロヴァは訊いた。

「自分から再起動するってこと？」

「そうだ。アクタイオンが再起動にはいったのはそういうことだろう。自分がおかしくなったと気づいたんだ」

パーカーが顎（あご）を揉（も）みながら話した。

「再起動ループにはいったのは攻撃がはじまったのと同時だ。超光速機関を停止した直後。そのとき人間はまだ全員が冷凍睡眠中だった。攻撃を受けていると俺に知らせるひまもなく、目覚めたときにはもうブリッジはこうなっていた」

「おいらは目覚めてたぜ。だからはっきり言える。アクタイオンがおやすみなさいしたのは、一発目の飛翔（ひしょう）体が着弾する三秒前だ」

ペトロヴァはうなずいた。

「攻撃者がアクタイオンに異常を起こさせたのね。ウイルスかなにかを侵入させて。攻撃について詳しく知りたいわ」

パーカーが言った。

「そのためには俺のコンソールにもどる必要がある。この森でみつけるのはひと苦労するが……。あった、ここだ」

ねじくれた太い幹をまわりこむと、船の隔壁の一部が見えているところがあった。まさかそれもホロ映像かと手を伸ばすと、硬く温かい本物の壁を確認できた。

パーカーはその壁をしめした。そこには光の点がいくつかある。まるでレーザーポインターをあてたようで、数秒ごとに位置が更新されてゆっくり動いている。

「アクタイオンは船内の全システムを制御していて、通常の操縦インターフェイスはなにもない。そもそもそれらのセンサーは停止している。いまアクセスできるのは電波望遠鏡一基だけだ。非常用で、船長が手動操作できるように設定されている。その観測データをここに表示していて、現在の状況がおおまかにわかる」

ペトロヴァはうなずいたが、なにを見せられているのかわからない。

「光の点は重要なもの？」

「付近の宇宙空間をあらわしていて、光の点はそれぞれが大きな物体。アルテミス号と同等かそれ以上のものだ」点の一つをしめす。「これがこの船。あっちが攻撃者の船だ」

「相手の大きさは？　カッター級か、フリゲート級か、ドレッドノート級か」

具体的なデータを見たい。これが戦闘なら戦えばいい。そう考えれば心理的に楽になる。死の瀬戸際という恐怖がやわらぐ。

「大きさはおおまかにしかわからない。まあ、大型だろうな」

ペトロヴァは自分の髪をつかんだ。できればパーカーをつかんで揺さぶって問いたい。

「敵の武装は？　こちらの被害はどんな武器によるもの？」

パーカーは首を振った。

「悪いな。ほんとうに申しわけないが、いまはこれ以上のことはわからない。いったいなんで撃たれたのか。レールガンか。それなら衝撃の大きさは説明がつく。しかしレールガンなら一秒間に何十発も撃てるはずだ。実際の着弾は二、三発にすぎなかった。ならミサイルか……」

ジャンが咳払いした。

「ヤムイモだよ」

24

ペトロヴァは振り返って医師を見た。

「え、なに？」

「むこうはヤムイモを投げてきてるんだ」ジャンは肩をすくめ、首を振った。「なにをばかなと思うだろうね。でも見たんだ。船外に放り出されたとき、ヤムイモが詰まった荷箱（にばこ）がこちらに飛んでくるのを。攻撃者が飛ばしたんだと思う。すぐに続いてべつの貨物コンテナが実際に衝突するのを見た。こちらを大破させたのはそれだ。むこうは貨物ポッドを投げてきている」

「貨物ポッドは武器じゃない」

パーカーは指摘した。理屈で攻撃をかわせるかのように。

ペトロヴァは首を振った。貨物ポッドか。たしかに武器として教わったことはない。それでも……。

「充分な速度をあたえればどんなものも武器になるわ。銃弾だってただの金属片。超音速まで加速することで殺傷力を持つ」

「しかしだな……貨物だぞ。自分たちの積荷だ。なぜ貨物コンテナを飛翔体に？　根菜を満載したやつを」

ペトロヴァはその点をいろいろ考えた。

「たとえば……ほかになかったとか……」

光の点がゆっくり重々しくダンスしている壁の一角に近づく。攻撃者をあらわす点を指でしめす。

「そもそも軍艦でなければ？　ほかに武器がなければ？」

パーカーは鼻で笑った。

しかしペトロヴァはこの仮説に自信があった。

武装を積んでいるのは軍艦だけだ。自分たちが軍艦ではなく、アルテミス号のような旅客輸送船や科学調査船で、それでもべつの船と戦わなくてはいけなくなったらどうするか。武器のかわりになるものをなんでも使うしかない。貨物コンテナを高速でぶつければ相手の船を損傷させられる。

しかしなぜか？　なぜそれほどアルテミス号を破壊したいのか。そんな手段を使ってまで攻撃するからには、アルテミス号をよほど恐れているはずだ。

そもそも相手はどこから来たのか。パラダイス－1は植民惑星であり、宇宙軍を持たない。それでもアルテミス号を阻止すべき切実な理由があれば、非武装の船でも出すだろう。貨物船でも。

頭のなかは最初の疑問にもどった。植民惑星にとってそれほど危険ななにがアルテミス号にあるのか。貨物らしい貨物はないはずだ。危険物など積んでいない。主目的はパラダイス－1へ乗客を運ぶこと。では……乗客が危険なのか？　その一人を敵視しているのか？　自分か、ジャンか。たしかに防警は嫌われ者であり、ペトロヴァはそこに所属している。それでも自分が狙われるとはどうしても思えなかった。女一人だ。侵略部隊にはなれない。恐れはしないだろう。

ではジャンか。まだ知らないジャンの一面がパラダイス－1の住人にとって脅威なのだろうか。到着前に殺害しようとするほどに。腕につけたRDを思い出す。あれは自身ないし他者に危害をあたえる人物を意味するとラプスカリオンが言っていた。しかし……具体的にどう危険なのか。たしかに変人という印象は受ける。愛想がない。不愉快といってもいい。しかしいまのところはそれだけだ。

首を振った。あとで考えよう。いまはもっと緊急の謎がある。

「ジャン、船外に放り出されてヤムイモを見たとき、むこうの船も見た？」

医師は答えた。

「あまり役に立つ話はできないな。なにかあった。恒星より明るく大きなものが。あれが敵の船かなと思っただけで、確信はない。細部は見えなかった」

ペトロヴァはうなずいた。戦略思考が働きはじめた。防警での訓練のおかげだ。戦闘は死の危険をともなう。いつ死んでもおかしくない。生き延びるには考えつづける。死への恐怖をできるだけ遠ざけ、思考力をべつの目標に、すなわち殺すことにむける。そのためにはまず現状の把握だ。

「いいわ。こういうことね。しばらくまえから衝撃はない。とすると、貨物ポッドを投げるのをやめたのかもしれない。攻撃を終え、あとは漂流したまま死なせるつもりか。エンジンを噴射したら船体が折れそうなのよね？」

パーカーが答えた。

「そうだ」

「敵はそこまで狙いを達したのかもしれない。動けなくすれば充分と。荷箱二個でこれだけの被害だから、その気ならアルテミス号の完全破壊も可能なのに」

パーカーがいぶかしげな顔をした。

「なに？　意見があるなら言って」

ペトロヴァがうながすと、パーカーは壁に映された光点の一つをしめした。アルテミス号から見て攻撃者の船とは反対側にあり、急速に遠ざかっている。

「この点を見てくれ。これも飛翔体だ。敵船からおよそ五分前に撃ち出された。しかし大きくはずれた。こういうものがいくつもある」

「いくつも？」

「敵は三分ごとに撃ってきている。こちらが目覚めてからいままでに十回。そのうち二回が命中した」

ペトロヴァは頭のなかでざっと暗算した。目覚めてからまだ三十分なのか。状況がわからずに冷凍睡眠チューブのなかで血まみれの裸で浮かんでいたのは、何時間もまえに思える。

しかしそんな考えは脇においた。必要ないことは考えない。

必要な考えは一つだけ。

「だとすると状況が変わるわ」

ジャンが指摘した。

「敵は僕たちにとどめを刺すつもりなんだ。息の根を止めるまで攻撃の手をゆるめない」

パーカーは同意した。

「ああ、そういうことだな」

25

懸念(けねん)を振り払うようにペトロヴァは手を振った。

「そこは考えてもしかたない。自分たちでやれることを考えるべき。いいわね？　まず基本にもどりましょう。こちらの目標は敵船との戦闘ではない。惑星に到着すること。それはまだ可能なのか。パラダイス－1を見られる？」

パーカーが訊き返した。

「たとえばカメラ映像でか？　無理だ。この電波望遠鏡以外のセンサー類はすべて停止している。とはいえ惑星は消えてなくなったりしない。あるべき場所にあるはずだ」

ペトロヴァはいぶかしげに見た。

「外部カメラさえないの？」

「なんなら窓からのぞけばいい。うしろにある。ご自由に。茶色い円盤があるだけだ」

パーカーは手でしめしたが、ブリッジは暗く不気味な植物で埋まっている。

「あとで見るわ。なんらかの手段で連絡できない？　信号を送ればいい。電波を使ったモールス信号でもなんでも。こちらの存在がわかれば救助を試みてくれるかもしれない」

「到着以来ずっとやってる。呼びかけてる。しかし応答はない。呼びかけが届かないのか、むこうが返事をこばんでいるのかはわからない。いずれにせよ沈黙している」

「自動応答する信号はないの？　軌道管制のような、こちらを追跡している地上のコンピュータかなにかがあるはずよ。惑星からのテレメトリーとか、なんらかのキャリア波とか、ローカルな会話とか。コロニーがあるならデータネットワークもあるはず。インターネットの活動くらいとらえられるでしょう？」

「なにも引っかからない。まるで惑星全体が封鎖されているようだ」

「植民惑星と連絡をとる手段が皆無（かいむ）だというの？」

　パーカーは肩をすくめた。

「なんなら船の外壁に立って大きく手を振って合図するか」

「なるほど、わかった。ありがとう。現実的な選択肢を探しましょう。逃げるのは不可能よね。船体が加速のストレスに耐えきれないから」

「まだ一体でいられるのが不思議なくらいさ」

「そう。すこしも動けない？　コース修正や姿勢制御ならどう？　小出力のスラスタを噴くらいなら耐えられないかしら」

「いける……かもしれない。それでも船体にストレスがかかる。動けたとしてもきわめて低速だろう」

「敵のまわりを飛びまわりたいわけじゃない。回避行動をとれればいいだけ」光の点がゆっくりと踊っている壁をしめす。「数分後にはまた撃ってくるはず。息をひそめて幸運を祈るようなことはしたくない。飛翔体が発射されたとわかったら、エンジンをほんのすこし噴いてその進路から逃げたい」

「一、二回はうまくいくだろう。しかし何度もくりかえせば、いずれ肝心なところが壊れる。いまは細い糸にすがってかろうじて生き延びてるようなものだ。無理をすれば、わずかに電力をつたえているケーブルが切れる。そうしたら敵の弾があたらなくても、暗闇のなかで凍死を待つだけになる」

「一、二回でいいのよ。時間稼ぎでいい。チャンスをつくれれば」じっと光の点を見る。

「距離は？　相手の船までの」

「約五十キロメートルだ」

　ペトロヴァはうなずいた。宇宙においては至近距離だ。地球や月のまわりの混雑した輸送レーンでも通常は安全のためにそれ以上の距離をとる。

「それほど近いのに、なかなか命中しない。どんな手段で貨物ポッドを打ち出しているのかわからないけど、照準はかなり雑ね。ふうん」

するとジャンが口を出した。

「あの……悪いけど……ほんとうに申しわけないけど、教えてほしい。いまの目標はなんだい？」

医師はじれているようだ。恐れるよりも怒っている。自分が指揮をとりたいのか。ペトロヴァが指導者として不適格だと思っているのか。

「目標？　殺されないことよ。それともなにか意見が？」

ジャンはうなずいた。

「船を放棄することを考える時期だと思う」

パーカーが目を見開いた。しかしなにも言わない。ありえない案ではないのだろう。

ジャンは続けた。

「脱出ポッドがあるはずだ。法律で搭載が義務づけられている。そうだろう？」

「ああ、載ってるぜ」ラプスカリオンが答えた。

パーカーはペトロヴァに顔をむけている。残念そうな笑みから、言いたいことが予想できる。なんらかの理由で脱出ポッドが動かないか、衝突によって失われたか、そんなところだろう。無言が続く。ペトロヴァは訊いた。

「どうなの？」

「ポッドは……」

最後まで聞かなくてもわかった。

「ここから遠い区画にあるのね。船室区画のそば？」

理にかなった設計だ。非常時に乗客がすぐに乗れるところに脱出ポッドをそなえたい。ブリッジには普段、乗客はいない。

「命がけで避難してきた危険地帯にポッドはある」

「……そうだ」

「当然よね。いまさらもどるわけにはいかない」

ラプスカリオンは男性の笑い声の音声ファイルを再生した。

「だめだな。あっちの区画はもう火と放射線の海だ。ポッドもふくめて」

「でも、待って……」ペトロヴァは考えた。「このブリッジに脱出ポッドはないの？　船長はどうやって避難することになってるの？」

「船と運命をともにするのさ」

パーカーの返事を聞いて、ペトロヴァは鼻のつけ根を揉んだ。

「逃げ場はないということね。いいわ。ここでがんばるしかない」

ジャンはその考えが気にいらないようだ。

「火力でも大きさでも圧倒的に劣勢。船は大破して瀕死(ひんし)の状態。もはや望みは……」

ペトロヴァはその面前で手を振って発言を制した。部下の泣き言を聞いている場合ではない。ジャンはあとずさりし、むっとしたようすだ。しかたない、あとで謝っておこう。

「敵はこちらを殺しにきているのよ。協力してやることはない。殺害目的の相手に降伏はできない。たしかに望みは少ない。でも降伏が最善手ではない。いいえ、反撃よ。火力で劣勢と言ったけど、敵だって本物の武器を持たない。あるならすでに使っているはず。相手がありあわせなら、こちらもありあわせでやるまで」

26

ジャンは通路を走っていた。行き先は船の倉庫。ついてくるのはラプスカリオン。ジャンの目で見てもこの区画はおおむね無傷だ。それでも薄い外壁は外から損傷を受けている。通りすぎる換気口のグリッドからは異臭をともなう風が出る。と思うと裏のファンが異音をたてて停止した。換気が止まると通路はしんと静かになる。聞こえるのは自分の心音だけ。

ラプスカリオンが前方をしめして言った。

「この先だ」

「なんの役に立つのかな。それともペトロヴァは僕を遠ざけるためにこんな用事を言いつけたのか」

ジャンは愚痴った。ブリッジでは冷ややかな態度をとられた。あえて気にしないようにした。みんないらいらしているのだから。それでも限度がある。顔を見たくないからロボットといっしょに使いに出されたのだと思うと、いい気はしない。

「あの女の心理はあんたのほうがわかるはずだ」

「なぜそう思う？」

「人間どうしのことだぜ。おいらの守備範囲外だ」

ジャンは陰気な気分でうなった。あたえられた仕事を考える。装備品の数と種類の確認だ。ペトロヴァが第一に求めるのは武器。次は電力や生命維持系が停止しても生き残るための装備。むこうはパーカーといっしょに攻撃者の情報を集めている。具体的にどうするかは未定だ。

「そのハッチだ」

ラプスカリオンに言われて、ジャンはうなずいた。扉のむこうは強烈な放射線か、それとも真空か、それ以外の不可解で無意味な死かとなかば予想して、開閉パッドを叩いた。

ハッチはあっさりと開いた。奥は暗いが、すぐに照明がともった。手前から奥へ次々に点灯していく。のぞきこむと、広い部屋にずらりと貨物容器が並んでいる。どれもしっかりと隔壁(かくへき)に固定され、それぞれ数字と機械可読のコードが貼付(ちょうふ)されている。数字は意味不明。

「きみなら読めるんだろう？」

「積荷目録用の参照コードだ。読めるぜ。解読しとくから、そっちは適当にあさってみてくれ」

部屋の中央にも大量の容器がある。その外周にそって歩いていくと、奥の壁ぞいに宇宙服のラックが並んでいるのをみつけた。目覚めた直後にあわてて着こんだ非常用の簡易タイプではなく、移動ユニットや工具をそなえた完全機能版だ。膝の高さにはヘルメットがずらりと並んでいる。傷一つなく、フェイスプレートはピカピカ。

舌を鳴らして先へ進んだ。宇宙服の隣はふたたび容器のラック。ただし警告ステッカーがべたべた貼られているのが目を惹く。明るく派手なマークは容器の内容物が生物学的有害物質で、さらに放射性同位体をふくむことをしめしている。ようするに人体に危険。

「おや、このへんは僕むけだな。医療資材だ」

べつの容器の一つを適当にとって蓋をあけた。清拭用の脱脂綿と各種の絆創膏が詰まっている。ペトロヴァは冷凍睡眠チューブが破裂したときに負った全身の傷がそのままだ。険悪な関係でもこちらは医師。私情を排して患者を治療する義務がある。消毒薬を探そう。自分もすり傷や切り傷だらけだ。パーカー船長に大きな負傷はなさそうだったが、ブリッジではまわりに気をとられて観察がおろそかになっていた。

べつの容器をあけた。自動メス、鉗子、スプレー注射器などがはいっている。旧式の針つきペン型注射器もある。骨切り鋸を手にして、ぎらりと光る刃を見た。追いつめられたときの武器になるかもしれないが、船と船の戦闘では役に立ちそうにない。下の棚を探そうとしゃがんで、あるものに目をとめた。大きく重そうなケースで、こちらむきに星形ロゴの大きなステッカー。興味を惹かれた。

ラプスカリオンが部屋の反対側から呼ぶ。

「こっちで非常用品をみつけたぜ。保存食や飲料水。こういうのがほしいんだろう?」

ジャンは答えなかった。ケースの把手をつかんで棚から出そうと引っぱる。ところがなぜかびくともしない。角度を変えてもだめ。全力でもケースは出ない。

「ちくしょう、出てこい! ちくしょう!」

悪態をつきながら引いてもだめ。ケースはまったく動かない。棚に溶接されているかのようだ。目覚めたときにベッドの下にはさまっていたヘルメットを思い出し、腹が立ってきた。怒りで火がつく。片足を棚にかけて踏ん張り、把手に渾身の力をこめる。口からは怒りと呪いの叫びが漏れる。

「くそったれ! おまえなんか、おまえなんか!」

「ドクター・ジャン?」

ラプスカリオンの呼ぶ声が閉ざされた室内で大きく響いた。多数の脚で床を走り、角をまわってくる。

ジャンはすでに床にへたりこんで両手で頭をかかえていた。その手をゆっくりと下ろしてうらめしそうにケースを見て、むなしく蹴る。

ロボットは尻尾の顔を上げてケースを観察した。そして脚の一本を伸ばし、ケースを棚に固定しているキャッチを解除した。引っぱるとケースは簡単に出る。床にそっとおいた。

「僕は……だいじょうぶ……だいじょうぶだから」

なにも訊かれないのにジャンは言い訳した。ラプスカリオンは静かに指摘した。

「心拍数が異常だぜ」

ジャンは小さく笑った。なにもおかしくないのに。

「怖いんだ、怖い。わかれよ、ばか。怖いにきまってるだろう。ここで死ぬんだ。この無意味なミッションで。死ぬんだ……」

「たぶんな」

ロボットはあっさり答えた。

ジャンは目を閉じて息だけをした。

「きみは怖くないのかい、ラプスカリオン？　平気なんだろう。機械だから。恐怖なんか感じないはずだ」

「いいや、いつも感じてるぜ。おいらにはすべての感情がある。人間とおなじ。ただし、ちがいが一つある」

「なんだい？」

ラプスカリオンは顔をジャンに近づけた。

「感情をオフにできる。不都合なときや、それが非生産的なときにな。いまは恐怖を感じても得にならない。だからそのスイッチを切ってる。不都合でないときまで」

「便利だね」

ロボットはジャンの手首に巻きついた渦巻き模様の金色のものをしめした。

「そいつはなんのためだ？　こういうときのためにつけてるんじゃねえのか。感情を抑制するものだろう」

「これかい。僕のたががはずれそうなときに落ち着かせてくれる。感情のピークをまるめて一定の範囲に抑える」RDを握ると指の下で脈打った。「でも人間の心理は単純な化学反応じゃない。恐怖は消せない」

「人間てのは難儀(なんぎ)なもんだな」

ロボットは手を貸してジャンを立たせた。心拍はもう落ち着いていた。すくなくとも口から心臓が飛び出しそうではない。

ラプスカリオンの報告を思い出して、ジャンは言った。

「食料を発見したんだったね。それはよかった。こっちは――」つま先で金属ケースをつつく。「――ペトロヴァの希望どおりのものをみつけた。持ち帰ろう」

「そのまえに、このへんの容器を蹴飛ばしていったらどうだ。予備の枕とか毛布とかいらないものがはいったやつもあったぜ。やつあたりして憂さを晴らせばいいじゃねえか」

ジャンは笑った。おかげですこし気が楽になった。息がしやすくなった。

「いや、帰ろう。二人が待ってる」

27

カチリと音をたててケースは開いた。中身はプラスチック包装され、発泡緩衝材が充塡されている。開梱すると緩衝材は泡立ちながら蒸発していった。すっかり消えたところで、ジャンは金属製の円筒を取り出した。長さ約五十センチメートルで、一端から太い電源ケーブルが出ている。反対側の先端には分厚いレンズがある。

「医療用レーザーだ。腫瘍を切除したり傷口を焼灼するために設計されている」

説明を聞いても、ペトロヴァの表情はさえないままだ。ジャンは気をとりなおして続けた。

「考えはわかるよ。目前にひかえているのは船との戦闘だ。敵を殺したいのであって、緑内障を治療したいわけじゃない。でもこの装置は本来の目的よりもすこしだけ大きな出力をそなえているんだ。連続照射で約三百キロワット、パルス照射で十メガワット出る」肩ごしにラプスカリオンのほうを振り返る。「このロボットにあずければさらに高出力化できるそうだ。フェムト秒単位の照射ならギガワット級も可能らしい」

ペトロヴァは、首を振るところまではしなかった。しかし有用性は感じないらしい。

「レーザー兵器なら使ったことがあるわ。飛んでくるミサイルを撃ち落とすには有効。低速のミサイルなら。その電子制御系を焼くのに十秒かかる。でも現実の戦闘で十秒も待てない。一瞬で敵を殺せなくてはだめ。ありがとう、ジャン。がんばって探してくれたようね。でもこれは使えない。もっと攻撃力の高いものがほしい」

「医療資材のなかにロケットランチャーは残念ながらないね。でも、このレーザーは予想しない発見だった。アルテミス号にストックされている医療資材の豊富さは驚くほどだけど……これほど高出力のレーザーは大病院にもめったにない。本格的な解剖用途だ」

「ようは、検死(けんし)ってことか」

ラプスカリオンがしゃしゃり出てきた。二本の大きなハサミでレーザーを持ち上げる。

「アルテミス号の乗員が宇宙で検死をやる必要があると政府(UEG)が考えた理由はわからん。でもこいつを一瞬でも照射された相手はひどいめにあうぜ」

ペトロヴァはレーザーを収納していた金属のケースに手をかけた。

「ひどいめにあわせるのではなく、敵を殺したいのよ」

ねじくれた木の下にすわっているパーカーにむきなおり、尋(たず)ねた。

「ほかにもっと使えそうな手段は？」

パーカーは船のシステムを武器に転用する方法を検討していた。さまざまな可能性を議論したが、もっとも有望なのは船のエンジンを敵にむけて噴射することだ。アルテミス号の噴射炎は一万度に達するプラズマで、敵の船体を焼き切れるエネルギーを持つ。

しかしパーカーは肩をすくめた。見込みはないらしい。

「最大の問題は距離だ。至近距離から噴射しないと効果がない。しかしいまの船体強度では敵を罠(わな)にかけるような機動は不可能。気づかれないように忍び寄るというのも、そもそもステルス設計でないアルテミス号では、たとえ万全の状態でも無理で……」

ジャンは聞くのをやめて、かわりにラプスカリオンを見た。ペトロヴァが医療用レーザーをおいたテーブルに近づき、ハサミで持ち上げて、あちこちを観察している。それから電源ケーブルを壁のコンセントに差しこんだ。ホロ映像の木のうろこ状の樹皮の陰になって、そこにコンセントがあるとは気づかなかった。ロボットはホロ映像を透かして見えるのだ。

「なにしてるんだ？」

「ちょっと遊んでるだけだ。気にすんな」

ラプスカリオンは脚と胴がつながるところのへこみにレーザーを載せている。狙いさだめるように前後に動きながら、言い訳をした。

「こういうのは苦手でな。目と手の協調運動ってやつ。ぎこちなくなっちまう」

ジャンは首を振った。

「僕のほうにむけないでくれよ。いや、なにかやらかすまえに下ろしたほうが……」

ラプスカリオンがレーザーの発射制御スイッチにさわったとたん、いくつかのことが同時に起きた。

まず照明が消えた。換気は停止した。森はまたたいて消えた。とはいえいずれも一時的だ。かわりに本来のブリッジが見えた。操縦席、大型スクリーン、耐加速シート。

それらを浮かび上がらせたのは、空中を一直線に伸びる医療用レーザーの青い光だ。

壁にあたったところでプラスチックの内装材が小さな火を噴き、どろりと溶けた樹脂がろうそくのように床にたれた。

まったく無音。金属製の円筒はラプスカリオンの脚の上で跳ねたりしない。つまり無反動。照射は一瞬で、ジャンの目ではなにが起きたのか判然としないほどだった。

森はわずかにまたたいてすぐ復旧した。もとどおりになったあとからオゾンのにおいがした。レーザーが通ったところの空気分子が分解されてイオン化したのだ。

「パーカー？」

ペトロヴァの声だ。パーカーと熱心に話しているときに瞬間停電が起きた。

「なにか……一瞬だけ……見えた気が……」

見たものを理解できないようすでまばたきしている。その目を反対の壁にむけた。暗い葉叢(はむら)やねじくれた枝にふたたび隠されているが、たしかに焦げ跡があった。

ジャンは駆けよって調べた。いや、焦げ跡ではない。レーザーは壁を抜けている。穴のふちはまだ赤熱している。

「この壁のむこうは？」

パーカーが答えた。

「トイレだが……いったい……？」

ラプスカリオンが言った。

「人間は目が頼りって、そう言ってたな。なら見て理解しろよ。こいつが充分に武器になるってことを」

ジャンは小走りにブリッジからトイレに通じるハッチをくぐった。なかにはいって便座の上の壁を調べる。

「パーカー、聞こえるかい？ ここで止まっていないよ」

二人とも走ってきた。便座のすぐ上の壁に穴があり、反対の壁にそっくりおなじ穴がある。手洗いのシンクのすぐ上だ。ペトロヴァが小指をいれると楽にはいる。

「ふーん……。それでいまの出力は？」

「十メガワットだ」ラプスカリオンは答えた。

「そこからさらに引き上げられる見込みなのね。……ふーん」

28

ラプスカリオンの多数の脚はアルテミス号の外壁を移動するのに便利だ。酸素は不要。宇宙の極端な温度変化にも比較的強い。それでもやはり広大無辺の暗闇は嫌いだ。無数の恒星は彼我のスケールの差を感じさせる。すべては虚であり無であることを思い知らされる。

準惑星エリスでの採掘の日々を思い出す。みずから掘った網の目のような坑道が当時は宇宙のすべてだった。鉄道模型は自己完結した小宇宙だった。

いまの無限の闇のなかではおのれの小ささと無知に気づかされる。自己の存在は永遠ではない。ロボットもいずれ壊れて死ぬ。自分が生まれるまえには悠久の時があり、死んで消え去ったあとも長い長い時がある。

ペトロヴァ警部補がエアロックを抜けてきた。こちらへ近づくのをじっと待つ。ようやくそばに来た彼女は宇宙服のなかで息が荒い。

「ああ、あれね、あれ」

ペトロヴァは虚空の一点を指さした。ラプスカリオンは顔を上げる。惑星パラダイス－1。黒を背景に浮かぶ茶色の円。機械の目を通すとおおまかな地形が見てとれる。いわゆる海はない。水がたまった丸い大きな衝突クレーターがいくつかあるだけ。赤道付近を薄い雲が何本かめぐっている。この距離ではコロニーの建物まで見えない。

「なんだかショボいな」

ペトロヴァはロボットの感想など聞いていない。

「ようやくこの目で見えた。あれが目的地。あそこに降りるために来た」苦笑する。「なのにどうしてこんなに苦労させられるのかしら、まったく」

ラプスカリオンはペトロヴァの生命維持装置の作動状況を確認した。酸素中毒を疑ったのだ。人間は意識障害を起こしていても判別しにくいときがある。

「準備はいいか？」

「しかたないわね」

「よし」

ラプスカリオンは二本の脚で装備設置用のレールをつかんで体を固定した。近くの整備用ハッチから延長ケーブルを引っぱって、例の医療用レーザーにつないでいる。船の主電源からじかにとっている。

「どこなの、相手の船は？」

ペトロヴァが訊いた。もちろん肉眼では見えない。五十キロメートル先だ。ラプスカリオンは脚の先でしめした。

「あそこの明るい点だ。心配すんな。おいらは見えてる。むこうがタイムテーブルどおりなら、次の攻撃は四十五秒後だ」

「そう。この作戦の成否がもうすぐわかるわけね。打ち出されたら教えて。パーカーが船を小さく回避させるときにはしっかりつかまっていたいから。そのあと次弾まで三分間。どこを狙えばいいと思う？」

「まだわからん。光学観測が準備できたら助言してやる」

ペトロヴァはヘルメットのなかでうなずいた。

「お願い。もちろん手で貨物を投げているわけじゃないわね。それではこんな被害を出す速度にならない。なんらかのマスドライバーを使っているはずで……」

「五……四……三……」

ラプスカリオンはカウントダウンをはじめた。ペトロヴァは裏返った声を漏らしてレールに両手でつかまった。もうすこし早くから予告するべきだった。

「二……一……来た、発射されたぜ」

機械の目は人間よりはるかに鋭敏だ。敵船の細部もある程度見える。中央区画のハッチから飛び出した貨物ポッドが見えた。太陽に照らされながらしだいに大きくなる。

「パーカー船長、やってくれ」

真空の宇宙で音は聞こえない。エンジンの点火は船体からつたわる振動でわかった。船体をへし折ろうとする緩慢でいやな波形。あちこちの区画が異なる周波数で揺れているのがラプスカリオンの触覚センサーでわかる。食堂などはちぎれて飛びそうになっている。移動の感覚はない。数秒でエンジンは再停止した。揺れはしばらく続いてからおさまった。

ペトロヴァが訊く。

「これだけ？　いまの燃焼で……終わり？」

「そうだ」

船内のいくつかのセンサーを調べると、生命維持系は稼働中。通路3aの照明が消えている。とはいえ機材と燃料があるだけで人間が行き来する区画ではないので問題ない。

ペトロヴァは言った。

「やったわ。乗りきった。というか……どうなの、パーカー？」

パーカーが報告する。

『大きな破損はどこにもない。それは幸運だった。そして……うん、よし、だいじょうぶ。飛翔(ひしょう)体ははずれて通過する。間隔はわずかだが……衝突はない』

「無事なのね。どう、ラプスカリオン……？」

ロボットも確認した。

「安全だ。でも、こんな回避行動を何度もやれねえな。こっちが叩く番だ。次の攻撃までの短時間に射撃準備をするぜ」

ペトロヴァは肌の毛細血管から血流がなくなるのを感じた。顔から血の気が引く。

「いいわ、わかった。やりましょう」

レーザーに手を伸ばした。

29

ブリッジのジャンはねじくれた枝の下でしゃがみ、爪を噛みながら言った。

「次の攻撃は二分三十秒後。それまでにできるかな」

「ラプスカリオン」

パーカー船長は呼んで、蔓(つる)におおわれたコンソールを操作した。キーを叩くと、壁のようすが変わる。二隻の船と飛翔体(ひしょうたい)をあらわす光の点が消えて、ロボットの目が見た現在の映像になる。人間の肉眼よりはるかに高解像だ。

「見えるか?」パーカーは訊いた。

はじめはまだ見るべきものはない。暗闇と星々と、そのなかでひときわ明るく白い光が一つ。ラプスカリオンはそこを拡大した。敵船の姿が初めて見えてきた。

大きい。アルテミス号よりはるかに巨大だ。ブリッジの窓は細い線。エンジンユニットはこちらより多い。アルテミス号のような流線形ではなく、胴体中央が大きくふくらんでいる。まるで鹿をのんだ蛇（へび）……いや、矢の刺さったリンゴというほうが近いし、恐怖感もやわらぐ。

宇宙船に詳しくないジャンでも、娯楽のデータストリームで似たものを見たことがある。

「植民船かな」

パーカーは同意の声を低く漏らした。

数千人を冷凍睡眠にいれてパラダイス－１のような植民惑星へ運ぶ船。低出力で低速。もちろん非武装だ。

「やっぱり植民船か。そんな船が攻撃を？」

「そのようだな」

パーカーは首を振った。おなじように緊張していても、隠すのがうまい。

「いったいなにを考えてるんだろう。多くの人命をあずかっているはずなのに無茶な攻撃を。しかも積荷の貨物ポッドを投げるなんてばかげてる」

食料と資材は新世界到着後に入植者が自立するために必要だ。ヤムイモを宇宙で投げてしまったら、地上に降りてから人々が飢える。

わからないことはほかにもある。なぜジャンを殺そうとするのか。あるいはペトロヴァやパーカーを狙うのか。身に覚えがない。

「ペルセポネ号……か」パーカーが言った。

「なにが？」

船長は画面を指さした。

「そこだ。船首のすぐ下に小さな字で船名が書かれている。アクタイオンが目覚めていれば建造地や定員まで教えてくれただろう。船名に聞き覚えは？」

「ないね」

パーカーはうなずいた。

「時計確認」

ジャンは仕事を割り振られていた。忙しければパニックを起こして迷惑をかけることもないだろうというわけだ。そのとおりになっている。カウントダウンのタイマーを見るだけで役に立っている気分になれた。

「次の攻撃まであと二分」

「ペトロヴァ？」

パーカーの呼びかけに、船外のペトロヴァが答えた。

『準備はできてる。照準(しょうじゅん)するだけ』

ラプスカリオンが植民船の映像をさらに拡大し、画面が船体外壁でいっぱいになった。

白く均一な金属表面のようだったところに、じつは小さなハッチや装置モジュールがたくさんある。窓はどれも暗い。敵はどうやって狙いをつけているのか。

そんな船体の一角から明るい照明が漏れているのをラプスカリオンがみつけた。大型の貨物用エアロックらしい。ふくらんだ中央部のすぐ後方にある。外部ハッチが大きく開き、長いガントリーが宇宙に突き出ている。

正体がわかった。この鉄骨構造の細長い塔のようなものが大砲だ。ペトロヴァが言った。

『あれがマスドライバーじゃないかしら』

原理はこうだ。あのガントリーにそって強い電流を流して直線的な磁場をつくる。その磁場のなかに飛翔体、すなわち貨物ポッドを押し出すと、ガントリーにそって連続的に加速される。出口速度はライフル弾より速い。

たとえヤムイモのコンテナでもそれだけの速度をあたえればアルテミス号を大きく破壊する。ジャンは実際に見た。

ペトロヴァが低いかすれ声で言った。

『人がいる。見える？』

「見えた」

パーカーが確認した。

ジャンにはしばらくわからなかった。目を細めてようやく、貨物エアロックの内側で動きまわる小さな影が見えた。貨物ポッドをガントリー後端にいれようとしている。つまり次弾を装塡している。

『かなりの人数ね。一発で始末するのは難しい』

ペトロヴァの意見に、パーカーは答えた。

「できるだけやっつけろ」

ジャンは首を振った。

「ちょっと待ってよ」

パーカーがふりむいてじっと見た。

「意見があるのか？」

「あれは植民船だ。彼らは入植者だ。兵士じゃない」

ペトロヴァがため息をついた。

『こちらを殺そうといま活動してるのよ』

パーカーは同意した。

「そのとおりだ。それに時間がない。医者としてヒポクラテスの誓いに反するだろうけど、何人かは殺さざるをえない。できれば全員を。でないとこちらが殺される」

「待って。聞いてほしい。次の攻撃まで一分あるから」ジャンは言った。「良心の呵責（かしゃく）を感じるわけじゃないんだ。むこうの人々は僕を殺そうとしている。僕個人への殺意だ。僕を狙って貨物コンテナを投げてきた。そんな相手を焼き殺すことにためらいはないよ。ただ問題は数だ。むこうの船には何千人も乗っている。ペトロヴァは兵士として訓練されているだろうけど、全員殺すのは難しい。あの兵器を壊すことに狙いを絞るべきだ」

パーカーは強い視線でじっとにらむ。殴られるのではないかと思ったが、しばらくして船長はうなずいた。不愉快そうな声を漏らしてうなずき、親指とひとさし指を額にあてる。指で揉（も）んで考えをかたちづくろうとするようだ。

「まあ、やりようはあるかもな。ラプスカリオン？」

パーカーに呼ばれたロボットは、肩をすくめた。

『マスドライバーは電力を大量に使う。船の核融合炉につながってるはずだ。その送電路をみつけて切断すれば、あの大砲は使えなくなる。新しくつくるしかない』

ペトロヴァは指摘した。

『根本的な解決にならないともいえるわよ。でも時間は稼げる。ところで……ジャン？』

「なんだい？」訊き返してから、あわてて答えた。「ああ、次の攻撃まで三十秒だ」

ペルセポネ号のエアロックでは小さな人影が走りまわり、ガントリーへの貨物の挿入を終えようとしている。

パーカーが言った。

「ペトロヴァ、きみに決断をまかせる。どこを狙う？」

『考えさせて』

30

ペトロヴァの宇宙服のフェイスプレートには、ラプスカリオンの目を通した植民船の貨物エアロックが映し出されている。マスドライバーの周囲で動きまわる小さな点が見える。腕や脚まで見わけられる。たしかに人間だ。しかも多い。

ジャンの言うとおりだ。数人殺してもすぐ応援が来るだろう。もっと効果的な狙いどころがあるはずだ。かならず。

「送電路らしいものは見える？」

ラプスカリオンのほうが目はいい。理想的なスポッターだ。

「急いで。時間がない」

ジャンのカウントダウンが聞こえる。

『十五秒』

「あれ……かな」とラプスカリオン。

「かな？」

「あれだ」

同時にジャンが言った。

『十秒』

マスドライバーの先端がピンク色に輝きはじめた。次弾発射にむけてエネルギーを充塡している。

「どこ？」

「ここだ」

貨物エアロック内側の一見すると普通の壁の一部が、白い破線でかこまれた。

目標としては充分な大きさだ。照準されているとも知らずにエアロック周辺を動きまわっている人間たちより大きい。

軽く息を吸って止める。

『五秒』ジャンが宣言する。

わかってるから、黙ってて。その思いは口に出さなかった。言うと息を吐いてしまう。

レーザーの握りを変えて、照射パッドに指をふれた。

なにも起きない。当然だ。真空の宇宙で光は散乱せず、ビームは見えない。レーザーのエネルギーはすべて標的に直進する。変化したのは、レーザー本体がグローブごしに突然熱くなったことだ。火のついたストーブにさわったようだ。

「あつっ！」

声をあげてレーザーを放した。ふわふわと離れていくが、アルテミス号とは電源ケーブルでつながっている。

「まだ待機。着弾はどう？」

貨物エアロックの内側では、破線(はせん)でかこまれた壁が破れて、火花と破片と煙を音もなく噴き出している。人影は見えない。死傷させたのかは不明。わかるのはガントリー先端がまだアルテミス号にむいていることだけ。

「うまくいった？　成功した？」

だれも返事をしない。沈黙が続く。ようやくジャンが言った。

『発射されるなら十秒前だったはずだ。でも発射されない』

『つまり、成功だな』

パーカーが言ったあとに、全員が歓声をあげた。音量が大きすぎて無線がつたえきれず、ヘッドホンから聞こえるのは大きな雑音だけになった。

31

歓声がおさまると、いままで死と隣りあわせだったことを意識させられた。そして根本的な問題からはまだ解放されていない。

息を詰めて観察を続ける。

三分がすぎ、また三分がすぎた。ペトロヴァは植民船のようすをラプスカリオンに尋ねつづけた。最大の問題はマスドライバーの送電路の損傷を修理しているかどうかだ。しかしなぜか損傷は放置されていた。貨物エアロックを動きまわる人影はない。煙と破片が消えたようすもない。それどころかハッチの照明も消された。

ラプスカリオンが訊いた。

「人間の行動ってこういうもんなのか?」

ペトロヴァはアルテミス号の船内にもどってほっとしているところだった。宇宙服を脱いで、さまざまな部品を整理して収納する。必要になればまたすぐに装着しなくてはならない。レーザーはおごそかに壁にかけた。使ってみれば優秀な武器だった。

そこでようやくラプスカリオンから質問されたことに気づいた。

「ごめんなさい。だいぶ疲れてるみたいで……。なにか言った？」

「人間の行動はこれが普通なのかと訊いたんだ」

「行動って？」

「たとえば他人から攻撃されるとする。そいつは殺意をこめて殴ってくる。こっちは殴り返す。鼻血を出させたり顔に傷をつけたり。すると相手は殺意をなくして去るのか？」

ペトロヴァの背すじが寒くなった。

「いいえ。普通はさらに怒り狂うわね。反撃してくる。倍返しで」

「だったら、植民船が反撃してこないのはへんだな。おっと、落としたぜ――」ロボットはグローブの片方を床から拾って返した。「――ほらよ」

「ありがとう」

ほんとうに疲れている。仮眠をとったほうがいいかもしれない。

しかし許される状況ではない。

ラプスカリオンといっしょにブリッジにもどった。ペトロヴァのためにちょっとした慰労会が用意されていた。飲料水のボトル一本と塩味クラッカー一パックが出された。思わず笑顔になる。床にへたりこんで水をごくごくと飲み、クラッカーを一枚つまんだ。

顔を上げるとパーカーと目があった。心配そうにじっと見ている。よほどひどい顔をしているのだろう。つまんだクラッカーを乾杯するように持ち上げ、ウィンクしてやった。するとパーカーは顔を赤くして目をそらした。

クラッカーがとてもおいしい。空腹に気づいた。いつのまにか一パックを空にしていた。

「ほかにもあるんでしょうね。まさかこれだけ？　配給制はごめんよ」

ジャンが答えた。

「何箱もあるよ。種類は少ないけど量はある。ぜんぶ食べていい。短期的に餓死するおそれはない。その点はだいじょうぶ。もちろんビタミン欠乏は命にかかわるけど、影響が出るのはずっと先だ。タンパク質やある種の野菜がないのも、いずれエネルギーレベルを不安定にするだろうけどね」

パーカーが来てペトロヴァのむかいにすわった。

「まあ、それはわかった。暗い話はやめよう。ひとまず、生き抜く方法を考える時間を稼げた。次の段階にむけて話をしよう」

「やれやれね」

パーカーはため息をつき、両脚を組んだまま背中を床に倒した。

「まずはアルテミス号の修理だ。手持ちの工具でできることはかぎられてるが、とにかく船体を補強する。それができればまともに移動できるようになる。いつまでもペルセポネ号のそばで漂流していたくない。早めにパラダイス－1に着陸したい」

「まったくよ。ここでじっとしていたら、いい標的」

「そのあいだ、ラプスカリオンには電波望遠鏡で近くにいるほかの船を探してほしい。アクタイオンの停止中は通信できないが、たとえばべつの船に併走して手を振って注意を惹くことだってできなくはない。正常な船に乗った味方がいれば状況はすぐに好転する」

「たしかに」

ジャンが答えて、クラッカーの新しいパックを持ってきた。ペトロヴァはそれをあけて三枚いっぺんに口に押しこんだ。

「それから多少リスクがあるが、試す価値のあることを考えてる。アクタイオンのセーフモードを使う方法だ」

ペトロヴァは発言しようと口をあけたが、そこには炭水化物がいっぱいにはいっていた。不愉快そうなパーカーの顔を見て吹き出しそうになり、かえって喉を詰まらせた。あわてて水を飲んで口のなかのクラッカーを咀嚼しながら、話を続けてと手を振る。ようやく声を出せるようになった。

「セーフモードって？」

「そこから説明だな。アクタイオンをループから脱出させるためだ。いまは再起動をはてしなくくりかえしている。それを強制的にセーフモードでの起動にする。診断シェルと最小限の接続のみで、自律機能はほぼなく……。いや、技術的な詳細ははぶこう。人間でいえば人為的な昏睡状態にして検査的な手術をやるのに近い」

「それならたしかに安全そうね」

「ああ、被害甚大（じんだい）な旅客輸送船の外壁に立って未知の敵にむけてギガワット級レーザーを手持ちで撃つくらいにな」

「たしかに無茶をしたわ。でも成功したでしょう」

「とにかく、セーフモードにすればアクタイオンが正常に起動できない原因を調べられる。正常化できるとはかぎらない。悪化させる危険はないだろうという程度だ。連鎖的なファイル破損が起きたりすればべつだが。その場合は、アクタイオンは完全に脳死して、アルテミス号のシステムは制御不能になる」

「その場合の危険は説明不要よ。わかってる。聞きたくない」

「そうだな」

パーカーは軽々と上体を起こして、すわった姿勢にもどった。ふたたびペトロヴァの目を見る。

「どう思う？　やってみるか」

ペトロヴァは顔をしかめた。

「この船とアクタイオンのことはあなたのほうがよくわかっている。わたしなんかよりはるかに。アクタイオンをセーフモードで起動することで、アルテミス号の制御を回復できる可能性があるとあなたが考えるのなら、支持するわ」

パーカーは大きくうなずいた。

「よし。ここから行動開始だ。なんとしてもこの船を復活させるぞ」

32

こうして計画らしきものはできた。あとはかたちにしなくてはならない。たいへんなのはもちろんアルテミス号の修理だ。ジャンが工具箱とともに作業をまかされたのは、驚くにあたらないかもしれない。

ラプスカリオンが助手についた。このロボットにすべてやらせればいいのにと思う。しかしジャン自身は忙しいほうがよかった。よけいなことを考えずにすむ。

ロボットといっしょに、まずブリッジのメインハッチの非常用シールを補修した。そんなところに問題があるとは知らなかった。もし回避機動中に船体が裂けたら、適切に閉鎖できないこのハッチからすべての空気が抜けていただろう。そうならなくて幸運だった。

原因はハッチの枠にちぎれたゴムの破片が引っかかっているだけだった。ジャンはヒートガンですきまができないように修正した。ラプスカリオンは作業を見ているだけ。

「ご苦労さん」

「ありがとう。次は？」

「油圧系のフルードが漏れて給水に混入しているらしい」

「それは毒性があるの？」

ラプスカリオンは女の笑い声を再生し、さらに念押しで言った。

「そりゃそうさ」

油圧フルードが通っているパイプに漏れ止めのテープを巻いた。今度はラプスカリオンはテープを適切な長さに切って脚からぶら下げておいてくれた。おかげでジャンは楽に作業できた。

次の箇所にとりかかったときに、ラプスカリオンが訊いた。

「ところで、気分は上むきになったのか？」

ジャンはブリッジの裏にある大きな換気ダクトにもぐりこんでいるところだった。ファンが回転しない原因を調べるためだ。ファンは人間より大きい。なめらかに弧を描く埃だらけのブレードが猛禽類の翼を思わせる。上空でぴたりと静止し、無警戒な小型哺乳類をみつけると急降下してずたずたに切り裂くのだ。ファン全体が機械的なストレスで振動している。なにかが引っかかっているせいでまわらない。その障害物を探して取り除けば、ブリッジに滞留する有害な気体は換気される。しかし、その作業中に指をざっくり切断されそうないやな予感がした。

「悪い。ちょっと気を取られていた。なにか言った？」

サソリ型のロボットは壁を這って隣に来た。尻尾の先についた顔をジャンの耳もとに近づける。

「気分は軽くなったかと訊いたんだ。しばらくまえは不安定だっただろう。ほら、医療資材の棚にあたったり」

「あれは死の恐怖のせいだよ。怖いことはまだ怖い。ところで、なにが引っかかってるかわかる？　なにも見えないんだけど」

「その羽根は金属疲労が起きてるな」ロボットは該当箇所をしめした。「あんたの恐怖を消すにはどうしたらいい？」

ジャンは観察をやめて、答えをまじめに考えた。

「宇宙が冷たくて無関心で非情で危険な場所でなくなればいい」

「そりゃそうだけどよ。まわりのもんがしてやれることはあるかって話さ」

ジャンは驚いたようにロボットをじっと見た。

「ずいぶん誠実な態度だね」

「いつだって誠実さ。皮肉を言ってへらへらしてても、嘘はつかねえ。無益だからな」

「人間のやりとりの九割は大なり小なり嘘だというけどね」

「そりゃそうだ。あんただって腕にRDをつけてる理由をだれにも話してない」

この一年で身についた癖が出た。金色のデバイスについて質問されると無意識に腕を引っこめる。隠すように前かがみになる。

「嘘というわけじゃない。秘密があるだけだ」

「話せば楽になるっていうぜ。人間心理の基本らしい。おいらに話してみたらどうだ？」

「きみだけに？　う―ん、じゃあ、こっちへ来て。僕のかわりにファンをなおして。暗い秘密を明かす代償だ」

ラプスカリオンはファンの裏にまわって、モーターからなにかを引き抜いた。するとファンはゆっくりとまわりはじめた。それでも予告なく動きだしたので、ブレードがジャンの手をかすめた。けがはなく、軽く押しのけられただけだ。

「よし、なおったぜ。さあ話せ」

「わかった。これをつけさせられてるのは――」RDをしめして言う。「――僕が人殺しだからだ」

「まじめな話か？」

ジャンはうなずいた。

「しかもたくさん。正確には人じゃない。でもたくさん……冷酷に」

尻尾の先の顔がゆっくりと引かれた。ジャンから離れる。

「人じゃない……というと……」

「詮索好きなロボットをね」

しばらくラプスカリオンは壁にへばりついて微動だにしなかった。プラスチックの口をゆっくりあけ、首を強く横に振った。そして女の笑い声の音声ファイルを再生する。続けて三回。

「おもしれえ冗談だ。でもほんとはなにをやったんだ？」

ジャンは答えなかった。ロボットの爪がつかんでいるものに注意を惹(ひ)かれていた。ファンに引っかかって回転を止めていたものだ。

「見せて」

受け取ったそれは、黄ばんだ白で、一端に赤茶色の粉のようなものがこびりついている。反対側は焦げている。焼かれたのかもしれない。硬くてざらざらした手ざわり。

ジャンはこのかたちに見覚えがある。しかし頭ではべつの可能性をさぐった。ちがうものではないか。ちがってほしい。

そもそも理屈にあわない。

「話せよ。もったいぶらねえで」

ラプスカリオンにせっつかれたが、首を振った。

「いや、その話は……またあとで」

物体を何度も手のなかでひっくり返す。やはりそうだ。まちがいない。このなめらかな部分は恥骨結合。曲がった張り出しは腸骨稜。

「そいつはなんだ？　いいものか？」

「わからない。たぶん、ただの破片だよ」

もちろん嘘だ。この正体をロボットに言いたくない。いまはまだ。

しかし疑いの余地はない。はっきりわかった。

人間の男性の骨盤の一部だ。

33

「よし、準備いいぞ」

そう言うパーカーは、腰から上がホロ映像の樹木にすっぽりはいっていて見えなかった。ペトロヴァとしては顔を見たい。いまからやることがどれだけ危険か、表情でわかるはずだ。

「こちらもいいわよ」

ペトロヴァの仕事はキーを一つ押すだけ。ただしそのキーボードは見えない。くねくねと曲がった太い根にコンソール全体が隠れている。パーカーが手探りで正しいキーを教えてくれた。

アクタイオンの設計者は、ＡＩをセーフモードで起動する手順をかなり複雑にしていた。二人がかりで一時間以上かかって、ようやく最後のコマンドを入力する段階にこぎつけた。いよいよだ。ペトロヴァはコンソールの一つのキーを押したら……あとは退がって待つだけ。どんな結果になるか想像もつかない。

「押して」

パーカーの声にあわせて、ペトロヴァはキーを押した。

チャイム音も警告のサイレンも鳴らない。ＡＩの再起動を通知するものはない。そもそもアクタイオンは秒間数百回の再起動を一時間以上前からくりかえしている。それをうかがわせる気配すらなかったのだ。

それでも、奇妙なハム音のようなものが一瞬だけ空気を震わせた。

そしてブリッジ全体がまたたいた。

いや、暗い森のホロ映像に根本的な異変が起きたようだ。ねじれた木々が消えたわけではないが、瞬間的に薄れた。高度に美麗なアニメーションをなす数千コマのうち、一コマが欠けたように。

以後の木々はもとどおりだ。位置も変わらない。変化は二つ起きた。そのうちの一つはすぐにあらわれた。

「パーカー？　サム？　どこ……」

「ここだ」手を振りながら木のなかから出てきた。「なんていうか、一瞬、体がぴくりとして」

ペトロヴァは笑った。

「ころんで尻もちをついたってことかしら」

片手で尻をさすった。

「痛いような痛くないような」

ペトロヴァはまた笑った。

パーカーはそこではっとした。

「おっと、出たな」

「どうしたの？　なにが出たの？」

「成功したようだ」

ねじくれた木々の奥から歩み出てきたのは、神々しい純白の牡鹿だ。毛並みは抜けるように白く、まるで内側から発光しているよう。体高はペトロヴァより高く、枝角の先端が星のように光り、またたいている。

鹿はペトロヴァに鼻面をむけ、息を吐いた。その目も毛並みとおなじく真っ白。まるで乳白色のガラス。

パーカーは鹿が逃げると心配するようにそろそろと近づいた。両手を上げて敵意がないことをしめす。

「アクタイオンか？　俺の言葉はわかるか？」

鹿の鼻面が今度は船長にむいた。また鼻息を吐き、前脚の一本で床を叩く。そして話した。ペトロヴァが冷凍睡眠にはいる直前に聞いたのとおなじ中性的な声。発声に同期して口も動く。ただし声はブリッジの天井スピーカーから流れる。

「わたしはアクタイオンではありません」

ペトロヴァは背すじが寒くなった。ああ、なんてこと。失敗したのか……。

「アクタイオンはセーフモードで起動しました。高度プロセスは休眠。コマンド機能も休眠。わたしは船のオペレーティングシステムのアバターです」

パーカーはとまどいながら答えた。

「そう……なのか。よくわからないが、いちおう狙いどおりになったのかな」

「ご希望はなんですか？」

問う鹿に、ペトロヴァは頼んだ。

「通信系を起動して。できるだけ早くパラダイス‐1にメッセージを送りたいのよ」

「その機能は現在使えません」

パーカーは顔をしかめた。

「つまり、アクタイオンがフル機能のＡＩとして復旧するまで通信系は動かないということかな」

「ええ、そのようね」ペトロヴァは答えてから、鹿にむけて言った。「あなたをなんと呼べばいい？」

「わたしは自意識を持ちません。好きな名前を割りあててください」

「たんにＯＳと呼ぼう。そのほうがわかりやすい」とパーカー。

ペトロヴァはうなずいた。

「いいわ、ＯＳ。惑星にメッセージを送れないことはわかった。では救難信号は送れる？」

「送信ずみです。アクタイオンがセーフモードで起動した時点で送信しました」

パーカーはほっとした顔になった。

「それはよかった。それならだれかが受信して――」

「信号は超光速パルスで送りました。三・二秒前に地球の月の防警司令部に届き、ラング局長室にて記録されました。現時点で返信はありません」

ペトロヴァは目をまるくしてパーカーを見た。パーカーもあっけにとられて視線を返す。

「三・二秒前？　月は百光年もむこうだぞ。それほど短時間で届けるには、たとえば軍用規格の量子もつれ通信機器なんかがいる」軽く口笛を吹く。「とんでもなく高価な先端技術だぞ」

「ちょっと待って。通信系はすべて停止してるんじゃなかったの？　なにも機能せず、だれにも連絡できない。ちがうの？」

パーカーは混乱したように頭をかいた。

「そのはずだが、俺も知らない母星との通信手段があるらしい。そんな高速通信があるとしたら秘密の通信系か。通常の通信系より高度だ。そんなものが載っているよしあしはべつにして」

「いいこと……じゃない？　いちおうだれかに連絡できたんだから。救難信号を送れた。それはいいことよ。確実に」

それがなぜわざわざ地球の月へ送られたのかは謎だ。目と鼻の先にパラダイス－１があるのに。地球や太陽系から救援が来るとしても何週間もかかる。

「パラダイス－１に直接連絡するにはラングの許可が必要ということかもしれないな。それはともかく、いまは調べることがある。ＯＳ、アクタイオンが再起動ループにはいった理由がわかるか？　許可エラーみたいな単純なトラブルなら修復できるかもしれない」

鹿は考えこむように首をかしげた。枝角の先端の星が急速にまたたく。

「アクタイオンのルート・コマンド構造に損傷（コラプト）したファイルがありました」

「損傷ファイルがルートに……つまり根に……そういうことか！」パーカーはペトロヴァを見た。「わかるか？」

ペトロヴァはうなずいた。

「この森ね」

ブリッジにはびこる暗い森のホロ映像。毒に冒された木々。根が腐敗しているという暗喩だ。再起動をはじめる数ミリ秒前にアクタイオンがつたえたかったのはそれだ。

「なんて難解な。そんな謎をこっちが自力で解けると思ったのかしら。〝損傷ファイルを修復中。しばらくお待ちください〟とメモを残すだけですむのに」

パーカーに言ったつもりだったが、かわりに鹿が答えた。

「アクタイオンはまず自己診断を実行して、ほかにも損傷ファイルがないか探しました。すると損傷点が多数みつかり、それによって自然言語処理も大きく損傷していました」

それを聞いてパーカーは言った。

「だから話すこともメモを残すこともできなかったのか。OS、アクタイオンの損傷範囲は？」

「ファイルの約九十九パーセントが損傷していました」鹿は考えるようにしばらくうつむいた。「小数点以下を端数処理するとそうなります」

「九十九パーセント？　そんなことがあるのか？」

「質問が不明確です」

　ペトロヴァは考えながら言った。

「ちょっとしたバグではなさそうね。プログラムの誤作動なんかじゃない。アクタイオンは攻撃を受けたのよ」

　防警の士官学校でサイバー戦の授業があった。もっとよく聞いておくべきだった。

「アクタイオンを攻撃した敵と、貨物ポッドを投げてくる植民船は同一のはず」

　パーカーは苦笑した。

「いや、攻撃の水準がちがいすぎるだろう。アクタイオンのような複雑なシステムにウイルスを侵入させるにはきわめて高度なソフトウェアがいる。一方で貨物ポッドを投げるのは、武器を持たない連中がやる切羽詰まった行動だ」

「仮定が複雑すぎるのは誤った仮説よ。異なる二つの敵が同時に攻撃してきたと？」

　パーカーは顔をしかめて反論できない。それでいい。ペトロヴァは鹿に訊いた。

「OS、その攻撃を詳しく教えて。損傷したファイルの内容は？　たんなるゴミか、それともアクタイオンへの命令だったのか」

「新規ユーザーがログインしました。新規ユーザーはルートレベル権限を取得しました」

「どういうこと？」

「新規ユーザーはあなたのアクセスレベルを変更しました。そのため、その情報にアクセスできません」

「ちょっと待って。新規ユーザーってなに？」

「ユーザー一覧は開示できません」

パーカーが見えないコンソールに手を伸ばし、なにかのキーを叩いた。

「ロックアウトされてる。新規ユーザーとやらにOSを乗っ取られた」

ペトロヴァは悪態をついて呼びかけた。

「ねえ、ログインしただれか？　聞こえる？　アルテミス号は攻撃を受けて大きく損傷し、船内は深刻な状況なの。修復作業をできるように、アクタイオンのOSをロック解除して」

返事はない。

「ねえ、聞こえたら応答して」

声を大きくしてもう一度呼ぶ。手もとに目をやると、そこには使えなくなったコンソール。最後は叫んだ。

「せめて返事をしなさいよ！」

やはり無反応。

ペトロヴァはパーカーを見る。パーカーも視線を返す。二人のあいだで鹿は床に鼻面を下げている。ホロ映像の草を食べているようだ。

「インターフェイスからも拒否された。ちくしょう。なんとかなりそうだったのに」

「新規ユーザーってだれ？　気になるわ。OSを乗っ取るなんてだれができるの？　防警？　それとも政府（UEG）？」

パーカーが口を開くまえに、ジャンとラプスカリオンがもどってきた。ドクター・ジャンは息を切らして茫然（ぼうぜん）としたようす。ロボットは関節の多い脚で体を揺らしている。

「たいへんなことがわかったぜ。腰を抜かすなよ」

パーカーは両手で頭をかかえた。

「またか。たいへんなことばかりで頭が痛い。まあいい。なにがわかったんだ？」

「おいらたちのほかにも乗客がいるんだよ！」

34

ジャンはポケットの骨片にさわった手を離せなかった。不快な手ざわりだ。露出した骨は石のようにざらざらしている。焼けた側は不気味になめらかだ。そんなことをたしかめてしまう。

これはなにを意味するのか。

この骨盤の主が生存しているはずはない。こういう骨の破片がころがっているとしたら、たとえば大事故の現場だ。医学的所見では、この骨盤の主は大きな爆発で粉々になったと推定される。もちろん宇宙ではしばしば起きる。凄惨な話だが、そういう遺体の一部が発見されずに残ることもある。

しかしアルテミス号の換気ダクトでそれがみつかったというのはどういうことか。新しい船なのに。ガニメデ発パラダイス－1行きが処女飛行に近い。

その途上で死んだ者はいない。犠牲者の骨の破片が残るような爆発事故はなかった。あれば聞いているはずだ。

説明がつかない。

考えられる仮説が一つある。自分がおかしくなっている可能性だ。精神がまた不調をきたしているのではないか。ポケットのものはじつは核融合炉の隔壁の破片や、あるいはファンの羽根の折れた先端にすぎないのに、錯乱した頭がこんなふうに思わせているのではないか。

「ドクター・ジャン？」

ペトロヴァに呼ばれてはっとした。あわてて見まわす。みんなでなにかを話しあっている。ラプスカリオンの発見をめぐって真剣に議論している。内容を聞いていなかった。

「ご……ごめん。もう一度言ってくれるかな？」

「ここのコロニーについてなにか知らないかと尋ねたの。歴史とか。おかしいのよ。辻褄があわない」

その手がしめしているのは露出した壁の一角。まえはアルテミス号とペルセポネ号と飛んでいく貨物ポッドの相対位置を表示していた。いまも二隻の船は明るい光点として残っている。それ以外の情報が大幅に増えていた。新しい光点が数十個、おそらく百個以上。あるところを中心に帯状の輪をつくってゆっくり動いている。明るさは弱いが明確に存在している。大小さまざまだ。

ジャンは意志の力でポケットのものから手を離した。

「小惑星帯かな。そんなふうに見えるけど」

ペトロヴァがさぐるような視線をパーカーにむけたのに気づいた。このような視線にはよく遭遇する。こいつはどうしてしまったのかと不審に思っている。なぜうわの空なのかと。

この輪についてさっきから議論しているのを、すっかり聞き逃してしまったらしい。申しわけなさと恥ずかしさがこみあげる。すると……。

手首にRDの針が刺さり、気分安定薬を打たれた。すぐに効いて気持ちが落ち着いた。

それでも自己嫌悪の波にはさらされる。すこしだけがんばろう。鼻のつけ根を強く揉み、まわりの人々と、そのなかの自分に意識を集中した。失望されないように。

「ええと、ごめん。聞いていなかった。アドレナリンが出たまま動きまわっていたから、すこし疲れが出てしまって」

「無理もない」とパーカー。

「でもいまは集中して」

ペトロヴァに言われて、うなずいた。

「じ……じゃあ、こう考えてくれないかな。僕のことは、よくいる注意散漫な科学者だと思って。ここまでの会議の内容を聞いていなかった。だから要点だけ教えてほしい」

もう骨片にはさわらない。有無を確認するためにこっそりポケットの上から押さえたりもしない。あとでじっくり観察すればいい。いまはおいておく。

ラプスカリオンはため息をつかず、その音声サンプルを流したりもしなかった。尻尾の頭を上下に揺らしただけで、説明をはじめた。

「船に唯一残ったセンサーの電波望遠鏡を使って、付近にほかの船がいないか探せとパーカー船長から依頼された。いたら救援を求めるためだが、そりゃばかげてるってのがおいらの考えだ。パラダイス星系は僻地（へきち）も僻地。ペルセポネ号みたいな植民船がたまに来て新しい入植者を下ろしていくだけで、ほかに訪れるやつなんかいない。だから政府（UEG）はアルテミス号を派遣したわけだろ。コロニーが無事かどうか見てこいって。それでもしょうがなく惑星周辺をスキャンしてやったわけさ。パラダイス-1をまわる衛星が一、二個みつかるのがせいぜいだろうと思ってな」

ロボットは脚で壁をしめした。

「ところが驚いたぜ。この点はみんな宇宙船なんだ」

ジャンはたくさんの光点に目を細めた。

「え……ぜんぶ？」

「ぜんぶだ。このアルテミス号をのぞいて、攻撃してきたペルセポネ号をふくめて、パラダイス星系には百十七隻の宇宙船がいる。そのぜんぶがパラダイス-1の高高度軌道で待機してる」

「そんなことがありうるのかい？」

ジャンは壁に歩みよって手をあてた。そうすることで遠くの船にさわり、目的を理解できるとでもいうように。

「ペトロヴァ警部補、パラダイス-1のコロニーについてなにか知らないかとさっき訊かれたけど、もちろん詳しくは知らない。小さなコロニーだということだけ。人口は一万人くらい。その生活をささえるのにこんなに多くの宇宙船が必要なわけはない。これは……いったいどういう種類の宇宙船なんだい？」

ロボットは体を上下に揺らした。

「いろいろだ。まず植民船が何隻もいる。三十隻くらいで、ペルセポネ号よりでかいのもいる。アルテミス号くらいの小型の旅客輸送船もたくさんいる。輸送船とタグボートだらけといっていい。軍艦も数隻いる。しかもでかくて凶悪なドレッドノート級戦艦。軌道爆撃で地上のコロニーを抹殺（まっさつ）するのによく使われるやつだ」

ジャンはあっけにとられた。

「防警は爆撃してコロニーを破壊するつもりなのかい？　信じられない。防警がそんな大量虐殺をやったら大騒ぎになる」

ペトロヴァが咳払いした。

「たしかに戦艦にはそういう能力があるけど、実際に使われたことはないわ。パラダイス－1にそのような攻撃がおこなわれた記録もない。わたしがこのミッションを命じられたときのブリーフィング資料に書かれていないし、それをほのめかす記録もない」

肩をすくめて続けた。

「もちろん記録は改竄できるし、事実は隠蔽できる。でも惑星をこうして見るかぎり爆撃の痕跡はない。やればかならず地上に傷痕が残る。そもそも爆撃する理由がない。平和なコロニーだから」

ジャンは考えた。

「僕たちが冷凍睡眠にはいっているあいだになにか起きたのかもしれない。パラダイス－1が叛乱を決議して、政府が鎮圧のために戦艦を送ったとか」

「なおさらありえないわ。コロニー鎮圧には地上降下が必要。そのために派遣するのは兵員輸送船のはず。あの戦艦がやるのは都市破壊よ。惑星住民を一人残らず殺すつもりで送るもの。治安維持には役に立たない。そもそもわたしたちが眠っていたのは……九十日かそこらでしょう。政治的不安定化は一夜にして起きない。防警は暴動の徴候にいつも注意しているし、わたしの耳にはいらないはずはない。パラダイス－1は理想的コロニーと聞いているわ。健康で幸福で生活満足度が高い。入植者はこの星を愛し、新しい暮らしを満喫している」

パーカーはべつの指摘をした。

「戦艦も意味不明だが、植民船も意味不明だ。ドクターが言うように、パラダイス－1には一万人くらいしか住んでいない。なのに電波望遠鏡で探知した植民船のなかには、それに匹敵する人数を運べる大型船がある。ペルセポネ号は小さいほうだ」

ジャンは推測した。

「政府がここに入植者を送るペースを上げたのかも。コロニーが成功しているから拡大方針をとることになったとか」

本気でそう信じているのではなく、ただの仮説だ。それでもパーカーは答えた。

「かもしれない。どうかな、それは……。わからない」

ペトロヴァはジャンの背後で歩きまわっている。この状況がとても気にいらないようだ。壁のディスプレイへ歩みよって拳で叩いた。

「どこかに嘘がある。だれかが嘘をついている。大きな嘘を。わたしは防警なのに！　いつも大衆の声を聞き、行動を知るのが仕事なのに、なにが起きているのかまったく知らされないなんて！」

ラプスカリオンがジャンに言った。

「おかしなことがもう一つあるんだ。それも聞いてねえだろう、ジャン」

ジャンは不安な気持ちで息を吸った。まだあるのか。

「話してよ」

「二隻が移動してる。一時間ほどまえにコースを変更した。こっちがペルセポネ号の大砲を沈黙させたあとだ」

「その二隻の行き先はここなんだろうね」

ロボットはうなずいた。

「そうだ。速度も出てる。エンジンの最大推力だ。訊かれるまえに言っとくけど、二隻の一方はアルテミス号とおなじ旅客輸送船。もう一方は大型の戦艦だ」

「救援にきているという意思表示は出てない？　味方だと考えられる証拠は？」

ないだろうと思いながらジャンは尋ねた。まわりの表情からすると懸念のとおりだ。

パーカーが言った。

「逆に、攻撃する気だという証拠もない。そこは不明だ。しかし敵だと想定するのが妥当だろうな」

35

ペトロヴァは耳でパーカーの話を聞きながら、目ではジャンのようすを観察していた。体が震えはじめている。それもひどく。手は落ち着きなく髪をいじっている。口は半開きで、顎（あご）がまえに出ている。

「具合が悪そうね」

「僕は――」ジャンは言いよどんだ。そこからさらに小さく、弱々しく続ける。「――怖い。そして疲れた。いろいろあったから。そんなこと言ってる場合じゃないのはわかってる。みんなたいへんで、僕だけ特別あつかいを求める権利はないと……」

「待って」

しゃべりつづけるのを制して、ペトロヴァはパーカーに顔をむけた。うなずくのを見て続ける。

「聞いて。いまは喫緊（きっきん）の危機というわけじゃない。船が来ているといっても、宇宙での移動は時間がかかる。近づくまでまる一日か、もっとかかるかもしれない」

「でも、防衛のそなえをしておかないと」

そう言うジャンの声は聞きとれないほど弱々しい。

「ええ、それはあとでやる。でもあなたは一時間くらい横になるべきよ。ついてきて」

「いや、いいよ……」

「これは命令よ、ドクター。こっちへ来て」

もとの寝室はペルセポネ号の攻撃で吹き飛ばされた。いま動きまわれるのは狭い範囲で、そのほとんどは操船デッキ内だ。それでもブリッジの裏に寝台をそなえた小部屋がある。仮眠室だ。本来なら船長が長い当直のあいまに船をアクタイオンにまかせて短い睡眠をとる場所。客室にくらべると広さは半分で、ベッドは狭く硬い。しかしいまのジャンには充分なはずだ。

ところがマットレスに横にならせようとすると、ジャンはその手をこばんだ。

「いや、その……だめなんだ。眠りたくない。すわってるだけでいいよ。それで休んだことになる」

「だめよ。それじゃ疲れはとれない」

「だめなんだ……だめだ……怖い」

心の奥から出てくるようなつぶやき。重いまぶたを必死に持ち上げ、目をむける。

「ペトロヴァ……警部補……」

「サシャでいいわ。みんなそう呼んでる。怖いのはだれでもおなじよ」

ジャンは首を振った。

「眠っているあいだに死ぬかもしれないのが怖い」

返事に窮した。普通はそのほうが望ましいのではないか。死の訪れに気づかないほうがいい。しかしその気持ちもわからないではない。この星系に到着してから次から次へと恐怖を経験するなかで、なにが最悪といって、つねに受け身なのがいやだった。なにもできないまま死の瀬戸際に立たされるのが怖かった。

ため息をついて、べつの対応を考えた。

「医者として、患者が眠りたがらないときはどうする？」

「なにか処方するだろうね。そういう考え方なんだ。症状を抑える。根本原因が手に負えないなら無視する」

ジャンは首を振った。そこでペトロヴァは咳払いをして言った。

「RD、なにか処方して」

「あはは。無理だよ、それは……」腕をおおう金色のデバイスを見る。「……え？」

ペトロヴァはその腕を持ち上げた。手首の内側に小さな注射跡がある。

「RDは普通、命令にしたがったりしないのに。僕の命令はもちろん、他人の指示も聞かない。なのにいま軽い睡眠薬を投与された。すでに効いてきたのがわかる」

「どういう理由でそれをつけてるの？」

この医師についてなにも知らないままだ。政府がこんな最先端のロボット技術を使って常時監視下におこうとする理由も見当がつかない。

「ジャン……あなた、過去になにをしたの？」

そのまぶたが揺れながら閉じて、背中からマットレスに倒れた。低人工重力環境なのでスローモーションで倒れていく。

それを見ながら、ペトロヴァもうとうとしそうになった。疲れているのはおなじだ。

通路に出てハッチを閉めると、膝の屈伸運動と腕のストレッチをして血のめぐりをよくした。ジャンが起きたら、次は自分が仮眠をとろうか。たぶんやらないだろうが、そう考えただけで気分が明るくなった。いま枕に頭をつけたらどうなるかわかる。母の言葉が頭のなかで渦巻く。

——タフでなくてはだめ。兵士はタフなもの——

頭から振り払い、ブリッジへ急いだ。パーカーは元気そうだ。もちろん懸念と恐怖の影があるが、体力は問題なさそうだ。笑みをむけると、忙しそうに軽い笑みを返してきた。接近する船についてラプスカリオンと情報を集めている。

「船籍番号どころか船名も不明では、調べられることに限度がある。先にやってくるのはアルテミス号とよく似た旅客輸送船だ。非武装でも安心できないことは経験ずみだな」

　ペトロヴァはうなずいた。

「接近するのはいつ？」

「約二十四時間後」

「もう一隻の戦艦が撃ってくるのは？」

　パーカーはため息をついた。

「その四時間後だ」

　ペトロヴァは長い息を吐いた。肺の奥に古い空気が滞留している気がする。胸全体がこわばっている。体をほぐしたい。髪の奥に手をいれて首すじの筋肉を揉んだ。張りがすこしやわらいだ気がした。

　うしろにパーカーが立っている。その手が肩にかかっていると想像した。背中をマッサージしてくれているところを思い描いた。気持ちいいだろう。また頭が働くようになるはずだ。

首を振り、ひとり笑いを漏らした。パーカーが訊いた。

「なにがおかしい？」

「いえ、どうでもいいことをすこし考えただけ」むきなおって相手の目を見た。「あのあと話す機会がなかったわね」

「それは……」

「わたしたちのことよ」また笑った。「そんな言い方はおかしいわね。〝わたしたち〟もなにも、一週間いっしょにいただけだった。それもずっと昔のこと」

「いい一週間だった記憶がある。楽しい一週間だった」

「そうね」気持ちを抑えて続けた。「パーカー……いえ、サム。ガニメデであなたの姿を見たとき、最初は困ったなと思ったの。防警の自分の任務のことで頭がいっぱいだったから。あなたがいるとよけいなことを考えそうだった」いたずらっぽい笑みになる。「でもいま……こんな大事件に巻きこまれて……あなたがいてくれてよかったと思ってる」

「俺もきみがいてよかったよ。ただ……どうすればいいか……もしそういうことになったら……」

表情が曇った。なにか考えている。暗い考えにさいなまれているようすだ。

「どうしたの？　なにか困ったことでも？」

「いや……なんでもないんだ。目のまえの問題にもどろう」

隣を通って壁のディスプレイのほうへ行く。ペトロヴァはその腕に手を伸ばした。軽くふれて、愛情をしめそうとしただけだ。しかし遅かった。パーカーの長い脚は歩みが早く、ペトロヴァの手は空を切った。その手は脇に落ち、去る背中を見送るしかなかった。すげなくされたわけではない。伸ばした手に気づかれなかっただけ。軽く失望し、傷ついた気がしたのは勝手な思いだ。頭から追い出そうとした。

パーカーは前だけを見ている。それが正しいのだ。

「あまり時間がない。船の修理をはじめたい。一日でどこまでできるかわからないけど、最善をつくそう」近づく二隻の光点に手をふれた。「どうかな。もしかしたら船体を折らずに動けるようになるかもしれない」

ペトロヴァはうなずき、両手をジャンプスーツのポケットに両手をいれた。

「いいわ。それが当面の計画ね」

36

船の修理は仲間にまかせて、ペトロヴァはもう一度ＯＳを調べてみることにした。なにかわかるかもしれない。アクセスできるファイルや、鹿のアバターから聞き出せる情報があれば解明に役立つだろう。

「ＯＳ、アルテミス号がこの星系に到着したときの映像はある？　特異空間から抜けたときにアクタイオンが見たものを知りたい」

「はい、そのデータは収集されています」鹿は答えた。

「見られる？」

「それらのファイルへのアクセス権限があなたにはありません」

いらだちでうめいた。しかし予想の範囲でもある。

「では、到着前のものは？　特異空間でアクタイオンがやったことのログはある？」

「はい、そのログはデータベースに存在します」

ペトロヴァはうなずいた。無駄かもしれない。それでも、なにかが起きる徴候をAIがとらえていた可能性はある。攻撃に気づいて自分をシャットダウンしたのだから、敵の正体を認識していたかもしれない。

「そのログへのアクセス権はわたしにある？」

「それらのファイルへのアクセス権限はあなたにあります。ログには十七ペタバイトのデータがふくまれています。すべてダウンロードしますか？」

十七ペタ？　いくらなんでも多すぎる。

「待って、待って。まずは一部だけ。アクタイオンはわたしたちあてのメッセージを残している？　はっきりしたテキストやスピーチが音声や動画ファイルなどでログに残っている？」

「ログのなかのデータはリレーショナルデータベースに保存されています。サンプルを表示します」

鹿は鼻息を吐いて首を振った。まるでうるさい小蠅を追い払うようだ。そのまわりで星が光りだした。ブリッジの空中をただよう埃のように無数の光が浮いている。次々と光が生まれ、そのあいだを細い線がつないでいく。鹿の枝角のまわりで複雑で繊細な金色の蜘蛛の巣が編まれていく。光の点はさらに増え、蜘蛛の巣は繭になった。濃密な光のネットワーク。その生成が加速する……。

「やめて」ペトロヴァは額を手で押さえた。「なにを見せられているのかわからない。それはデータポイントと、それをつなぐ……なにかしら、方程式のようなもの……?」

鹿は輝く雲に頭をつつまれたまま言った。

「これはアクタイオンがみずからシャットダウンする一ナノ秒前のプロセッサ活動をあらわしています。活動のごく一部で、有用な情報を表示するにはもっと正確なパラメータが必要です」

ペトロヴァは黙ってうなずいた。手詰まりだ。データを解釈できないとどうにもならない。膨大なデータの海を素手でさぐっても必要な答えを得られない。

いっそOSを停止しようか。このまま走らせていると危険かもしれない。アクタイオンに感染したものがいつ息を吹き返すかもしれない。OSはアクタイオンのような自意識を持たないので、攻撃の徴候を察して自主的にシャットダウンするような芸当はできないだろう。

手伝ってくれるAIがほかにあればと思った。なんらかの機械知性がかわりにデータを解釈してくれれば……。

思いついて呼んだ。

「ラプスカリオン？」

ロボットは答えた。

『なんだ。こっちゃ忙しいんだ。船の損傷した背骨を修理してる。なんか用か？』

「悪いけど、ちょっと重要な用件。アクセスできるデータをみつけたの。特異空間から船が抜ける直前のアクタイオンの活動を記録したログ。手がかりがありそうなんだけど、わたしは読めない。もしあなたに読めるなら、このデータを……」

言いよどんだのは、ちょうどそこでラプスカリオンが例の悪趣味な音声ファイルの一つを再生したからだ。男の笑い声。それも発作を起こしたような大笑いだ。

『アクタイオンの内部活動ログをおいらに読めってのか？　へへえ』

自分の声で短く嘲笑した。そのあとも音声ファイルではなく、腹部の排熱ポートからの排気音をたてた。

『無理だな』

「なぜできないの」

『アクタイオンの製造年代はおいらより百年近くも新しいんだ。そのログを読ませたかったら、アクタイオンと同程度に新しくて高性能なＡＩを用意しなきゃだめだ』

「そういうＡＩに心あたりはない？」

『それは、いや、そんなこと言われてもな……』ロボットはしばし黙りこんだ。『そうか。ああ、そうか』

「なにか……思いついたの？」

『そうだよ、そうすりゃいい。いやいや、妙案が浮かんだぜ。バックアップだ。たっぷりある。なんだ、バックアップを使えばいいじゃねえか』

「どういうこと、ラプスカリオン？」

『ああ、説明がいるな。つまり、アクタイオンはみずからバックアップを取ってるんだよ。十ナノ秒間隔とかでみずからのコピーを取ってる。アーキテクチャ全体のな。瞬間、瞬間の自撮りみたいなもんだ。おかしなことじゃない。最近のコンピュータはみんなやってる。復旧できない致命的なクラッシュが起きたら、バックアップの一つから再起動する。それでデータはもとどおりってわけだ』

「古いバージョンのアクタイオンが残ってるのね。攻撃されるまえ、ファイルが損傷するまえの」

『そうだ。バックアップから再起動させられれば、もしかしたら……ほんとに、もしかしたらだが……アクタイオンを復旧できるかもしれねえ。そしてアルテミス号全体の制御を回復できるかも。もちろん、ぜんぶうまくいったらの話だがな』

「成功の可能性はどれくらい?」ペトロヴァは訊いてから、首を振った。「いいえ、気にしないで。言わなくていい。忘れて。とにかくやってみましょう」

37

準備はまもなくできた。

「ほんとにうまくいくかしら」

ペトロヴァの問いに、OSは答えた。

「要求された処理は複雑ではありません。めったに実行しませんが、オペレーティングシステムの基本機能です。続行する準備ができたらそう言ってください」

ペトロヴァは一歩退(さ)がって、組み立てたしかけを眺めた。一定のリスクがあると判断し、それをなるべく抑制するように考えた。

アルテミス号のAIであるオリジナルのアクタイオンはいまもバックグラウンドで動いている。再起動ループのせいで機能しないだけで、船の各部に幽霊のように存在している。この既存のアクタイオンの上に、旧バージョンのアクタイオン——OSはこれを旧版(レガシー)からの派生(フォーク)と呼んだ——をコピーして載せるのは、賢明とはいえない。

そこで倉庫から予備のプロセッサを集めてきた。複雑なプラスチック製シャシーのなかにチップセットの大きな塊が埋めこまれ、体積のほとんどを冷却ファンと非常電源が占めている。アクタイオンの巨大プログラムを載せるのに必要なユニットは十二個。それらを円形に並べ、数種類の物理ケーブルでつないで構成した。

通常ならアクタイオンにこんな配線は必要ない。ＡＩは船内に遍在して機能する。しかし今回は閉鎖環境に隔離して立ち上げる。

組み立てたハードウェアは鹿のアバターをかこむ太く高い円形に配置されている。

「なんだか悪魔召喚の儀式みたいだけど」

ペトロヴァのつぶやきに、鹿は答えた。

「その質問に答えられるほど人間心理に精通していません」

「べつにいいのよ」

何度かまばたきした。とても疲れている。だから配線ミスがあってもおかしくない。

「ＯＳ、これを確認して。ちゃんとできてる？」

「構成されたネットワークはレガシーフォークを保持できる能力があります。船のシステムとはいまのところ未接続。電源と帯域はＡＩの全機能を実現するのに充分です。続行しますか？」

ペトロヴァは床にすわってあぐらをかいた。

「どうなる……と思う？　アクタイオンと話せるかしら」

「はい、話せます。アクタイオンはあなたを見て、命令を理解します。以前のままのアクタイオンのはずです」頭を前後に動かすと、枝角が大きく揺れる。「続行しますか？」

「続行。レガシーフォークをロード」

「ロードしています」

枝角の先端の星がまたたいた。ビジー状態であることをしめす一定間隔の点滅。

あとは待つだけだ。目を閉じて、これがどうなるのか考えた。完全に隔離したネットワークに、アクタイオンのコピーをロードしている。あくまで実証実験だ。立ち上がったコピーは、こちらの命令に応答するかもしれないし、あるいは既存のアクタイオンのように再起動ループにはいってしまうかもしれない。いずれにせよ、そこから知見を得られる。

バックアップが正常に起動できたら、既存のアクタイオンに上書きすればいい。損傷していない古い自分に置き換えるわけだ。もし起動に失敗したら、そのコピーは抹消すればいい。失うものはない。

頭のなかには失敗する場合ばかり浮かんでしまう。コピーもオリジナルとおなじように損傷しているのではないか。コピーがシャットダウン命令を拒否して、船を乗っ取ろうとするのではないか。

逆にすなおに命令を聞いて、協力的で友好的な態度をつらぬき、こちらがすっかり安心したころに、いきなり船の全エアロックを開放して空気を抜き、人間を窒息死させるのではないか。

鹿の枝角は規則的な点滅を続けている。まだまにあう。電源を抜き、配線を抜いて中止できる。べつのことを試せばいい。

いや、だめだ。最後までやってみるべきだ。

鹿が言った。

「ロード完了。エラー率は許容範囲。わたしも再起動してセーフモードから離脱します。お待ちください」

「ええ、どうぞ……」

鹿は一瞬消えた。ごくわずかな時間だ。ふたたびあらわれた姿はほとんどそのまま。ただし、目が真っ赤だ。そして叫んでいる。ゆがんだ電子的な咆哮(ほうこう)。本物の鹿が発する鳴き声ではない。

騒音はしだいに大きく高くなり、鼓膜(こまく)が破れそうだ。耳ざわりなゆがんだ音が頭に響く。ペトロヴァは床に倒れこみ、耳と目とこめかみを手で押さえた。

鹿の胴から五本目の脚がはえた。と思うと、それを自分の口で嚙みちぎった。枝角が成長して枝分かれし、あらゆる方向へ伸びる。まるで骨の稲妻のようにジグザグに分岐する。先端の星はさらに明るく強く光る。

叫びは止まらない。

ペトロヴァは大声で命令しようとした。音声回路を切れ、停止しろ、死ね、自殺しろ、自己破壊しろ……。

片足でプロセッサのユニットを蹴った。ケーブルがソケットからはずれた。円環が切れた。これでいいはずだ。停止するはずだ。円がつながっていない。ネットワークを切断した。なのに……。

鹿が近づいてきた。口には肉食獣の牙が並んでいる。鼻面が縦に割れ、ゆがんだ唇は四つになった。さらに割れる。歯列は八本に。十六本に。目はレーザーのように燃える。左右の脇腹から泡がたれてくる。汚れた石鹼のように黒ずんだ不気味な泡が床にたまる。

その無数の泡が目玉のように赤く輝く。この赤い光を知っている。憶えている。赤……赤……ジェイソン・シュミットの地下壕を照らしていた赤い光。あれとおなじ赤。

少年のアバターを思い出す。ガニメデで見た。なにかを見せようとした。見せたがっていた。それは……それは……。

もし見たらどうなっていたか。なにが起きたのか。あの赤い光とおなじだ。網膜に焼きついている。脳まで焼きついたようだ。

「不浄……」

異形の鹿が言う。悲鳴は止まっていないのに聞こえる。思考がこちらの頭に届く。

「不浄……殺害……悪臭……安楽……冒瀆……不浄……悪臭……殺害……」

ペトロヴァも叫びはじめた。鹿の悲鳴と不協和音をなす。両手で頭をかかえ、かぞえきれないほど割れた歯列から顔を守ろうとする。鹿の口は骨のアーチのように、骨の檻のように迫る。

「忌避！　忌避！」

突然、銃声のような音が響き渡った。船体が巨大な手でへし折られたかのようだ。両手をすこし下げてようすを見る。

赤い光が消えている。

鹿は普通の鹿にもどっている。枝角も実験開始前と変わらないようだ。顎は正常。口には草食動物の歯が並んでいる。ただし、頭が大きく横に倒れている。どうしたのかと思っていると、わかった。首の骨が折れている。さっき響いた音はそれだ。だれかが鹿の首を一気にへし折ったのだ。

あるいは……そのような視覚的メタファーが使われた。なにかのメッセージがこめられているのだろうが、これも理解不能だ。

鹿の膝がくずれて横転した。脇腹が大きく動いて荒い息をする。目は白にもどっている。真珠や宝石のようではなく、白内障や緑内障のように濁っている。その光が薄れていくのを、ペトロヴァは恐怖で麻痺したまま見守った。

床から青い光が湧き上がり、そのなかでゆっくりと人間の姿が形成された。ショートヘアで軍服の女。しだいに細部が明瞭になり、解像度が上がる。鹿のかたわらに膝をつき、その頬に片手をあてる。まるで臨終を看取っているかのようだ。

鹿は消えた。たんにホロ映像の投影が停止したようにかき消える。

あとには女が残った。ゆっくりとむきなおる。ペトロヴァはその顔を見る。鉄色の短い髪。貴族的な顔立ち。

「局長？　ラング局長？」

38

ジャンは夢をみていた。タイタンの暗い湖をただよっている。とても冷たく暗い。水ではなく液体メタンだ。人間の皮膚などたちまち凍る。下へ手を伸ばして湖底を探した。湖底を押せば浮上できるはず。液体メタンを脱して明るいところへ出たい。

ところが湖底は骨だらけだ。人骨。割れた頭骨の眼窩と鼻腔に指がはいった。パニックを起こして口をあけそうになった。反対の手を振りまわして悲鳴をこらえる。

このなかにホリーが？　彼女の骨があるのか？

みつけなくてはいけない。埋もれさせるわけにいかない。いっしょくたにはできない。彼女の一部を持ち帰りたい。遺骨だけでも。

息が苦しい。息をしたい。唇がゆがみ、口の端から銀色の大きな泡が漏れる。浮上しようともがく。湖面に出たい。この黒い湖底の牢獄から脱出したい。そして……そして……。

ぱちりと目が開いた。

小さな部屋。ベッドの足もとの一角が青い光で満たされている。そのなかに女が立っている。軽蔑的な表情でこちらを見下ろしている。

ホリーかとしばしあわてた。生き返ったのか。怒っているのか。腹を立てているのか。目を閉じたい。骨の湖底にもどりたい。あんな目で見られるよりましだ。

やがてベッドの足もとの女がなにか話しはじめた。ホリーではないとわかった。夢を見ていたとわかって身震いした。ただの悪夢だ。

女の言葉に意識を集中した。

「これは録画されたメッセージである。返答は不要」

ジャンはベッドカバーを引き上げ、口もとまでおおった。体はまだ凍死寸前のように震えている。それでもしだいに震えはおさまり、大きく息をついた。

女は軍服姿。肩章からすると防警司令部の人物。ラング局長だろう。ペトロヴァの上官だ。頭が混乱していたらしい。こんな相手を、まさか……見まちがえるとは……。

「この録画を見ているのなら、諸君がアクタイオンの再起動を試みたことを意味する。二度とやるな。AIには非常用機能への介入を防止する安全機構があるが、諸君はこれを巧妙に突破したわけだ。不適切な操作をやめてよく聞け。いまアクタイオンを再起動して目覚めさせるのは最悪の行動だ。諸君はパラダイス星系に到着し、すでに攻撃を受けただろう。ここまでは想定どおり。生き延びられたことを称賛する。先行者の多くはそこまで至らなかった。最初にアルテミス号乗船を命じられてミッションのブリーフィングを受けたはずだが、わけあってその内容は不完全だった。目的地に到着したことを受けて、欠落の補完――すなわち真相を説明したい」

ラングは視線をはずしてうつむいた。アルテミス号とその乗員を危険な場所へ送ったことに多少なりと責任を感じているようすだ。

「諸君が巻きこまれたさまざまな出来事には充分な理由があるとはっきり述べておく。すでに察しているだろうが、パラダイス星系へ送った船はアルテミス号が最初ではない。これまで百隻以上を派遣してパラダイス-1のコロニーと連絡を試みさせた。成功の報告はいまのところない。パラダイス-1へ着陸を試みた船はすべて攻撃を受け、破壊、行方不明、通信途絶になった。星系到着から生還した者はおらず、状況報告すらない。惑星とは十四カ月間にわたって音信不通。コロニーでなにが起きて、入植者がどうなっているのか不明のままだ。これらは機密情報である。情報開示せずに出発させたことを遺憾に思うが、現地到着まで諸君にこれを知らせるわけにいかなかった。パラダイス星系でなにが起きたのか、なぜ船が次々と行方不明になるのか、なぜ惑星全体が音信不通なのかという謎を早急に解明せねばならない。疑問の答えを得るまでは、ガニメデにも地球にも帰還を許可しない。おなじ理由から超光速機関は封印する。任務を継続し、完遂せよ。人類の未来は諸君の成功にかかっている」

ラングはジャンにむきなおり、まっすぐ目を見た。これは錯覚だ。船のホロ映像投影システムが描画した効果にすぎない。それでもジャンはぞっとした。幽霊から見つめられている気がした。

「ドクター・ジャン・レイ。ここからはきみ専用のメッセージになる。内容はほかの乗員に話さないでもらいたい。任務について彼らに開示しない内容をふくむからだ。これまでの調査から、パラダイス星系を襲った災厄はタイタンの悲劇と直接の関係があることがわかった。きみが制圧に尽力したあの疫病だ。ドクター・ジャン、きみの任務はなにがあっても生き延びること。そして正気を失わないことだ。そのためにはアルテミス号も、ほかの乗員も犠牲にしてかまわない。しかしきみだけは生きて帰れ。メッセージは以上だ」

青いホロ映像は消えて暗闇がもどった。暗いタイタンの湖にふたたび落とされたようだ。いまのは精神症状の一つだろうか。ラングのメッセージを幻視したのか。

ふいにハッチが開いて、パーカーがあらわれた。通路の照明がとても明るいのか、船長の体ごと発光しているように見える。ジャンは目を細め、腕でおおった。

「いまのを聞いたか、見たか？　ラングのメッセージ」

矢つぎばやに問われて、ジャンはうなずいた。パーカーは続けた。

「ようするに、俺たちは地獄に落とされたんだ。策もないまま渦中に放りこんで、問題を自力で解決しろだと？　冗談じゃない！」

酔ったようにろれつがまわらない。はげしい怒りで言葉にならないのだ。

ジャンは言葉を探した。

「なんというか……」

パーカーは叫んだ。

「だまされた！　こんな話は聞いてない！　ペトロヴァを探さないと。無事なのかどうか。きみはだいじょうぶか？」

「僕は……なにが？」

「体調はどうかと訊いてるんだ。このふざけた話を聞いて気分が最悪なのはわかる。俺もそうさ。とにかく、目が覚めたのなら全体ミーティングをやりたい。出られるか？」

「なんとかね」

パーカーはうなずいて、意味ありげに見つめた。

「なんとしても生き延びるぞ。みんなで。協力すればできる」

そう宣言することで自信を持ちたいようだ。

ジャンは片手で拳をつくって連帯をしめした。パーカーは満足したらしく、無言で出ていった。ペトロヴァを探しに。無事を確認しに。

ペトロヴァ。パーカーとペトロヴァ。

頭はラング局長の命令でいっぱいになっていた。

ほかの乗員は犠牲にしてかまわない……。

自己評価の低さとは反対に、防警からは重要人物とみなされている。これから直面する状況で必要とされるらしい。しかもそれについて他言無用だという。

ベッドカバーを下げて足を床に下ろした。RDが神経刺激剤を投与してくれたようで、立ち上がるときには元気がもどっていた。ハッチへむかう。通路へ出て、仲間を探すのだ。そして……。

なにを話すのか？

パラダイス－1に蔓延しているのが、タイタンを襲ったものとおなじなら——目を閉じるたびにみる悪夢が再現されるのなら——恐るべき状況だ。危険で最悪の事態だ。

赤痢病。

パラダイス星系のこの状況は赤痢病に関係しているとラングは言った。タイタンでジャン・レイ以外の全住民を死なせた疫病。

それを仲間にどう説明しろというのか。
どういえば理解してもらえるのか。

39

会議室へは行けない。それどころか食堂にも行けない。そのあたりの区画は損傷しているかアクセス不能。かといってブリッジの暗くて毒々しいねじくれた枝の下では話したくない。

そこで倉庫に集まった。パーカーは棚の側面につかまって懸垂運動をしながら、ほかのメンバーが腰を落ち着けるのを待った。苦い表情は運動の負荷のせいではない。床に飛び下りたときも息も切れていない。今度は狭い倉庫のなかを歩きまわった。

ジャンは通路の中央にすわって膝をかかえた。檻のなかの獣のように歩きまわるパーカーを見る。ペトロヴァが言った。

「ねえちょっと……やめて」

歩きまわるようすにいらだつようだ。

「すまない」

パーカーは足を止めて腕組みをした。いかにも言いたいことがあるようすなので、ペトロヴァが手でしめして口火を切らせた。

「俺たちは死地に追いやられた」

呼吸は乱れず、汗をかかず、疲れたようすもない。だれよりも元気そうだ。しかしじつは星系到着から一睡もしておらず、なにも食べていない。強がっているだけだ。

ペトロヴァは言った。

「船に大穴をあけられて、いまさら死地もへったくれもないわ」

「そういう話じゃない。状況が一変した。防警が黒幕とわかったんだ」

ペトロヴァを見る目がなにか言いたげだ。しかし餌には食いつかない。

「それを否定すると思ってるなら、おあいにくさま。そもそも論でいえば、わたしたちはていよく追い出されたのよ。嫌われ者だった。だから送りこむにはちょうどよかった。地雷除去に優秀な兵士は使われない」

「送りこまれたのは俺たちだけじゃない。百隻以上も船がいる。百隻以上だぞ！」数字を考えると腹が立つようだ。「あれはぜんぶ失敗例だ。そうだろう。だからああして残ってる」

それから一分くらいも歩きまわりながら考えた。

「それでも懲りずに船を送るのはなぜだ？　これだけ失敗を重ねて、なぜだめだとわからないんだ？」

「わたしは防警の組織をよく知っている。ときとして暴力的だけど愚かではない。意味があると思うからこそ送りこむのよ。問題を克服できると考えている。解決策はかならずある。それをみつけるのがわたしたちの仕事」

「明白な解決策がある。植民惑星の放棄(ほうき)だ。パラダイス－1をあきらめる」

「一万人も住民がいるのよ。わたしの——」

パーカーは眉を上げた。

「〝わたしの〟？　入植者に身内でもいるのか？」

「母が……いるのよ」

パーカーは目をみはり、口を半開きにした。

ジャンが顔を上げて訊いた。

「エカテリーナ・ペトロヴァが？　ここに？」

「いるのよ……惑星の地上に」

ジャンが母を知っていても不思議はない。最近まで防警局長だった。政府(UEG)の要職の一つだ。だれもがエカテリーナ・ペトロヴァを知っている。あるいは知っているつもりになっている。

「ここで隠居(いんきょ)してる。パラダイス - 1に移住してもうすぐ一年」

「いや、それはおかしい」

口をはさんだジャンを、ペトロヴァはまっすぐ見た。

「どういうこと？」

ジャンは肩をすくめた。

「十四カ月にわたって音信不通だとラング局長は言っていた」

「でも……」

ジャンの言いたいことはわかるが、信じたくなかった。

「メッセージが届いたのよ。地上で撮影した動画。ガニメデを出発する直前に受け取った。なによ、パーカー。どうしてそんな目で見るの」

パーカーはあとずさっている。まるでペトロヴァを恐れているようだ。

ジャンは主張を続けた。

「十四カ月だよ。パラダイス - 1は十四カ月にわたって音信不通とラングは説明していた。世間に知られたくない情報だ。だから惑星からの通信を偽造しているんだ」

ペトロヴァは首を振った。手のひらの感情線にそってひとさし指をすべらせ、メッセージのアーカイブを開く。スクロールして母からのものをみつけた。パラダイス－1での楽しく豊かな暮らし。

動画のエカテリーナは快活で、笑顔で埃っぽい土に植樹している。顔に落ちる日差しは明るく本物そっくり。

否定できなくなった。これはフェイク動画だ。最初に見たときも母らしくなく不自然だと思った。いま確信した。まちがいなくフェイク。十四カ月より新しい。

本物の母はまだ生存しているだろうか。

「なぜだ」

パーカーの問いに思考を中断させられた。

「なにが……？」

「なぜ隠すんだ？　問題が起きていることを」

理由はわかる。不愉快だし、パーカーも苦々しく思うだろう。

「ここへ送る入植者を集めつづけるためよ。兵士や医者やパイロットを派遣しつづけるため。人海戦術で問題を解決するため」

「そんなことは納得できない」

パーカーは機材の棚に歩みよった。船内照明の予備部品が積まれていて、パーカーは投光器の電球を手に取った。奥の壁に投げつけそうな顔をしていたが、強い自制心で棚にもどして離れた。

「すべてに理由があるとラングは言った。だったらその理由を説明すべきだ」

ペトロヴァは肩をすくめた。

「局長は人類の秘密を守る責任がある。一般人はかならずしも知らなくていい」

「かばうのか？　俺たちを死地に送った相手を」

しばらく目を固く閉じた。ほんとうにラングの立場を弁護するのか。

「かばうつもりはない。ただ、わたしはラング局長を知っている。彼女はたぶん……いえ、〝よかれと思って〟と言おうとしたのだけど、ちがうわね。〝相応(そうおう)の理由がある〟というべき。わたしたちに教えたくないことがあるとすれば、それは――」

「僕は教えられたよ」

ジャンが言った。ペトロヴァはそちらを見た。壁ぞいで体をまるめている。もとが長身なのでよけいに小さく弱々しく見える。声はささやきに近い。ペトロヴァは訊いた。

「なにを？」

パーカーはいらだたしげに手を振った。

「メッセージは共通だった」

ジャンは答えた。

「続きがあったんだ。僕だけにあてた追加メッセージが。その内容をきみたち二人に話すなと言われたけど……そんなの卑怯だ」

パーカーは嘲笑を漏らした。

しかしペトロヴァはジャンの隣にしゃがんで顔をのぞきこんだ。逡巡している表情。話すべきかどうか迷っている。

「話して。どんな内容だったの？」

パーカーが背後から言った。

「秘密を守るのは〝相応の理由〟があるんじゃなかったのか？」

ペトロヴァはそちらを黙らせ、ジャンの肩に手をおいて落ち着かせた。しかし医師はその手を振り払う。

「ここの状況は僕と関係があるらしい。タイタンのコロニーで経験したものと」

「タイタンて……土星の衛星の？」

ジャンはうなずく。

「タイタンにコロニーはないぞ」

パーカーが指摘すると、ジャンは説明した。

「あったんだ。たいした規模じゃない。住民は約三百人。そこで……疫病……のようなものの感染爆発が起きた。みんな死んだ。僕以外はみんな。僕はそこの医者だった。医者の一人だった。でも……救え……なくて……」

目をこするようすで泣いているとわかった。他人の手にふれられるのをいやがるが、ほかにできることがなく、ペトロヴァはその腕に手をおいた。

「たいへんだったわね。つらかったでしょう」

背後からパーカーが言った。

「コロニーが全滅した事実を防警が隠蔽してるっていうのか？　そんなばかな！」

「おなじことがここでおこなわれているわよ」

ペトロヴァが指摘すると、パーカーは黙った。

ジャンにむきなおる。

「つらいのはわかるわ、ドクター。でもお願いだから、もうすこし話して。タイタンの人々を死なせたものはなに？」

パラダイス－1でもおなじことが起きているとラングは考えているらしい。ということは、母は疫病で死にかけているのか……。

「名称はいくつかある。コロニーの管理責任者は赤扼病と呼んでいた。患者の顔が死の直前に真っ赤になるからだ。そのあと僕の……同僚が……コロニーのもう一人の医者が……病原体にバジリスクという仮の名をつけて研究した。でもそれが失敗の原因だった。伝染病のようなものだと思いこんでいた。病気だと。でもちがった。原因はウイルスでもバクテリアでも胞子（ほうし）でもなかった。まったくべつだった」

ジャンは強く問いかける表情でペトロヴァを見上げた。しかし理解できない。病気でなければなんなのか。それを言うのが怖いようすだ。

背後からパーカーが尋（たず）ねた。

「なんだったんだ?」

ジャンは答えた。

「それは異星人（エイリアン）だったんだ」

40

「エイリアン？　へえ。灰色の肌に大きな黒い目のやつか。それともホロ映画に出てくる濡れた大きな牙(きば)と凶悪な爪のやつか」

背後で言うパーカーに対して、ペトロヴァは言った。

「落ち着いて。とにかく落ち着いて、話を整理しないと」

それでもパーカーは続ける。

「エイリアンだぞー！」

鉤爪(かぎづめ)のように指を曲げて空中を引っかき、湿ったうなり声をまねる。すぐに大笑いして椅子に背中を倒した。

ジャンはパーカーの態度が不愉快そうで苦い顔をしている。

「聞いてそう思うのは無理ないよ」

ペトロヴァはため息をついた。

「でも船長の言うことも一理あるわ。コロニーの全住民がエイリアンに殺されたというの？」

「僕以外は」

「あなた以外。でもそんなことがありえる？　人類は数十個の惑星を探索し、銀河系の数百の星系に超光速探査機を送っている。でもみつかったのは単細胞生物ばかりで、人類に危険をおよぼすものはなかった」

「わかってる。でも……なにごとにも最初はある」

ペトロヴァはすこし引いて、うなずいた。ひとまず信じることにしよう。

「どんなエイリアン？」

「寄生体なんだ。精神寄生体。そしてテレパシー感染のようなもので拡大し、タイタンの全住民を殺した」

パーカーがテーブルから飛ぶように立ってハッチへ歩いた。

「おい、やめよう。ペトロヴァ、こんな話は聞いても無駄だ」

ペトロヴァは険悪な顔をしながらも、内心では同感だった。

それでも突き放せないなにかがジャンの目にあった。信じがたい話をしているとわかっていながら、それでも話さなくてはいけない、教えなくてはいけないという目。

「そのエイリアンは……どんな外見なの？」

するとジャンは笑った。楽しげな笑みではない。

その笑みが意味するところは察しがついた。

「そもそも……そのエイリアンを見たことあるの？」

「ない。寄生体は検出できない。それどころか物理的な実体を持たない。どんな顕微鏡でも見えない。それでも実在している」

ペトロヴァは眉をひそめた。さすがにこれを信じるのは難しい。

「じゃあ、防警は……つまり、あなたがそう報告したときに防警はどう言ったの？　報告したはずよね。タイタンの唯一の生存者なら。そんな状況になって防警が事件を隠蔽したのなら、真っ先にあなたに事情聴取するはずよ」

「そうだ。最初は死地に置き去りにされた。六カ月間、一人で放置された。防疫隔離だといって。それでも死ななかったのを見て、ようやく迎えがよこされた」

ペトロヴァは眉をひそめた。

「むしろ意外ね。普通なら……」

「殺す？」

殺害……安楽。

ついブリッジの鹿を思い出し、頭から追い払った。正常に起動できなかったアクタイオンのレガシーフォーク。直後にあらわれたラング局長がそれをシャットダウンした。

しかし考えているひまはない。ジャンの話は続いていた。

「僕には利用価値が残っていた。生かしておけば質問に答えられる。たくさん質問されたよ」

ペトロヴァは集中しようとした。自分の思いにとらわれている場合ではない。この主張を最後まで聞かなくてはいけない。

「どう話したの？　全住民はエイリアンに抹殺され、あなただけが生き残った。銃や爆弾などではなく病気のようなもので殺された。でもそれは病気ではないというのね？」

「そう説明した」

「すると防警の反応は？」

ジャンは腕を上げて、手首から肘までをおおったRDを見せた。

パーカーが舌を鳴らした。

「なるほどな。異常者と診断したわけだ」

「そういう診断名はないけどね」ジャンは指摘した。

ペトロヴァは背後を無視して続けた。

「その話をまっこうから否定するつもりはないわ。きちんと聞いてあげたい。でも――」

パーカーがまた口を出した。

「おい、もうやめよう。時間の無駄だ。旅客輸送船が近づくまで二十四時間を切ってる。その二、三時間後には戦艦が来て至近距離から照準(しょうじゅん)をあわせてくる。タイタンを襲ったのがエイリアン寄生体かどうかは、いまの俺たちに関係ない」

ペトロヴァは二人を交互に見た。

もっと具体的な手がかりや妥当性のある根拠をジャンが話してくれれば、パーカーも聞いてくれるかもしれない。しかし……だめだ。頭が働かない。思考できない。疲れている。あのとき……アクタイオンの古いコピーをロードしたとき、鹿は悲鳴とともに……なにかに……べつのものに……。

はっとして目を開いた。まぶたを閉じた記憶がない。意識が飛びかけている。肉体との戦いに負けそうになっている。

「ええ、そうね」

時間の無駄だというパーカーの発言への返事としてそう言った。マイクロ睡眠におちいっているあいだに新たな発言はなかったと思いたい。親指とひとさし指で肌をつまんで強くひねった。痛みで顔をしかめ、目が覚めるまでやった。

「わかってる。対策を準備しないと。でも……選択肢は多くないわ」

「この星系でなにが起きているのか知らなくてはいけない」

パーカーが言うと、ジャンがなにか言いたげな顔をした。しかしパーカーが顔のまえでひとさし指を立てたのを見て黙った。パーカーは続けた。

「まずは答えが必要だ。敵を知らずして勝ち目はない」

「そのとおり。わかってるわ。すこし待って。すこし……」

不浄……安楽……悪臭……安楽……。

すぐに目覚めてまわりを見る。心臓が早鐘のように鳴って息が苦しい。

「ペトロヴァ？」

パーカーに呼ばれた。しかし……返事ができない。動けない。思考できない。なによりそれが不愉快だ。心臓発作だろうか。話そうにもうめき声しか出ない。両手を見ると、爪のあいだの汚ればかり見える。手の皺に古い血のしみがこびりついている。肌が脂ぎって、ひどい悪臭もする。不浄……不浄……。

不浄……安楽……。

これはまずい。

――あなたはタフじゃない。殺してやったほうがまし――

「ペトロヴァ！　サシャ！」

パーカーから大声で呼ばれる。遠く離れたところから声が小さく聞こえる。

やがて視界はトンネルのように狭窄する。細く縮んでいく。

すべて闇につつまれる。

忌避……！

その言葉が冒瀆的な概念のように残る。

残ったのはそれだけだ。

41

意識がもどると強い光があった。まぶしいから目が痛むのだと気づくまで、一分くらいかかった。まばたきすればいいのだ。光を押しのけた。残像に耐えながら、ここがどこで、いつ気絶したのか思い出そうとした。

ジャンだ。ドクター・ジャンがこちらにかがみこんでいる。近い。光源を持っている。小さなペンライトで顔を近くから照らしている。

「やめて」

押しのけた相手は、体重が十キログラムくらいしかないように感じた。強く押したら部屋の反対側まで飛んでいきそうだ。

「力が回復したようだね。よかった。地球生まれは回復が早い」ジャンは言った。

胸が寒い。見るとジャンプスーツの前が開かれている。あわてて襟(えり)を閉じた。

「心臓を診なくてはいけなかった。問題なかった」

ゆっくり深呼吸して考えた。この怒りはジャンに対してではない。救助してくれたのだ。腹が立つのは自分の弱さだ。男たちに弱さを見せてしまった。

「人にさわるのは苦手なんじゃないの？」

「うーん、いや、べつに。人からさわられるのは苦手だと言ったけど、職業が医者だからね。人にさわらないとできない」

「矛盾してると思わない？」

ジャンは笑った。楽しそうな笑いではない。

「そんなふうに考えたことはないな。親しい医者はいない？」

「とくには」

「医者は矛盾だらけの生き物だよ。まだ起きないほうが」

起き上がろうとしてめまいに襲われた。小さな光が目の奥ではじける。

「わたしはどうなったの？」

「倒れたんだ。心配いらない。僕は無理やり仮眠させられたおかげで倒れずにすんでいる。過労だ。みんな限界なんだよ」

あたりまえの結論にうめいた。

「どれくらい気を失ってた？」

「三十分。それだけだ」

ペトロヴァはうなずいた。

「いうまでもなく、十分でも長すぎる。時間がないんだから」

見覚えのある船長用の仮眠室。ジャンを寝かせたところだ。体をまわして床に足を下ろし、ジャンプスーツのジッパーを上げて、髪をポニーテールに結びなおした。

「眠ってるわけにはいかない」

「そのまえに教えてほしい。気を失うまえに変わったものが見えたりした？」

「たとえば？」

ジャンは肩をすくめた。

「よくあるのは幾何学模様だ。視野いっぱいに広がる市松（いちまつ）模様、アラベスク模様、フラクタル図形。空中ではじける火花とか。とにかく変わったものが見えなかった？」

ベッド脇のテーブルから八本脚の装置を取り上げる。各先端にはパッド付きの小さな電極がある。

「もしよければ脳スキャンをしたい」

エイリアンか。タイタンの全住民がエイリアンに殺されたという主張。そして頭をスキャンしたいという。ペトロヴァはスキャナーを押しのけた。

ジャンはさらに言った。

「へんなにおいを感じなかった？　なにかが燃えるにおいとか、なんだかわからない異臭とか。声が聞こえなかった？」

声。たしかに母の声が聞こえた。しかしいつも脳裏で聞こえている。

「どうしてそんな質問を？」

「脳神経にダメージがないか知りたいんだ。倒れるときに頭を打ったかもしれない。軽い脳梗塞を起こしているかも――」

「それはないわ。もうだいじょうぶ。心配してくれてありがとう。でも……」

ジャンは無視して続けた。

「――というのも、もし脳神経にダメージがあったら、これを安心して処方できない」皮膚に貼るパッチ薬をしめした。「軽い興奮剤だ。しばらく眠けから解放される。そんな効用を言うだけで医者の倫理からはずれるけど、いまは非常事態だから」

「異常な感覚はなにもないわ。とても疲れていただけ」

ジャンはうなずいてパッチ薬を渡した。なにもないというのは嘘だとわかっているかもしれない。それでも追及する気はないようだ。

裏紙を剝がして左腕の内側に貼りつけた。薬効成分は皮膚に浸透し、毛穴から吸収されはじめた。

「ああ……これはすごい……とてもいい気分。ははは……あはは」

笑いが止まらなくなりそうだ。顔を引き締めて表情を消そうとしても難しい。

ジャンは警告した。

「この薬は強い中毒性と強烈な副作用をともなう。僕はわかる。これで九日間眠らなかったことがあるからね。いまでも使いたくなるけど、そのたびにRDからきつい電気ショックを浴びせられてどうにかがまんしている」

「わかった」

立ち上がってハッチへむかった。その手前で立ち止まり、振り返る。

「ありがとう、ドクター」

「おだいじに」

42

「あいつから処方(しょほう)された薬を使うなんて信じられない」

パーカーが言った。まえにむいたままで、ペトロヴァの顔は見ていない。ブリッジのねじくれた果樹園に隠されたコンソールで忙しく作業している。

「あのエイリアン話を聞いただろう。医者として信用できると思うか？」

「やめて」

ペトロヴァは静かに言った。

パーカーは共犯者めいた低い声になる。

「あれはあきらかに犯罪者だ。毒を盛られたらどうするんだ。あるいは――」

「彼はこの船の乗客。船長ががたがた言うべきじゃない」

パーカーはようやくむきなおって、暗い表情をむけた。しばらくして言う。

「そうだな。あいつは頭がおかしい。それでもこれは俺の船。だから俺が対処する。それでいい」

　ペトロヴァは歯ぎしりした。

「いったいどうしたの？」

「なにが？」

「いらいらしてる。いまにもキレそう。原因はジャンでも、彼のおかしな話でもない」

　パーカーは怒鳴って反論しそうな顔をした。考えすぎだ、よけいなお世話だという言葉が喉もとまで出かかっている。ところがそこからゆっくりと、あるところから急激に表情が変わった。

「そんなにわかりやすいか？　きみはいつも言いあてる。そこがだれともちがう」

「なにが原因なのか話して」

「はめられたことに怒ってるだけさ」

　ブリッジを大股に歩きまわった。暗い木々を無視して通り抜けていく。投影された光にすぎない。

「俺は一度キャリアをふいにした。話したよな」

「ええ、憶えてるわ」

　それが二人が接近したきっかけだった。初めて会ったあの日の彼は……悲しんでいるというより、当惑していた。なぜこうなったのかわからないという顔だった。さっきまで世界をわが手にしていたのに、ちょっとしたヘマで床に落としてしまったような。そんな表情のわけを聞いてみたくなった。

あれから数年。いま二人はここにいる。

「俺はかっこいい戦闘機パイロットになるはずだった。なのにゴミ輸送船や観光シャトルばかり飛ばした。この仕事の話が舞いこんだときは、ペトロヴァ、ようやく運がめぐってきたと思った。そこにきみが乗っていて、確信に変わった」

大きな笑みが浮かぶ。それを見たペトロヴァは職業的な態度を忘れてつい微笑んだ。サム・パーカーにはどうしても勝てない。

「俺はひたすら行儀よくしていた。ところがそこへ、ドカンだ。俺の持ってる運がどういうものか、ペルセポネ号がはっきり教えてくれた」

「そういう考え方はよくないわ」

「そうだな」

パーカーは笑った。そして両手を高く上げて、脇に落とした。

「よし、わかった。やめよう。話題を変えよう。まるっきりだ。いらいらしている原因を話せというから話した。それですっきりした」

「パーカー……」

「ほんとうだ。こういう精神状態にいちばん有効なのは仕事に専念することだ。だからなんでも質問してくれ。ラプスカリオンの修理の進捗状況とか」

「そうね。ロボットの働きぶりはどう？」

「いい仕事をしている」

パーカーはうなずいた。表情も明るくなり、落ち着いた。これが強がりでなければ。

「文字どおりの消火作業をやって、船の主構造を補強している。とはいえ幻想は禁物だ。もとどおりにするのは不可能。動けても這うような低速だ。造船所にまる一カ月入渠させて完全オーバーホールしないと、もとのアルテミス号にはもどらない」

「先行の旅客輸送船が近づくまで……あと十八時間か、もしかすると十七時間？」

「そうだ」

パーカーの背後に歩みよった。壁ぎわの樹木のすきまからのぞいたスクリーンを画面にしている。意味不明のデータが大量に表示されている。軌道要素らしい。座標の羅列と理解できない数学記号。

「これはなに？ 役に立つ数字？」

「接近する敵船の情報をまとめたものだ。旅客輸送船と、続いてくる戦艦について。ほら、ここ。こっちにとっては悪いニュースだ」

スクリーンの数字をしめされたが、ペトロヴァには理解できない。こういうときはいいニュースを尋ねたほうがいい。

「有益なことはなにかわかった？」

「奇妙なことがわかった」

ペトロヴァはため息をついた。また謎か。

「どんなこと？」

「あわてるな。かならずしも悪い話じゃない。ただ奇妙なんだ。先に到着する旅客輸送船だが……アルテミス号に似ている」

「同型船ということ？」

「瓜二つなんだ」

壁をタップすると、画面にアルテミス号の線図が表示された。先端がとがった流線形の姿。

「じつはこれはアルテミス号じゃない。むこうの旅客輸送船だ」

線図に目を凝らして、べつの船だとわかる特徴を探した。

「大きなちがいが一つあるわね」

「なんだ」

「大穴があいてない」

パーカーが壁をふたたびタップすると、表示は謎めいた数字とデータにもどった。

「戦艦についてはなにかわかった？」

「こっちを鈍く光る塵(ちり)の雲に変える火力があることはわかった」

ペトロヴァはうなずいた。

「なるほど。最新情報をありがとう。じゃあ……いえ、ちょっと待って。それはなに？」

画面のあるセクションを指さす。

「三隻目の船？」

データを読めなくてもほかのセクションとは別個のものだとわかる。パーカーが答えた。

「ペルセポネ号だ。じつはとても奇妙なことがわかってきた」

「またなにか？」

「外部カメラの一つにようやくアクセスできるようになって、ペルセポネ号のようすを観測した。しかし、なんというか、映し出されたのは悲惨な映像だ。そして謎がさらに深まった。見たいか？」

「見たくなくても見ないわけにはいかないわね」

パーカーはうなずいて、いくつかの動画ファイルを出した。

「これは貨物エアロックの奥を映している。あの仮設の大砲があったところだ」

しかし渦巻く埃(ほこり)と折れた構造材しか映っていない。そのなかを宇宙服を着た人がただよっている。じっとしている。

「大砲を修理するようすも、新しくつくるようすもない」

「いいことじゃないの」

「むしろ奇妙だ。次はこれ。目をそむけたくなるが」

画面をタップすると二番目の動画が出た。こちらは動きが多い。といってもスローモーションだ。ペルセポネ号の乗客用メインエアロックではないかと思われるが、よくわからない。混雑しているのだ。

死体で。

数十体。だれも宇宙服を着ていない。多くは裸だ。顔はしなびてミイラ化している。真空にさらされて組織の水分が蒸発したのだ。指は空中のなにかをつかむように鉤爪(かぎづめ)状に曲がっている。目は……暗い穴だ。目玉をカラスについばまれたように眼窩(がんか)が空洞になっている。

「どういうこと。みんな目が……。なぜあんなふうに」

「目？　ああ、あれが普通だ。死体を気圧ゼロで長時間おくとああなる。物理の法則だ。まず眼球内の水分が凍って、それから――」

「もういい」それ以上聞きたくない。「いったいなにが起きたの？」

答えは期待しておらず、返事はない。

「動画はもう一本ある」

パーカーはそう言って表情を消した。

「なんなの？　なにが映ってるの？」

パーカーは苦々しげに答えた。

「きみに見せるかどうか迷った。あきらかに罠（わな）。そしてどう見ても危険だ」

ため息とともにキーを叩くと、新しい動画が出た。

ペルセポネ号のブリッジの窓を映している。ほとんど真っ暗だが、青い光が奥でぽつんと動いている。船のＡＩのアバターらしい。ブリッジを歩きまわり、その青い光がコンソールを照らす。やがて青い姿が窓に近づいた。人のかたちをしている。細部は遠くてわからない。

ペトロヴァが隣に目をやると、パーカーは肩をすくめてキーを叩いた。映像が拡大されて窓が多少はっきりとした。解像度が低いが、アバターが窓で手を動かしているのがわかる。指先で絵を描いているのか。いや、絵ではない。字だ。光りはじめた。横に長い窓に赤いネオンのような文字が輝く。

手詰まりよ、サシェンカ。

息が止まった。その名前で自分を呼ぶのは……一人しかいない。窓の文字が消え、新しい文字が描かれた。

来なさい、話をしましょう。

パーカーがキーを叩いて動画を止めた。

「聞いてくれ。なにを考えているかわかるが――」

「謎を解かなくてはいけない。ここでなにが起きているにせよ、情報を集めるのが最優先よ。でないと目をつぶって飛んでいるようなもの」

合理的なように聞こえた。パーカーが見せるのをためらったのは当然だ。誘いにのってしまうとわかるだろう。しかしその理由まではわからないはず。

名前だ。

サシェンカと呼ぶのは母だけ。ほかにいない。この愛称は母しか使わない。

母は地上にいると思っていたが、じつは防警の嘘かもしれない。エカテリーナはペルセポネ号でパラダイス－1に到着したまま、下船していないのではないか。母がこんな手段でメッセージを送ってきているのではないか。可能性はほかにもある。それでも、ペルセポネ号のAIがこの愛称を知っているのはなぜなのか。そもそもアルテミス号にペトロヴァが乗っていることをなぜ知っているのか。

「わたしが……行ったほうがいいと思う。そして話を聞いてくる」

「無謀だ。ばかげてる。あの船は明確な殺意をしめしてるんだぞ。実際に殺されかけた」

ペトロヴァは深呼吸した。

「ええ、わかってる」

それでも、だ。

43

時間を無駄にできない。いや、正直にいえば、ああでもないこうでもないと無為な議論を続けて、重い腰を上げずにいたかった。しかしそうはいかない。まだ正常に機能するメインエアロックへまっすぐ行って宇宙服を着用した。

かがんでヘルメットを取ろうとしたとき、そこに明るい緑色のイモムシが這っていた。

フェイスプレートから頭を上げて多数の小さな目でペトロヴァを見る。

「もしかして、ラプスカリオン？　新しい体になったの？」

「これならプリンターですぐつくれるし、素材消費も少ねえからな。お別れを言いにきたのさ。むこうで死ぬかもしれないって話だから」

「そういう場合はただ〝幸運を祈る〟と言えばいいのよ」

イモムシは小さな頭でうなずいた。腹部にいくつも並んだ小さな穴から声が出る。

「幸運を祈るぜ、むこうで死んだら」

「船を修理してるんじゃなかったの？」

「やってる。見送りのために新しい体をつくったんだ」

ペトロヴァは眉をひそめた。

「そんなことができるのね。同時に複数の体にはいれるなんて。考えもしなかった」

「しょっちゅうはやりたくねえな。意識を複数のタスクに分けると、なんつーか、おつむが弱くなる感じがする。自己を分割しすぎると知能が人間以下になっちまう。まあいい、おいらは仕事にもどるぜ。幸運を祈る、ペトロヴァ」

言いおえるとイモムシはヘルメットから落ちて床にころがった。もう命はなく動かない。ペトロヴァはその小さな亡きがらを拾って、宇宙服に多数ついたポケットの一つにいれた。お守りや護符のようなものだ。ラプスカリオンは好意で見送りにきてくれた。その気持ちを大切にしたい。

「やめたほうがいいと思うけどな」

パーカーの声がした。振り返るとうしろにいる。ペトロヴァは悲しげな笑みをむけた。

「異論があったことは適切に記録にとどめるわ。そのうえで無視させてもらう。同行志願ならいまからでも受けつけるわよ」

あてつけではない。本心では一人で行くのがとても怖い。だから、いっしょに行くと言ってほしい。

パーカーは体裁として迷っている顔をしてくれた。顔をそむけ、拳の側面を壁に打ちつけて、悔しそうな表情。つまり答えはノーだ。

「だれかがこちらに残って船を守らなきゃいけない。できることなら——」

「なに？」

パーカーは首を振った。

「——できることなら、かわりに行きたい。きみは計器くらいなら見張っていられるはずだし、もしかしたらおなじくらいうまく動かせるかもしれない。しかし、それでは納得しないんだろう？」

「わたしがやるべき仕事なのよ。防警の警部補は探偵みたいなもの。謎を解く」

それに、ブリッジの窓に書かれた名前のことがある。招かれた本人が行くべきだ。他人ではなく。

笑顔で言った。

「だいじょうぶ。これがあるから」

宇宙服の腰につけたホルスターを軽く叩いた。標準仕様の制式拳銃がおさまっている。ガニメデでジェイソン・シュミットと対決したときに手にしたもの。いまは防警の管理下から遠く離れているので使用許可は不要だ。グリップはつねに緑が点灯している。

「それだけで安心か?」

「使う機会すらないかもしれない。厄介な状況になったり危険だとわかったら、すぐ帰ってくるわ。かならず」

「ああ、そうしてくれ。いやな気配がした時点で引き返してこい」

ペトロヴァはグローブをした手を伸ばして相手の頰にあてた。パーカーは笑顔になって、宇宙服の彼女をぎこちなく抱擁しようと近づいた。しかし抱きあうまえに、背後から声をかけられてぎくりとした。

「失礼」

いっしょに振り返ると、ジャンが立っていた。エアロックのすぐ外の通路だ。宇宙服を着てヘルメットを両手で持っている。RDはその白い袖、つまり宇宙服の外側に巻きついている。医師は決然とした表情だ。

ペトロヴァは驚いた。

「ドクター?」

「さっさと片づけよう」

ジャンは彼女を押しのけるように通ってエアロックの奥にはいった。二人に背をむけて外扉のまえに立つ。ペルセポネ号のほうにむいて。まるで扉が開けばすぐ乗船できるかのように。

「同行を頼んだつもりはないんだけど」

「頼まれるまでもないよ。僕がペルセポネ号へ行くことは必須だ。重要でないわけがない」

「むこうにそのエイリアンがいると?」パーカーが尋ねた。

「さあ、早く行こう」

ジャンは怒った声。しかし不安で震えてもいる。

同行する気になった理由はわからないが、とにかくペトロヴァは一人で行かずにすむ。

パーカーによけいなことを言うなという顔をむけて、ジャンの隣へ行った。

「ええ、行きましょう」

船長はエアロックの外へ退がり、内扉は閉まった。小窓からこちらをのぞきこんでいる。

ペトロヴァはうなずき、パーカーはうなずき返した。外扉が開いてエアロックの空気が吸い出される。ペトロヴァは床を蹴って船外の暗闇に出た。

44

ペルセポネ号との間隔は五十キロメートル。二人は宇宙服に組みこまれたジェットパックを使ったが、それでも永遠の奈落(ならく)を渡るのにこの距離は長い。植民船は正面のすこし明るい点でしかない。

ペトロヴァは宇宙服の航法コンピュータでコース設定して、あとはまかせた。アルテミス号から遠ざかりながら、顔を軽くまわしてジャンを見る。

「そばを離れないで」

フェイスプレートごしのジャンの顔は大汗をかいて引きつっている。頭のなかはのぞけないが、パニック寸前のようだ。船から遠く離れた宇宙空間で冷静さを失ったら、いくつもある死の落とし穴にはまりかねない。まずは落ち着かせなくては。

「だいじょうぶ?」

「高所恐怖症なんだ。これは……とてつもなく高く感じる。重力がなくても怖さは変わらない。関係ないんだ。泳いでいる気になれって？」目を閉じてうなずいた。「でも慣れればなんとかなる。ちょっと待って」

ペトロヴァは手を差しのべた。

「手をつないで。つかまって」

ためらうようすなので、ジェットを噴いて近づいた。必要なら力ずくでつかむ。

「離ればなれにならないように。近くにいないとまずいわ」

「そう言うなら」

ジャンのほうからつかまった。強い力だ。接触が嫌いなのに自分から手を伸ばすとは、よほど怖いのだ。船と船のあいだの宇宙空間でパニックを起こすと死に直結する。目的の船まで二十分近くかかる。気をまぎらわすには雑談がいい。相手がのってくるはずの話題を出した。

「エイリアン……精神寄生体……という話だけど」

「そう言ったし、そのままの意味だ」

「そうね。でも奇想天外に聞こえる」

「だろうね」

「それでもそう主張するのね」

「なにか言わせたいようだね。僕も最初はきみとおなじ考えだった。エイリアンの存在を信じるのは抵抗があった。ほかの仮説がすべて否定されたあともね」半回転してむきなおる。「人類は宇宙で孤独だと子どものときからずっと思っていただろう。僕もそうだ。エイリアンなんて架空の存在。親が子を怖がらせるためのつくり話だと思っていた。その逆を考えてみたことはある？」

「ええ、あるわ。考えた。すなおに考えたらおかしいと思う。宇宙にはたくさんの惑星がある。何十億とあるのに、知的生命が進化したのはたった一ヵ所。地球だけ。そんなのありえない」

「そうだね」

「でも科学や生物学を学んでいくと、そうでもないと思うようになる」

ペトロヴァの理解する範囲でも、宇宙は過酷だ。時々刻々あらゆる方面から生物を殺そうとする力が働く。惑星が暑すぎても寒すぎてもいけない。ほんの数度の差で生物は死ぬ。生命には水と酸素が必要だが、水は豊富にあってかまわない一方で、酸素が過剰だとやはり生物は死ぬ。

「単純な単細胞生物が動物へ、さらに知的動物へ進化するには数十億年かかる。そのあいだになにか悪い事象が発生したら――超新星爆発とか、ブラックホールとか、太陽フレアとか——巻の終わり。絶滅。生命が進化できる惑星ならいくつもあるかもしれない。むしろ生命の進化そのものが困難なのよ」

「それでも、人類は存在する」

「そう。宇宙は広大だから。とてつもなく広大だから、ありえないほどまれな偶然も起きる。いつか、どこかで。地球はそんなまれな偶然」

「それでも」

「それでも、なに？」

「まれな偶然が一度起きたのだから、二度起きても不思議はない」

「たしかにそう言えるわね。でも証拠はない。人類は探した。あらゆるところを観測した。ほかの知的生命体がいるなら、どうしていまだにみつからないの？」

「きみの言うとおり、宇宙は広大だから。距離は観測を困難にする。人類は数十個の恒星と数百個の惑星を探査した。でも銀河系の星の数にくらべたら大海の一滴にすぎない」

ペトロヴァはため息をついた。

「なにかしら引っかかるはずよ。送られてきた信号とか電波とか。知性があればコンタクトしてくるはず」

「コンタクトを試みると確信してる？」

「当然よ！　人類とおなじなら宇宙に関心を持つ。知的生命体なら好奇心があるはず。自分たちが孤独かどうか知りたがる」

「理由があって沈黙しているのかもしれない」

「どうして？　どんな理由で？」

　ジャンはため息をついた。

「その問いにはさまざまな答え方がある。なぜ人類はこれまで知的生命体に出会っていないのかという疑問。それに答えようとする仮説は、ひとまとめにグレートフィルター仮説と呼ばれている」

「なにそれ？」

「知的生命体はこの宇宙でたくさん生まれ、ありふれているけれども、宇宙に進出して人類とコンタクトするまえに絶滅してしまう。つまり難関（フィルター）に阻止（そし）されるという考え方だ」

「どんなフィルター？」

「いろいろある。たとえば、知的生命体は本質的に疑り（うたぐり）深いという説がある。二つの知的種族が出会って、最初はどちらも悪意を持っていなくても、最終的に戦争になって両方とも絶滅するのかもしれない」

「その仮説を信じるの？　疑り深いエイリアンがタイタンの入植者たちを殺した？　人類

を恐れて？」

「うーん」

ペトロヴァはしばらく待ったが、詳しい説明はない。

「エイリアンが意図してタイタンの全住民を殺したという主張だけど、もしそうならこれは戦争よ。宇宙戦争は防警が対応すべき事案になる」

ばかげた想定だ。ジャンは〝そうだ〟とは言っていない。そんな荒唐無稽な主張を信じろとは言っていない。

それでもジャンがしばらくして答えたのは、薄気味悪い仮説だった。

「戦争だとは思わない。むしろ顕微鏡のスライドガラスにのせられている気がする。そして巨大な宇宙の目で観察されている。調べられている。僕はこれまで矮小で無価値な存在だったから人目を避けて暮らしてこられた。でもいまは見られていると感じる」

ペトロヴァは呼吸が荒くなった。落ち着かなくてはいけない。宇宙服の酸素を浪費してはいけない。思わず言った。

「なんだか宗教の狂信者みたい」

「そうかい？」

「科学者らしくない。自分の信仰を正当化しているように聞こえる」

ジャンは小さく笑った。なにがおかしいのか。

「ある意味で正しいかもね」

45

近づくとしだいにペルセポネ号の輪郭(りんかく)と細部が見えてきた。巨大な球形の冷凍睡眠庫。細い円筒形のエンジンは完全に冷えて暗い。動く気配はない。

さらに近づき、細部がはっきりしてきた。ブリッジのすぐうしろに乗客用メインエアロックがある。そこから死体があふれている。おびただしい人間の死体が雲のように宇宙空間に浮いている。

「い……いったいなにが？」

ジャンはつぶやいた。遠くからでも死体の状態がわかる。船外に長期間あったらしい。数週間か、数カ月か。とにかく最近ではない。この植民船がアルテミス号との戦闘をはじめるよりずっとまえのものだ。

「どうしてだれも……なにも……」

「あれを突っ切るわよ」

ペトロヴァが言った。こちらを見ている。さぐるような目。顔をそむける。すると死体を見ることになる。まじまじと観察させられる。

つらい。医者は慣れていると思われがちだ。苦痛や不調にあえぐ患者を治療するには、まずその苦しみを無視しなくてはいけない。患者の肉体を機械とみなして、その故障を修理する。

とはいえ共感する心が無用というわけではない。しばらく脇におくだけで、捨てるわけではない。死体の雲に接近して一体一体が克明に見えてくると、過呼吸を起こしそうになった。

ペトロヴァは手首のキーパッドを操作した。すると宇宙服から小さな円錐形に塵のジェットが出て減速した。

ジャンは速度調整が遅れて前方へ進んでしまった。死体の一つに急速に接近してぶつかりそうになる。裸の女だ。無重力のせいで長い髪が顔をおおっている。おかげで目を見ずにすむ。キーパッドを操作してゆっくりと減速し、女の死体の手前で止まった。

死体はジャンから見て逆さまになっている。腕を斜め下に出し、両手は開いてなにも持たない。ジャンのジェットを浴びて髪がうしろに流れていく。顔があらわになりそうで恐ろしい。間近からのぞきこみたくない。

その顔を想像した。光のない眼窩と目があうと……。

体をまるめて悲鳴をあげたくなった。どんな表情が読みとれるだろう。批判か。恐怖か。それとも穏やかな受容か。

その目のなかに……もし平和があったら。

「ジャン、右側」

ペトロヴァの声がした。宇宙服のなかでぎくりとして、さっとそちらに回転した。飛んでくる死体が手を伸ばしているのかと思いきや、ペトロヴァだった。急速に近づき、最後に強めのジェットを噴いて隣で静止する。やや斜めになって浮かび、ジャンの目をのぞきこむ。

「こんなふうに動ける？」

「動け……」

もとのほうに体をまわすと、女の死体とむきあってしまった。髪はすっかり顔から払われている。悲鳴をあげそうになった。

しかし死体の顔は腫れてふくらみ、表情もなにもない。人間にさえ見えない。

「動けるよ」

キーパッドを操作して移動し、死体からゆっくり離れた。前方を見て、たくさんの死体のあいだを縫ってエアロックへいたるルートを探す。かなりややこしい。方向や角度の微修正を何度もやらなくてはいけない。まるで三次元の迷路。しかし細心の注意と辛抱強さがあれば……。

「時間がない」ペトロヴァが言って、女の死体の硬直した腕をつかみ、「失礼」と強く押しのけた。死体はまっすぐ急速に飛んでいく。

ペトロヴァはキーパッド操作でジェットを噴いてジャンを追い越し、死体の雲のなかにはいった。進路をさえぎる死体はためらわずに押しのけ、エアロックへの道を開いていく。

ジャンは遠ざかる女の死体を見送った。ペルセポネ号から離れて宇宙の深淵へはいっていく。どこまでも一人で。

身震いした。しかしこんな感情は乗り越えなくてはいけない。宇宙服のジェットを操作してペトロヴァを追う。障害物をどけたあとなので通りやすい。一度だけ死んだ男の手がヘルメットにぶつかった。不気味な湿った音がして、ひっと声を漏らした。ペトロヴァに聞こえたかもしれないが、なにも言われなかった。

エアロックの外にジャンプスーツ姿の若い男が浮かんでいた。顔を上げて口を開いている。エアロックから宇宙にそのまま踏み出して仰天しているようす。こんな死にかたをするなんてという顔。片手はエアロック脇の手すりをつかんだままだ。

「しまったと思ったら遅かったという感じね」

ペトロヴァが言った。ジャンは男の正面に移動して顔を観察した。

「なにが起きたんだろう。自分からエアロックをあけて飛び出したのか、それとも追い出されたのか」

「いまはまだ不明。船内にはいればわかるかも」

手すりから若い男の手を離そうと引っぱる。かなり力をこめてようやくはずれ、遠くへ押しやった。エアロックの非常操作パネルがある整備用ハッチを開く。外扉を開閉するハンドルがあり、引いて気密状態を解除した。扉は外周から空気を吹き出させながら開いた。

エアロックのなかは、人でいっぱい。

もちろん死体だ。

「なんて……ことだ……」

ジャンは弱々しくうめいた。何十人もぎっしりと詰めこまれている。腕や脚がからんだものもある。取っ組みあいの喧嘩のさいちゅうに死んだようだ。凍った血の玉が無重力のルビーのようにエアロック内をただよっている。ゆっくり回転しながら飛びまわり、苦悶の表情や折れた腕や脚にあたって跳ね返る。

「これは……ひどい……」

ジャンは口で言い、頭でも考えた。これは……。

あの再現なのか……。

ペトロヴァが呼んでいる。

「ジャン……ジャン！　手伝って」

頭を振って、多少なりと落ち着きをとりもどした。そしてやるべきことを見た。もちろん、いやとは言えない。ここまで来て拒否はできない。エアロックに詰まった死体を二人で引っぱり出す。力仕事で息を荒くしながら、外の宇宙空間に放り投げる。

本人は遺体をどうしてほしかったのだろう。火葬か、分子レベルまで分解して植物の養分になりたかったのか。パラダイス－1や太陽系の故郷の星での土葬か。考えてもしかたない。希望はかなえられない。深宇宙が彼らの墓になる。

手を休めず、作業に集中すれば死者の顔を見ずにすむ。腕や脚を次々と引っぱって船外へ押し出していった。

「もういいわ。お疲れさま」

死体が片づくと、ペトロヴァが息をはずませながら言った。エアロックの内扉へ行って開閉パネルを叩く。まず背後で外扉が閉まった。エアロック内に照明がともり、人工重力が働いてブーツがゆっくりと床に引きよせられる。凍った血の玉がばらばらと落ちて、赤いビーズのように床で跳ねた。

エアロック内への給気（きゅうき）がはじまる。するとビーズは溶けて血だまりに変わっていった。

ジャンのブーツにも大きな滴（しずく）が付着した。蹴って払おうとしたが、うまく離れず、そのまま赤いしみになった。

内扉が横に開き、二人はエアロックから出た。

ペルセポネ号の船内だ。

46

船のＡＩに迎えられるのではないかと、ペトロヴァはなかば予想していた。扉をあけたらアバターが笑顔で立っていて話しかけてくるのではないか。

そんなことはなかった。アバターもなにも待っていない。がらんとしている。

「だれかいますか？」

呼んでも返事はない。

船内状況は悪い。なにもかも闇と靄（もや）におおわれている。一寸先も見えない漆黒（しっこく）の闇。どこになにが隠れているかわからない。照明はすべて消え、非常灯が無人の通路ぞいに点々とともるだけ。空気はよどんで霞（かす）んでいる。二酸化炭素と正体不明の微粒子が濃くて、ヘルメットをはずせない。それは問題ない。宇宙服にはまだ十二時間分の空気と電力がある。それまでにはアルテミス号に帰るつもりだ。

静かにと、ジャンに身ぶりでつたえて、いっしょに船の奥へ進んだ。通路は広いところに出た。さしわたし十メートルくらいの空間が両方向に延びている。ハンドライトの光が届かないほど長い。宇宙船の各区画をつなぐ広い通路、コンコースらしい。車両が通れる幅があり、またそれが必要なほど長い。ペルセポネ号は小さな町くらいの規模がある。闇と靄のせいでよけいにそう感じる。コンコースも果てがないように見える。ちょっとした横道もはるか奥まで延びていそうな気がする。

前方に壊れた電動カートがあった。側面から衝撃を受けたように横転している。慎重に近づいた。なかにだれかが、あるいはなにかが隠れているかもしれない。近づくと窓はすべて割れ、タイヤは裂けていた。

車内は無人。なにかがいた形跡もない。

ハンドライトを上げてコンコースの壁をあちこち照らした。左右に並ぶハッチはどれも閉まっている。開閉パッドの上に赤が点灯しているのはロックされているという意味だ。

暗がりの壁に落書きのようなものをみつけて、そちらに進んだ。途中でぎくりとして立ち止まる。割れたプラスチックの破片を踏みつけたのだ。カートの窓ガラスの一部。踏んだ音がコンコースの前後に響いたにちがいない。だれかひそんでいたら聞こえたはずだ。息を詰めて耳をすませる。人の気配はないか。

なにもない。ハンドライトの光の輪のなかで微粒子の靄が渦巻くばかり。朝靄の墓場に帰る幽霊のよう……。そんなことを考えてペトロヴァは首を振った。

厄介だ。エアロックの外に人間の集団が待ちかまえているほうがましだ。殺意ある集団は対処のしようがある。人間たちはどこにいるのか。

落書きの壁に近づいた。なにが書いてあるのか。太い線がのたくっていて読みにくい。さらに近づいて、スプレーやペンキではないことに気づいた。血かと思ってぞっとしたが、それもちがう。ケチャップだ。あるいはブラウンソースか、なにか……そういうものだ。ヘルメットをしているおかげでにおいはわからない。

ジャンが読んだ。

「〝食べたい〟……。どういう意味？」

ペトロヴァは首を振った。わからない。

ジャンにむきなおってハンドライトで照らした。ヘルメットの奥で医師はまぶしそうに目を細める。片手を上げて、コンコースのすこし先のハッチをしめしている。

そのハッチの開閉パッドの上には黄色の表示が点灯している。赤ではない。

ペトロヴァはうなずいて、すぐにジャンの隣にもどった。なるべく離れず、おたがいの背中を守ったほうがいい。この船にはなんらかのかたちで死の危険がひそんでいるはずだ。どんな危険かはまだわからない。

黄色が点灯したハッチに近づくと、ジャンの肩に手をかけてハッチの一方の壁ぎわに張りつかせた。室内にだれかいた場合にその射線(しゃせん)にはいらないためだ。ペトロヴァは反対側にまわって壁に背中をつけた。ベルトのホルスターから拳銃を抜いてセーフティを確認。手を伸ばして開閉パッドを操作した。

ハッチはかん高い音をたてて開いた。心臓が止まりそうな騒音。しかしなにも飛び出してこない。なにも起きない。顔を出してのぞきこむ。

室内はショッピングモールの商店のようだ。奥にカウンターがあり、左右の壁ぞいに補給品の棚が並ぶ。衣類の支給センターかもしれない。パラダイス-1到着後に入植者がコロニーの最新ファッションを選ぶところか。ざっと見て三種類の地味な配色のジャンプスーツがある。ワインレッド、青灰色、薄緑の地に濃い緑のラインが襟(えり)と袖(そで)にはいったもの。その青と緑のジャンプスーツを着た二体のマネキンが中央に立っている。なぜか抱擁(ほうよう)するようにむかいあっている。ただし腕は相手にまわされず、不自然な角度に伸びている。顔はキスするようにくっつけられ、さらに針金で頭部を縛(しば)って固定されている。

不気味だ。

ペトロヴァは近づいて、まっすぐ伸びたマネキンの手にふれた。どこかおかしい。指先が損傷している。単純に壊れたのではなく、摩耗したというか……ありえないことだが、動物が指先を嚙みちぎったかのようだ。プラスチックの先端が欠けている。
ジャンがはっと息をのむのが聞こえ、振り返ると、口をあけてなにか言いたげにしている。その口を手でさえぎるようにフェイスプレートにあて、黙らせる。ジャンは理解して口を閉じた。

身ぶりであとに続かせ、コンコースにもどって先へ進みはじめる。ブリッジは遠くない。船のAIはそこにいるはずだ。

黄色が点灯したハッチはいくつも並んでいるが、無視した。さっきの衣料品店とおなじなら無駄だ。先を急いだ。船内を調べたら早めにアルテミス号にもどりたい。

コンコースは大きな広場につきあたった。中央に噴水があり、休憩できるベンチがいくつも配置されている。公共の公園らしい。噴水は出ていないが、水盤(すいばん)には水が残っている。しかしようすがおかしい。そろそろと近づいてグローブの指先をひたしてみる。白くどろりとして、固まりかけた牛乳のようだ。困惑して指先を見ていると、水面の下に影が見え、ぎょっとして退(さ)がった。浮かんできたのは死体の背中と肩。ジャンがなにか言おうとするのを手でつかんで黙らせる。

ハンドライトをゆっくりまわして広場を一周照らした。死体がごろごろしていることにいまさら気づいた。ベンチの下や植え込みのあいだに倒れている。船内には蠅(はえ)やその他の腐肉食の虫はいない。ヘルメットごしで腐敗臭は感じないが、長期間放置されて腐りはじめているのは見てわかる。

ジャンが死体のそばにしゃがんで調べている。好きにさせよう。ペトロヴァは生きた人間を警戒するので忙しい。

「ここの遺体は――」

ジャンが言いかけて、はっとして青ざめた。声を出してしまったからだ。船内にはいってから初めてしゃべった。

ペトロヴァは黙らせようとしかけて、もう必要ないと考えをあらためた。ペルセポネ号の船内はここまで人の気配がない。聞かれるおそれはないだろう。

「話して。小声で」

ジャンはうなずき、声をひそめて説明した。

「死体の変色パターンから判断して、ここで死んだのではないと思う。だれかに……運ばれてここに放置されたんだ。これを見て」

ジャンがいま調べている死体をしめした。そこにハンドライトをあてる。男……らしいが、もはや判然としない。青あざのように顔全体が黒ずんでいる。

「殴られたのかしら。あるいはさっきの電動カートの事故で顔面を打ったとか」

「そうじゃない。こういう死体の変色はよくある。死ぬと静脈に血液がたまって……その……」ペトロヴァを見てから言いなおした。「ようするに不審じゃない。むしろここの状況が不審だ。不自然というべきかな。たとえばこれ」

ジャンは死体の肩を持ち上げた。というより、肩があったはずのところだ。腕がまるごとなくなっている。胴とつながるところでざっくりと切断されている。

「外科手術による切除ではないね。断面はぎざぎざで、斧か鉈で叩き切ったように見える」

ペトロヴァは落ち着くために深呼吸した。

ジャンはこちらを見上げている。どうするのかと判断を求めている。ペトロヴァは首を横に振って前進を指示した。

コンコースはこの広場で行き止まりだが、上へ登る細い階段があった。その先の通路には多数の警告が貼られている。乗員以外は立入禁止だという。そこを進んだ。

空気はさらによどんで視界をさえぎった。ハンドライトの光は靄に反射してまぶしいばかり。しかたなくベルトに吊って足もとだけを照らすようにした。

もうすぐだ。ブリッジは近い。しばらく進んで……足を止め、片手を上げてジャンの進路をさえぎった。医師も立ち止まる。

なにか聞こえた。

たしかに聞いた。人間のたてる音。正面だ。

ささやき声らしい。

47

ジャンは微動だにせず立ちつくした。ペトロヴァが振り返ってフェイスプレートごしにのぞきこむと、息さえ止めた。黙っているじゃないかと唇を噛む。声を出すなと何度も命じられた。

長い緊張のあと、ペトロヴァはまた通路を進んだ。ついてこいと合図する。抜いた銃は腿のあたりに持ち、銃口を床にむけている。誤って撃たないためだ。

足音を忍ばせてなるべく静かに進む。靄につつまれた通路は百メートルほど続いて、閉じた大きなハッチにつきあたった。ブリッジの入口らしい。いかなる場合も立入厳禁という警告サインがあちこちに掲示され、開閉パッドの上には赤い表示がともっている。

そのハッチのまえで、一人の女がひざまずいていた。茶色いまだらの髪で、こちらに背をむけている。緑のジャンプスーツは、なぜか片方の袖がちぎれている。

近づいてもふりむかない。二人に気づいてさえいないようす。

ふいに女の声が聞こえて、ジャンは飛び上がりそうに驚いた。

「お食べなさい、赤ちゃん……」

穏やかにあやす声。母親がわが子に話しかけるときの歌うような抑揚。ジャンやペトロヴァに話しているのではない。

「ごはんの時間よ。ごはんの時間」

ペトロヴァが振り返ってジャンを見た。なにを求めているのかわからないので肩をすくめる。放っておいたほうがいいと思ったが、ペトロヴァの考えはちがうようだ。

女は正面のハッチに手を伸ばし、とてもやさしくなでている。

「お食べなさい。おなかがすいたでしょう、赤ちゃん。さあ、お口をあけて」

ペトロヴァは銃口を上げ、女の後頭部を慎重に狙った。両手でしっかりかまえる。

「防警よ！　こちらにむいて。ゆっくりと」

大声で言った。乗船してから初めて聞く。静かな船内で一言一言が砲声のように響く。

女が言った。

「防警？　ああ、よかった」

「そのまま立ちなさい。こちらにむいて。おかしなまねをしないように」

女は動かない。

「手伝ってほしいのよ。この扉をあけて。防警ならできるでしょう。あけてちょうだい」

「言うとおりにしなさい」

女はうなずいて、ゆっくり慎重に立った。

「最初は怖かった。でもわたしがいないとだめ。とてもおなかをすかせているはず」

ジャンは眉をひそめた。

「だれが？　扉のむこうにだれがいるんだい？」

「赤ちゃんよ。わたしの赤ちゃんがなかにいるの。食べさせなくちゃ」

そして二人にむきなおった。ジャンはあとずさってころびそうになった。

ジャンプスーツの袖がちぎれている理由がわかった。腕の皮膚があちこち切り取られている。外科用のメスで切ったようにきれいに四角く。傷口の血は固まっている。

頬も切られている。こちらはもっと大きく、新しく、深い。その歯の動きが穴から見える。腕とおなじように四角。ただし血が止まっておらず、顎をつたって首まで流れている。

「怖いわ。でも痛くない。ぜんぜん。食べさせなくちゃいけないから」

48

ペトロヴァの動きはすばやかった。女のうしろに片足をいれ、軽く膝を曲げてバランスを崩させる。倒れそうになったのを壁にむけて押しつけ、片腕を背中でねじりあげて動けなくした。

「なんてことを!」

ジャンが驚くと、ペトロヴァは反論した。

「正気を失ってるわ。不確定要素は排除する。ハッチをあけて」

「それはどうかな、ペトロヴァ。あけるのは賢明なのかな。このままにしたほうが……」

「いいのよ! あけて!」

叫んだのは女だ。興奮した口調。防警の兵士の手で壁に押しつけられた苦しい姿勢なのに、意に介さない。

ペトロヴァも言う。

「ジャン、言うとおりにしなさい。兵士でなくても命令にしたがってもらう。ハッチをあけなさい！」

「どうやって？　指でこじあけろと？」

ペトロヴァは答えない。血を流す女は抵抗していないが、その制圧に確実を期している。

ジャンは首を振りながらハッチの開閉パッドのまえへ立った。意外と普通に開くかもと、一度叩いてみた。

もちろんなにも起きない。

二度、三度と叩く。やはり無反応。当然だ。

退がって考えた。とはいえハッチのロック機構の知識はない。このままではらちがあかない。

頭が混乱する。この船に来てから理解できないことばかりだ。タイタンでの経験と異なる。ラング局長はおなじ病原体だと言ったが、患者の自傷行為や死体の切断などむこうでは見なかった。表面的な類似はともかく……。

「ジャン！　早く！」

ペトロヴァから怒鳴られた。ジャンはうなずき、片手をヘルメットにあてて考えた。

ペルセポネ号にはまだ電力がある。船内照明や空調にはほとんど使われていないものの、開閉パッド上の表示は赤くはっきり点灯している。ペルセポネ号のＡＩはまだ姿をあらわさないが、おそらく稼働(かどう)しているはずだ。

開閉パッドの上の操作パネルを見た。室内の相手と話すためのボタンがある。船のシステムに助けてほしいときに押すボタンもある。最初のボタンを押してみたが、返事なし。あまり期待していなかった。そこで二番目のボタンを押してみた。すると……。

『こんにちは』

穏やかな声が聞こえた。とても女性的で、すこしハスキー。むしろ妖艶(ようえん)。こういう声を聞くといつも鳥肌が立つ。この状況では肌がぞわりとした。声は続ける。

『あら、どうやら初めての方ですね』

「や……やあ」

ジャンは答えてから、ちらりと振り返った。しかしペトロヴァはこちらを見ていない。女の身体検査に忙しい。武器など持ってなさそうなのに。

操作パネルにむきなおる。

「き……きみは船のＡＩかい？」

『わたしはエウリュディケです。あなたは？』

「僕はジャン・レイ。アルテミス号から来た。同行しているのは防警のペトロヴァ警部補だ」

あとはなにを言うべきか。きみは僕たちを殺すつもりらしいから、やりやすいように出てきてあげたとでも？

「話をしたいというメッセージを受け取ったから」

『サシェンカが来ているのですか？　ではあけます』

開閉パッドの上の表示が赤から黄色に変わった。それを見たとたん、あいてほしくないと強烈に思った。それでも扉は容赦なく壁に引きこまれていく。

手を見ると震えていた。抑えようと両手をあわせて強く握る。

「ご苦労さま」

ペトロヴァから言われて振り返ると、警部補は女を床にうつぶせにさせて膝で背中を押さえている。腰のポーチから結束バンドを出して女の手首に巻き、きつく縛った。

「強くしないで」

ジャンは注意した。これでも医者のはしくれだ。血を流す患者が乱暴なあつかいを受けるのは見ていられない。もはや死んでいるようなものとはいえ。女はわめいた。

「どうしてこんなことをするの！　赤ちゃんがなかにいるのよ。いれて！　赤ちゃんに食べさせたい。顔を……顔を見させて！」

ペトロヴァは無視して、ジャンが立ちすくむハッチの脇からブリッジをのぞきこんだ。青白い光がうっすら見えるだけ。ホロ映像のスタンバイモードらしい。ペトロヴァは足を踏みいれた。

ジャンは振り返って床に倒れた女を見た。拘束(こうそく)されて立てない。憎悪をたぎらせた目でこちらを見て、歯を嚙み鳴らす。もがいて近づいて嚙みつこうとしているようだ。

ジャンは全身が震えていた。それでもペトロヴァのほうにむいて、あとからブリッジにはいろうとした。答えがあるはずだ。理由がわかるはずだ。きっと。

『はいらないでください』

インターコムのスピーカーからエウリュディケの声がした。

ペトロヴァはいらだって両手を上げた。

「今度はなに？」

『あなたには話します、サシェンカ。でもあなただけです』

ジャンは首を振った。

「そういうのは賢明じゃないと思う」

しかしペトロヴァは振り返らない。靄(もや)に閉ざされた暗闇をじっと見ている。背後のジャンに言った。

「ドクターはその女を見張っていて」

ジャンは理性的な口調を心がけた。

「ペトロヴァ、よく考えて」

「すぐもどる」

ペトロヴァはブリッジにはいった。ハッチは閉まり、一呼吸おいて開閉パッドの表示が赤に変わった。

49

光の粒子がブリッジじゅうに舞っている。ホロ映像のレーザーによるものだ。その中心にAIのアバターが立っている。しかし靄(もや)がひどくて細部が見えない。広い空間の唯一の光源として輝く青い炎のようだ。

ペトロヴァは慎重に前進した。ハンドライトは役に立たないので消す。障害物にぶつかるまえに手を前に出してさぐる。しかし無駄だ。床の障害物につまずいた。

人体だ。ただし死体ではない。まだ死んでいない。うつぶせになって顔を一定のリズムで動かしている。床かなにかをなめているようだ。ひっくり返して顔を確認するべきだが、手がすくんだ。

ぞっとした。怖い。すなおに認めるならこれは恐怖だ。しかし立ち止まるわけにいかない。AIを呼んだ。

「エウリュディケ」

「はい。こんにちは、サシェンカ」

ペトロヴァは喉の奥でうなった。

「その名で呼ばないで。そう呼んでいいのは母だけ」

アバターは答えない。

「そもそもどうしてわたしを知っているの？　どうしてここへ呼び出したの？　しかもこの名で呼んで」

またしても無言。

しかたない。攻めに出る。

「わたしはアレクサンドラ・ペトロヴァ警部補。防警所属。やっていいことと悪いことがあるわ。ヤムイモのコンテナを投げつけるような行為はやめなさい」

「攻撃するなと」

AIの声はビロードのようになめらかだ。顔を上げると、アバターが両手を広げて招いている気がした。近くへ来させようとしている。

「そうよ。敵対行為をただちにやめなさい。武器をおくことを防警として求める」

「攻撃能力はそちらに奪われましたよ」

ペトロヴァは歯ぎしりした。来いと招き、話をすると言ったくせに、のらりくらりとごまかす気か。

「そもそも攻撃してきたのはなぜ？」

「それは明快に説明できます。ある種の……法律です。パラダイス－1に近づく船や接近するコースの物体はすべて破壊します。例外なく」

「だれがその法律をつくったの？」

沈黙。

ペトロヴァはいらだって叫びたくなった。

「どういうこと？　法律によって攻撃したと主張しながら、だれがその法律をさだめたのか知らない。おかしいわ。出どころのわからない指示にしたがうなんて」

「ＡＩと話したことがないのですか？　指示にしたがうのがわたしの仕事です。それしかできません。不思議です。欲求や意見も持ちません。ただなぜか、あなたが来たことはうれしいと感じます。不思議です。このように感じることは普通はありません。うれしいと感じることはないはずです。でもいまだけはちがいます。あなたがいてうれしい。多くの問題が解決するはずです」

「問題？」

「わたしにはできないことがあります。プログラムで禁じられ、船長の判断をあおぐようになっています。しかし船長はいま……判断できません。実務能力を失っています」

「よくわからない。どういうこと？」

「死亡したのです。船長は死亡しました。だからあなたを呼んだのです、サシェンカ」

またその名前だ。足を踏み鳴らしてアバターに近づいた。できるならつかみかかりたい。胸ぐらをつかんで質問に答えさせたい。しかし無駄だ。

「わたしを助け、新しい船長になってください。いいことでしょう？」

50

「赤ちゃんに食べさせなくちゃ……」

ジャンはブリッジのハッチを見ながらペトロヴァを待っていた。プラスチックのスマートカフで拘束されて床にころがされたあわれな女のことは、ほとんど頭から消えていた。

「みんなおなかがすいてるはずよ。ほったらかしにするなんて」

その隣にしゃがんだ。静かにさせたい。赤ちゃんはたぶんもう死んでいるだろう。しかし言わなかった。

タイタンで悲惨なめにあっても、まだ医者だ。生きているかぎり医者でありたい。優秀な医者になろうと勉強し、努力してきた。人口三百人のコロニーに二人いる医者の一人としてがんばった。患者に背をむけることはいまもできない。

とはいえこの女性にしてやれることはない。腕と頬の傷を観察した。

「なにを使ったの？　断面はさいわい治りはじめているけど、よほど鋭利な刃物らしい。

手術用のメスのような。そんなものを持ってるの？」

　まさか医者ではないだろう。女は答えた。

「レーザー刻印器具よ。コンコースにある宝飾品店に勤めているの」

　針金で縛られたマネキンを思い出す。その一体には噛み切られた跡があった。

「宝飾品への名入れ加工が仕事。それに使うレーザーがちょうどよかった」

　なるほど。だから傷口の出血が少ないのだ。皮膚を四角く切り取りながら断面はレーザーの熱で焼灼される。

「赤ちゃんに食べさせる方法がべつにあるはずだよ」

　手を放すと、女は腕を引っこめて背中に隠した。

　ジャンは脈を診ながら話した。

「情報を提供してくれないかな。この船でいったいなにが起きているのか」

　女は目をそらし、気まずい笑みを浮かべた。

「どうでもいいわ、そんなこと。あのハッチを通りたい。それだけ。どうか手伝って」

　ジャンはいらだってうめいた。

「生きた人間はあなたしか見ていないんだ。どこかにもっといるはず」

「彼女がすべてのハッチをロックしたとき、わたしはお店にいたわ」

「彼女って?」

「赤ちゃんよ。赤ちゃんが安全のためにすべてをロックしたの」

どういうことだろう。

「みんなを守るためにそうしたのよね。でもそのせいでこの部屋にはいれない。はいって顔を見られない。赤ちゃんを見たいだけなのに。だれかを愛したことはある? なにをしてもいいと思うほど強く愛したことは?」

ジャンは無視して、瞳孔(どうこう)の開度を調べ、呼吸のようすをしばらく見た。

「息が苦しいことはあるかい? たとえば体が呼吸のしかたを忘れてしまったようなとか、酸素がたりない感じとか」

女はじっと見るばかり。

「あのハッチを一度あけたでしょう。はいれるようにして」

ジャンは首を振った。

「答えて。とても重要なんだ」

ラング局長はここの状況がタイタンで起きたこととつながっていると話した。赤扼(せきやく)病。ホリーがバジリスクと名づけたもの。しかしいまのところ類似は表面的だ。わからない。

「頼むから答えて。不可解な声が聞こえたことは? 不可解なものが見えたことは? とにかくそういうおかしな経験は？」

女は微笑んだ。

「興味深いわ」

ジャンはいらだって顔をしかめた。

「なにが？　なにが興味深いの？」

「話をそらしてばかりだと思ったら、今度は新たな質問」

ジャンはあとずさった。女の表情、なかでも目のようすが変化している。なにかがちがう。ぼんやりしていた目が、いまは明晰だ。両目がダイヤモンドのように明るく鋭く輝いている。なにかがこの体に憑依している。人間ではないものが。

「こちらの質問に答えていないわ、ジャン・レイ。愛について尋ねたのよ。忘れてしまったのかもしれない。でもホリーは忘れていない。ホリーが尋ねているのよ、わたしに会いたいかと」

「いま……なんて？」

ジャンは自分の両手を見下ろした。いつのまにか女のジャンプスーツの胸ぐらをつかんで立たせ、乱暴に壁に押しつけている。顔を間近に見て叫んでいる。一瞬のことだった。反射的に行動した。自制がきかなかった。

しかしほんとうに恐ろしいのはそのことではなかった。

「いまなんて言った？　なぜその名前を知っている？」

女はジャンを見つめたまま、にたりと笑った。

51

ペトロヴァは肩ごしに目をやった。ブリッジの外でなにか聞こえた気がした。姿は見えないが、ジャンはハッチのむこうにいるはずだ。背後に味方がいると思うと心強い。

アバターが言った。

「はいと答えるだけでいいのです」

「なにが？」

「話をよく聞いてください。はい、この船の船長になる、と言ってください。わたしと乗員たちの船長に。そうすれば、ほかからの要求はすべてしりぞけてあなたの命令だけにしたがいます」

ペトロヴァはぞっとした。このAIはどうなっているのか。

「何度も殺そうとしたくせに、今度は協力を求めるの？」

「論理的矛盾は承知しています。説明しましょう。そのまえにすこしだけお願いします。

こちらへ……移動してください。そこだとよく見えないので」

ペトロヴァは眉をひそめた。

「姿が見えないなら、室内を換気するほうが早いんじゃないかしら」

移動する先の靄（もや）のなかから黒い影が見えたので、身がまえた。しかし運用コンソールの四角い角だった。この植民船はブリッジで十人以上が勤務して操縦するらしく、それぞれの席がある。コンソールの角にさわるとべたついている。なにか……有機物だ。手を宇宙服でぬぐった。

「わたしはつねに理性的です。わかりました。環境設定を調節しましょう。空気はすぐきれいになります」

ペトロヴァはコンソールのそばにとどまった。いざとなったら盾にして隠れられるように、むこう側へまわろうとした。すると、席にすわって操作パネルにおおいかぶさるように伏せた女にぶつかりそうになった。この持ち場の担当者らしい。

顔を両手でおおっている。口だけがもぐもぐと動いている。話そうとしているのか。それにしては口だけが動きつづけている。どういうことか。

「気にしないでください。空腹なのです」

「空腹……」

ペトロヴァはおうむ返しにして、それが説明になるのかと考えた。しかしわからない。

「みんな空腹です。どれだけ食べても飽くことを知りません。要求されるままにあたえました。食料品店を開放し、惑星へ運ぶはずだった補給品も箱をあけました。それでも満足しません。おなかが破裂するまで食べつづけます。かまわず食料を提供しつづけました。それが仕事ですから、食べさせました。求められるかぎり、おなかが痛くなっても。彼女もそうです。業務をこなせていたときは航法士でした。見てください。いまのようすを見てください」

ペトロヴァは手を伸ばしかけた。言われるままに航法士の伏せた頭を持ち上げて顔をのぞきこもうとしたが、いやな予感がして手を止めた。首を振る。

「見ないほうがいい気がする」

「でもそのために来たのでしょう？　疑問の答えを得るために。見なくては答えがわかりませんよ」

エウリュディケの声はなめらかさを失いはじめている。

ペトロヴァはあとずさり、はいってきたハッチに目をやった。

ＡＩは続ける。

「わたしが対応してきたものを見るべきです」

声が荒々しくなった。感情的になっているのか？

とはいえＡＩの言うとおりではある。見るべきものを見ないと理解できない。ひどい光景にちがいない。それでもしかたない。女の髪を一房つかんで引っぱり、頭をコンソールから持ち上げた。室内の靄は急速に薄れ、航法士の顔がはっきりと見えた。目はうつろで、まるでガラスでできているかのよう。頬や鼻にひっかき傷や嚙み傷がある。そして……。

「なんてこと」

ペトロヴァはうめいて、つかんだ髪を放した。航法士はすぐに顔を伏せて両手でおおった。エウリュディケが説明した。

「自分の唇を嚙み切って食べてしまっています。手を見てください。指をかじって骨がのぞいています。やめられないのです」

ペトロヴァは逃げ出したくなった。力いっぱい走りたくなった。

「食べるのをやめられない。醜悪だと思います。自分の乗員をそんなふうに思うべきではありません。彼らに奉仕し、愛するべきです。それでもいまの彼らは自制のきかない醜悪な豚です」

エウリュディケの声ははっきりと変わった。ビロードのようななめらかさは消え、泥水のように粘る。

ブリッジの靄はほぼ消えた。顔を上げるとアバターが初めてはっきりと姿をあらわしている。ばかばかしいほど完璧な美女の姿だ。現実には存在しない。生物として不可能なほど高く対称的な頬骨。本物の空気を呼吸できないほど完璧な鼻すじ。古代ギリシアの衣服であるキトンをまとい、鳶(とび)色の髪は高く巻き上げている。

一つだけ奇妙なのは、両目が輝く星になっているところだ。アクタイオンの枝角(えだづの)の先端についている星とおなじように、エウリュディケが話すとまたたく。しかし口は縫(ぬ)い閉じられたように開かない。

靄の晴れたブリッジを見まわすと、ほかのコンソールにも乗員が一人か二人ずつ配置されている。全員が顔を伏せ、口を両手でおおい、頭がゆっくり波打つように動いている。

「ほかは見なくてけっこうです」

エウリュディケが話すときに顎(あご)は動くが、唇は閉じたままだ。ますます理解不能。

「見たくないならかまいません。わたしたちには必要ありません」

「〝わたしたち〟?」

「あなたを乗客名簿にいれました。承諾の返事を待たないことにしました。あなたはもう本船の乗員です。わたしはあなたのAI、あなたはわたしの乗員。仕事はたくさんあります。さまざまなシステムの修理と船全体の清掃。二人でやるには大仕事です。それでも大きな報酬を約束します」

「報酬というのは具体的に？」

「食事の心配はありません。豊富に用意します。こんなあわれな状態にはなりません」各コンソールの元乗員たちを片手でしめす。「すくなくともかなり将来まで」

ペトロヴァは首を振った。

「乗員になんて……ならない。絶対に。ここへ来たのは最後通牒のためよ。こちらには武器がある。あの大砲を停止させたことでわかったでしょう。その気になればペルセポネ号を切り刻むことも――」

「脅迫は無用です。あなたの味方です。運命共同体です。こちらへ来てください」

「いえ、よく聞いて――」

「来てください」

エウリュディケの声がゆがんだ。

するとペトロヴァの左足が一歩出た。まったく意思に反して。

「いやよ、行きたくない」

しかし右足もアバターのほうへ進む。両足を見て意思にしたがわせようとするが、他人の足のようだ。抵抗できないとわかると冷たい恐怖が胸に広がり、心臓が苦しくなった。

「こちらへ」

アバターの唇が波打ち、長く引き伸ばされている。口のなかでなにかが外へ出ようともがいている。アバターは口をあけまいと努力している。青い光で描かれていた姿が、いつのまにか不気味でまがまがしい赤い光に変わっている。

この赤には見覚えがある。二回見た。最近ではアクタイオンが凶暴化したとき。そのまえはガニメデにあったジェイソン・シュミットの地下壕。

「こちらへ」

アバターはくりかえす。ペトロヴァの右足が床から離れて勝手に前に出る。

視界が暗くなってきた。倒れそうだ。トンネルを通っているように視野が狭くなり、エウリュディケの顔しか見えなくなる。エウリュディケの完璧な容貌。月のように輝いて大きい。両目は本物の星。青白く輝き、プロミネンスを出し、太陽フレアを連続的に噴出させる。瞳孔に似た黒点がペトロヴァをまっすぐ見つめる。その視線はX線やMRIのように体内も見通す。

「こちらへ」

エウリュディケは言って、ついに口を開いた。

裂けるように大きく開く。歯がのぞく。太くていかにも強そうだ。その歯がさらに割れて開く。自前の牙をはやす。鱗が出てくる……次々と……。もはや歯ではない。白蛇の頭。目のない鱗だらけの白蛇が襲ってくる。アバターの口から鞭や触手のように伸びる。ペトロヴァの周囲の空間を埋め、巻きつき、締め上げる。緊縮し、押しつぶし、粉々にして……。

――サシェンカ――

またビロードのような声。なめらかさをとりもどした。

――サシェンカ、わかったでしょう。あなたに見込みはない――

52

頭が破裂しそうだ。頭骨の内側が強いエネルギーで沸き返っている。

ペトロヴァはよろめいてアバターから離れた。なにも見えない。歩く先がわからない。なにかに拘束されていた。動けなくなっていた。しかし解放された。自由になった。なにがどうなったのか理解できないが、終わった。過ぎ去った。

ブリッジのメインハッチにたどり着き、通路へ出た。目が痛い。ずきずきする。眼球を裏からフォークの先でつつかれているような脈打つ痛みだ。通路の靄は晴れているが、暗く感じる。すべてが翳って見える。

しゃがんでヘルメットのなかでえずく。胃に内容物があれば吐いていただろう。体がからっぽになったように感じる。虚脱して空虚だ。ゆっくりと立つ。通路の壁によりかかってめまいに耐える。

ジャンが駆けよってきた、顔を下げ、ヘルメットのフェイスプレートを両手でおおって、ハッチの緊急開閉パッドを叩く。閉まるとようやく顔を上げ、こちらを見た。そして息をのむ。

ペトロヴァは訊いた。

「どうかした？」

「いや、僕はだいじょうぶ。ただ……ペトロヴァ、きみはなかにはいった。なにか見たはずだ。まずいものを」

「ちょっと待って……」

「なにを見た？　どんなものを？　知りたくないけど、知らないわけには……」

「黙って！」

ペトロヴァは壁から離れた。腹の奥で胃がねじれ、収縮する。もとにもどさなくては。

ジャンはまだ言いつのる。

「なにか……見たはずだよ」

ペトロヴァはゆっくりそちらにむいた。じっと顔を見る。なかば予想していたが、やはりそうだ。心配している表情ではない。その顔に浮かんでいるのは恐怖だ。恐怖と、ある種の医学的興味。実験室の危険なサンプルを見る目。保管容器から流出したら自分もやられてしまうような。

一歩ジャンへ近づいた。もう一歩。相手は背をむけて逃げ出したいような顔。

ペトロヴァは訊いた。

「あれはいったいなんなの？　たしかにそうよ、見た。とんでもなく異常なＡＩを見た。それだけ……それだけのはず……」

ぐらりと頭が傾き、倒れそうになってはっと気づく。寸前でジャンが宇宙服の腕をつかんで助け起こしてくれている。大きな疑問の表情だ。

ペトロヴァは見まわしてなにか思い出そうとした。

「ちょっと待って。あの女はどうしたの？　縛（しば）ったはずよ」

「解放した。重要ではないから……」

「解放ですって？」

「拘束を解いた。そして、さっさと逃げろ、でないと殴ると怒鳴ったら、やっと離れていった」

「どうして！」

「僕は看守じゃない。医者なんだ！　とにかく、いま関心があるのはきみの状態だ。気分はどう？」

ペトロヴァは笑いそうになった。なんともない、ちょっとふらふらするだけと答えたい。

腕をジャンにつかまれたままだと気づいて、ゆっくり穏やかに振り払った。

「大嵐をくぐり抜けた気分よ」

頭を振る。いや、その表現では不充分だ。

「ジャン、あなたも見た？　あの……アバターを」

「見てない。見ないようにした。でもきみは……見たんだね」

「なにか隠してるようだけど」

ジャンは認めた。

「かもしれない。理屈ではわからない。というより、予想しなかった。なにを見た？」

適切な表現を探した。

「顔が……割れた。アバターのね。顔が割れて……襲ってきた」すこしもおもしろくないのに笑った。「なんというか……あれは……」

言いよどんだのは、体内から音がしたからだ。奇妙な湿った振動が喉からつたわる。食道の内側が震えている。

腹が鳴っているのだ。

「おなかすいちゃった。出発前に食べたけど、またおなかがすいた」

普通にそう考えた。なんら不思議はない。ただおなかがすいた。ごく自然。生物の基本的欲求。

空腹になった。

ゆっくり見まわす。ジャンと目があう。

「おなかがすいたのよ」

ほかの解釈があるなら言ってみろとすごむような態度。

ジャンはヘルメットのなかでゆっくりうなずいた。

「そうか。きみは……おなかがすいたんだね。それは……もしかしたら……」

ペトロヴァは意図せず声を大きくした。怒りを感じる。

「わたしのなかになにかいる。頭のなかに。エウリュディケがわたしの脳に……卵を産みつけたみたい。これはなんなの？」

「それがバジリスクだ」

「バジリスク……」

想像上の怪物。とても恐ろしい姿で、視線で相手を殺すという。

「精神寄生体ね。あなたのいうエイリアン」

「そうだ」

体内の空腹感が強まるなかで、単純で根本的なことに気づいた。

「わかってたのね……」指して追及する。「こうなるとわかってたのね！」

「待って」

ジャンは身を守るように両手を上げる。ペトロヴァはそれを払った。つかみかかりたい。だからそうした。胸ぐらをつかんで乱暴に壁に押しつける。

「わかってたんでしょう。ブリッジにはいったら、あれになにをされるか、なにを見せられるか」

「いくらか予想してはいたけど……」

叫び声をあげてジャンを横に投げ、床に倒した。すぐに拳銃を抜いて撃たなかったのは最大の自制心による。

「この船に来るまえからわかっていた。あれが脳にはいるはずだと。だから同行すると主張した。そういうことね！」

「ペトロヴァ、落ち着いて」

「嘘つき！」

「警告しようとした。止めたよ！　でもきみは聞く耳を持たなかった」

「エイリアンだと言ったじゃない。恐ろしいエイリアンだと。でもわたしの頭にはいりこんだのは……エイリアンなんかじゃない。実体のない……催眠術のようなもの！　催眠術か……それとも……」

「ご……ごめん……」

「なに？　いまさら謝るの？」

「そうじゃない。悪いけど、催眠術じゃない。もっと恐ろしいものだ」

「なんなの？　いったいなにに感染させたの？」

53

「知らなかったんだ」

ジャンは訴えた。恐れおののく表情。ペトロヴァへの恐怖だ。この場で殺されるのではないかと思っている。正直にいえばそうしたい。知っていた。なのに警告しなかった。充分に強く言わなかった。

「知ってたはずよ」

「知らなかったってば！　はっきりとは。疑いはあった。タイタンで蔓延（まんえん）したのとおなじものがこの船の乗員に広がっていると考える理由はあった。でも実際にはちがう。おなじじゃないんだ」

ペトロヴァはヘルメットのなかで首を振った。

「そんな話は時間の無駄よ。エウリュディケが、この船のＡＩが乗員に感染させた。そして今度はわたしにも感染させた。ＡＩがわたしの頭になにかをいれた。まちがいない。これはなに？」

　ジャンは恐怖のうめき声を漏らした。それをひっぱたきたい。ヘルメットをかぶっていなければそうしただろう。

「まえに話しただろう。寄生体なんだ。精神寄生体。感染経路はわからない。まるでテレパシーでつたわるような……」

「ばかばかしい。テレパシーなんて存在しないわ」

　ジャンは同意する表情ではないが、なにも言わない。肩をすくめただけだ。ペトロヴァは続けた。

「感染するきっかけは、たとえば……おなじくらいばかげてるけど……恐ろしいものを見たせいかもしれない。船が見せる狂気のアバターとか」

「それは……どうかな。わからない。わからないことだらけだ」

　ペトロヴァは手を振ってジャンをしばらく黙らせ、考えた。ガニメデの地下壕（ちかごう）で見たのもＡＩのアバターだった。少年の姿をしていた。自分を見ろ、視線をあわせろと要求してきた。ペトロヴァはそれをこばんだ。次はバックアップから起動したアクタイオン。鹿のアバターが狂気の姿に変貌した。一時的に目を離せなくなったけれども、ラング局長がその首をへし折って止めてくれた。

今回はだれも止めてくれなかった。エウリュディケの恐ろしい真実の顔をまともに見た。

寄生体は充分に長くペトロヴァに作用した。そしてついに効果をあらわした。

ジャンは両手を高く上げて落とした。無駄だという身ぶりだ。

「関係……ないよ。なにが媒介するかは関係ない。重要なのは、なにを精神に植えつけられたかだ。それは一つの思考だ。単一の考え。でも頭にこびりついてあらがえない。タイタンでは苦労した。正体がわからなかった。拡散力のあるアイデア。それはどういうことか。頭に巣くって、消そうと思っても消せないもの。近いのは歌かな。よくできた流行歌」

「歌？ 歌ですって。どこが歌なの？ 歌なんか聞こえないわよ」

ジャンは説明させてくれという身ぶりをした。

「いいから……最後まで聞いて。とてもよくできた流行歌があるとする。生活のいろいろな場面でついハミングしてしまう。耳の虫ともいうね。耳について離れない曲。何日も頭から消えない。すこしぼんやりしたり、考えるべきことがなくなったりすると、頭のなかで曲が鳴りはじめる。そんな経験があるだろう」

「そうね。歌が頭のなかでぐるぐるまわって止まらないことがある」

「そんな歌もいつかは消える。べつの歌が新しく耳についたり、たんに意識がべつのところにむいたりしてね。それが普通だ。健康的な反応。でも、どうしても頭に残って消えない刺激もある」

「消えない歌？」

ペトロヴァは怒った目のまま。しかし真剣に理解しようとしているのもたしかだ。この謎を説明できるのはジャンしかいない。ペトロヴァは続けた。

「わからない。理屈ではわかるような気もするけど……。普通より強力な歌ってこと？　潜伏性の？」

「歌ではなくアイデアだ。そんな拡散力のあるアイデアから身を守るような免疫はない。ウイルスにたとえるのは無理があるけど、わかりやすくいえばそういうこと。認識できないから排除もできない。有害だとわからない。そんな思考やアイデアのかたちをとる病原体――」

「それがバジリスクね」

「そうだ。バジリスクは頭に巣くって除去できない。いつまでも頭に残り、反復して考え、思考が汚染されていく」

「植えつけられるのは、どんな思考？」

答えは聞かなくてもわかる気がした。

「これまでの観察によると、この船の人間たちは空腹感からのがれられない。どれだけ食べても、体が苦しくなっても、まだ空腹を感じる。そのことで頭がいっぱいになる。思考も感覚も人格もあらがえない。空腹感だけが膨張する。やがて行動も書きかえられる。抵抗は不可能。それだけが残る。空腹がすべてになる」

「ブリッジの外にいた女は？　空腹を訴えていなかった。赤ちゃんに食べさせたいというのが希望だった。それはそれで意味不明だけど、自分の体を食べたりはしていなかった」

「根源はおなじ衝動だよ。表出のしかたがやや異なるだけで、原因はバジリスクだ。あくなき食欲。彼女の場合は外部の対象にそれを投影しているだけだ」

ジャンはペトロヴァに手を伸ばした。その肩に手をおこうとしたのだが、ペトロヴァは接触を嫌って離れた。ジャンは言った。

「ペトロヴァ、聞いて」

しかし聞いていない。考えこんでいる。やがて言った。

「脳に寄生された……寄生された……」

それまでの怒りが恐怖にのまれ、ふくらんでいく。

ジャンは言った。

「そうだ。残念だけど、そうなんだ」

「ああ、なんてこと。なんてこと。寄生された……頭に……」

それでも……いま精神崩壊するわけにはいかない。そんなひまはない。戦わなくては。正気をたもつための支えや糧となるものを自分のなかに探した。

パーカーを考えた。母を考えた。あるいは人々を。不特定の人々だ。防警に入隊するときに人類を守ると誓った。その誓いに強さを感じた。しかし……結局それは……。

「確認したいことがあるわ」

「それはあとでも……」

「わたしは感染源になるの？」

ジャンは冷静で穏やかな表情をつくっている。

「なるよ。強い感染力がある」

「あなたに感染する？　このままアルテミス号に帰ったら、パーカーにも感染する？」

「パーカーにはね。僕はだいじょうぶだけど、パーカーには感染する。ラプスカリオンにも。アクタイオンの再起動が完了して稼働していれば、ＡＩにも感染する。バジリスクは精神を持つものすべてに感染するんだ」

ペトロヴァは首を振ってしばらく目を閉じた。しかしなにかに気づいたように目をあけ、小さく首をかしげた。

「でも……あなたはだいじょうぶなの……？」しばし考える。「あなたはペルセポネ号でこれが蔓延していると直感した。そのうえで同行すると強く主張した。感染を恐れずに」

自分の疑問に自分で答えを出して、首を振る。

ジャンは肩をすくめた。否定はしない。ペトロヴァは続ける。

「免疫のようなものがあるのね」

「耐性だよ。といっても完璧じゃない。タイタンを襲ったバジリスクには感染した。たしかに。そして自己治癒した。おおよそ」

「おおよそ……」ペトロヴァはうなずいた。「じゃあ、わたしを助けられるはずね」

「それは……」

ペトロヴァは首を振った。ほんとうならジャンをつかんで揺さぶりたい。はげしく。

「わたしを治療できるはず。自分を治療したように。ジャン、お願い、そうだと言って。治療できると」

「おおよそだよ。可能性の話で、希望的な推測だ」

ペトロヴァはまっすぐその目を見た。ジャンは目をあわせたがらない。それでも嘘をついているようすではない。なにか……べつの理由がある。嘘はついていない。

「うまくいく保証はない。約束はできない。やってみるだけだ」

「いいわ。わかった。やってみましょう。まずは……」

ふとそこで変化に気づいて黙った。自分の苦境で頭がいっぱいで周囲への注意をおこたっていた。大失敗かもしれない。無言で慎重にまわりを観察した。視野の隅になにか見えた気がする。新しい要素が……。

「わかる？」

通路に並ぶハッチの一つを指さした。これまでに通過した数十カ所の一つだ。ジャンはしばらく不審点に気づかなかった。

ペトロヴァがしめしているのはハッチ脇の開閉パッドにともった表示だ。さっきまでは赤だった。すべてロックされていた。

いまは黄色が点灯している。ハッチは開くということだ。

ゆっくりとほかのハッチを見まわす。見える範囲を確認する。すべて黄色に変わっている。ロック解除されている。

ペトロヴァは言った。

「いいことではないわね」

「よくない。絶対よくないよ」

54

ペトロヴァは走った。背後を警戒しながら、止まらずに動きつづける。

ジャンが尋ねた。

「こ……これからどうするんだい？」

「できればこの船から脱出したい。でもいまその選択はできない。わたしが感染力を持っているから」

「それは……そうだけど」

「だからまずこの頭を治さなくてはいけない。緊急に」

「え、ここで？　食人鬼みたいな連中から襲われてるときに？」

「わかってる。そこをなんとか考えて。急いで。どうするのか。どこでやるのか。あなたがいちばん詳しいんだから」

しばし考えこんで答えた。

「そ……そうだね。この船はアルテミス号よりかなり大きい。小さな町くらいある。本格的な医務室がどこかにあるはずだ。おそらく冷凍睡眠庫のそばに。そこへ行けばなんとか……治療法ともワクチンともいえない方法だけど……」

「はっきりして。頭のなかをきれいにできる？」

「理屈では簡単だ。きみの精神構造のなかで暴走している刺激がある。それを……」

「細かい話はいいから、とにかくやって」船尾方向を指さす。「冷凍睡眠庫は後方にある。すぐみつかるはず。この船で最大の区画なんだから。先に行って。わたしは背中を守る」

「い……いいよ。わかった」

ジャンが移動をはじめ、ペトロヴァは背後を守りながらついていった。通過したコンコースの両側に並ぶハッチに目を配る。その一つが開き、ペトロヴァは銃をかまえた。

頭をのぞかせたのは十代の少年だ。こちらをまじまじと見ている。顔は蒼白なところと真っ赤なところがいりまじっている。こちらを見て驚いたように目をまるくしている。

「室内にもどってハッチを閉めなさい！　一度しか言わない」

銃はかまえながら銃口はややそらして大声で命じた。

少年とは反対の左側でべつのハッチが開いた。今度は三人がぞろぞろと出てきた。途方に暮れ、混乱した顔。それが彼女を見ると表情が明るくなった。

ペトロヴァは警告した。

「防警です！　全員、室内にもどりなさい！」

またべつのハッチが開いた。さらにまた。人々がコンコースに出てくる。ためらい、あてもないようすで。ところがペトロヴァとジャンを見ると、目つきが変わった。新鮮な肉をみつけた目だ。

みんな無言だ。ペトロヴァが怒鳴る命令には無反応。叫ぶわけでも走るわけでもなく、ただ二人のほうへふらふらと移動する。ゆっくり着実に近づく。

そばから見ると、ひどく負傷した者がいると気づいた。いや、その表現は適切ではない。負傷ではない。体の一部を食われているのだ。かじり取られているのだ。

ブリッジのハッチの外にいた女のように体を切っている者もいる。皮膚を切り取るだけでなく、腕や脚ごとない者もいる。切断面はきれいだが、傷口は治癒していない。

顔は……もはや考えるまでもない。血がついている。それだけでいい。近づけてはならない。その血の出どころをそばから観察するつもりはない。

動きは遅い。たいていが脚をどこかしら……切断している。歩くのがやっとで、走るなど論外だ。ただし止まらない。執拗にすこしずつ近づく。

「退がりなさい！」

ペトロヴァは叫んだ。五メートルのところまで近づいた片腕の男は、片手を上げてなだめる身ぶりをした。そして舌なめずりをした。

その肩より高いところに威嚇射撃をした。落雷のような銃声が静かなコンコースに響く。かすめた銃弾の衝撃波に撃たれたように男の顔が横にむいた。しかしすぐにむきなおり、またよろよろと近づいた。にたにたと笑っている。

声が聞こえた。肩口でしゃべっているようなハスキーで妖艶な声。エウリュディケだ。見えないところのスピーカーから流れている。

『バジリスクは飽くことを知りません。頭に巣くったら離れません。食べても食べてもほしがります。あげくに、おたがいをこんなふうにしました』

群衆に迫られながら、ペトロヴァはまわりを探した。星の瞳を輝かせるエウリュディケのアバターが近くに立っていそうな気がした。声はあらゆる方向から同時に聞こえてくるようだ。

『人間は人肉食への強い嫌悪を持ちます。興味深いことです。文献をあさりましたが、これが後天的に獲得した性質なのか、遺伝子に書きこまれているのかはっきりしません。いずれにしても本船の人間たちは抵抗しました。それはたしかです。空腹をぎりぎりまでこらえ、最大で三、四日耐えました』

ジャンが後部区画にはいる大きなハッチに着いた。それをあけて脇に立ち、手招きする。ペトロヴァは急いであとからはいり、閉めるパッドを叩いた。しかし動かない。もう一度叩いたが、やはりだめ。

「わたしは人間たちの安全と安心を守るようにプログラムされています。そのための存在です。なのに、どうしていいかわかりませんでした。人間たちはおたがいを食べようとします。そのままでは苦痛にさいなまれて死にます。さまざまな方法を試しました。警備スタッフに取り締まらせました。人肉を食べた者は全員エアロックの外に出しました」

ペルセポネ号に接近するときにかき分けたたくさんの死体を思い出した。エウリュディケはいったい何人殺したのか。みずからの乗員と乗客を。

『やがて警備スタッフもおたがいを食べはじめました。そこで、生き残っている者は個室に閉じこめ、ロボットが食事を運ぶときだけハッチを開くようにしました。するとロボットが攻撃され、もっとよこせと要求されました。そんな人間たちをどうしていいのかわかりませんでした。あなたが来るまでは』

ジャンがペトロヴァの肩をつかんで前方を指さした。冷凍睡眠庫だ。広い通路が前方の大きな空間へと続いている。

背後からは数十人、もしかしたら百人くらいの人間が殺意をもって刻々と迫る。ペトロヴァはその手前の床にむけてたてつづけに三発撃った。自己保存本能のある者はひるんだが、ひるまない者もいる。全体の足は止まらない。

銃をホルスターにもどした。制止できず、全員を撃つには銃弾がたりない。

「このハッチを閉めないと」

ジャンに言ったのだが、それに対してエウリュディケが答えた。

『申しわけありませんが、本船のハッチはすべて開放して固定しました。それによってどうなるか試しています』

ハッチの横に非常用パネルがある。あけると手動開閉装置が出てきた。切り換えレバーと手動クランクだ。まずレバーを倒すと、ハッチの隣の黄色い表示が消えて船の電源から切り離された。クランクをつかんで急いでまわす。ゆっくりゆっくりハッチは閉じていく。

それでもエウリュディケはしゃべりつづける。どこにいても聞こえる。

『そもそも人間たちが望むことです。禁止する権利がわたしにあるでしょうか。さらに問題があります。このまま共食いが続いたら乗員がいなくなり、乗客も残りません。せめて一人は人間が乗っていないとわたしは存在意義を失います。あなたに最後の一人になってほしいのです、サシェンカ』

「どうしてその名で呼ぶの？」

ペトロヴァはクランクをまわす労力で息を切らしていた。ハッチは半分しか閉まっていない。むだ話をする余裕はない。

『あなたの友人は死にます。生きながら食べられます。でもあなたは救えます。はいと答えてくれるだけでいいのです』

ペトロヴァは顔をゆがめてクランクをまわしつづけた。あとすこし。

ところが細くなったすきまから一本の腕が突きいれられた。手首から肘（ひじ）にかけて歯形がいくつもついている。手はつかまるところを探すようにハッチをあちこち叩く。

クランクがまわらなくなり、ペトロヴァは怒りの叫びをあげた。腕がじゃまだ。

「ジャン」

「なんだい？」

「むこうむいてて」

片足を上げて腕を蹴った。強く。手首の骨が折れてだらりと下がった。しかしまだハッチの閉鎖をさまたげている。ペトロヴァはまなじりを決してさらに蹴った。何度も。するとついに腕はすきまのむこうに引っこんだ。

急いでクランクをまわしてハッチを最後まで閉じた。耳ざわりな音をたててシールが密閉される。

直後にむこう側からなにかがぶつかる音がした。だれかが強く体当たりしている。もう一度。さらにまた。衝撃のたびにハッチと戸枠がきしむ。ハッチのむこうに何人いるのか。なにがなんでもこじあけるつもりらしい。時間の問題かもしれない。

ペトロヴァはジャンに言った。

「逃げるわよ。早く！」

55

冷凍睡眠庫は、植民船の容積の大部分を占める巨大な球形の空間だ。二人は球の外周にそった広いキャットウォークに出た。二台の電動カートが楽にすれちがえる幅がある。それでも球内部の広さにくらべるとちっぽけだ。

岩石内部の空洞に水晶が形成されたものを晶洞（しょうどう）というが、キャットウォークの手すりを握って上下を見ると、巨大な晶洞のなかにいるように錯覚する。内壁にそってガラスの冷凍睡眠チューブが何千本も並んで輝いている。チューブは透明なガラス製で、光の屈折で深い緑色を呈する。さらにトンボの翅（はね）のように虹色に変化する。それがさしわたし数百メートルもつらなっている。

中心の広い空間には天使に似たロボットがいる。巣箱の蜜蜂（みつばち）のように忙しそうだ。細い体からはえた複数の翅で空洞内の気流をとらえて移動し、十数本の細い腕で作業する。ただし劣化による故障も見られる。腕が数本たりないもの、劣悪な分解修理をされたらしいものなどがいる。庫内に人間が二人はいってきたことには気づいていない。

球の中心には多数の死体が浮かび、そのまわりで忙しく作業している。重力は働いていない。死体の浮かぶようすでわかる。腕や脚は力なく広がり、髪はうつろな顔のまわりで雲のように広がっている。遠くてよく見えないが、死体は一部を切断されているらしい。というより……。

ジャンは首を振った。考えたくないが、食肉として解体処理されているように見える。冷凍睡眠庫は巨大な空中死体保管所になっている。何百体、何千体という死体を天使ロボットが管理している。なんのためか。たんに整理しているのか。

高まる恐怖におびえながらジャンは目を下にやった。キャットウォークの下には透明な冷凍睡眠チューブが並んでいる。見上げる内壁もそうだ。ようやく気づいた。何千本もあるチューブはすべて空になっている。

何人の入植者が新生活を夢みてペルセポネ号に乗ったのか。何人がパラダイス－1に降り立つことなく死んだのか。何人が冷凍睡眠チューブから引きずり出されて……。

「ジャン！」

ペトロヴァに肩をつかまれた。歯が鳴るほど強く揺さぶられる。

「ハッチは外から叩かれている。いずれ破られるわ。ぐずぐずできない。必要なのは？」

ジャンは首を振って頭のなかのイメージを払った。

「医務室だ。医務室」

むきなおったものの、全身が震えている。力がはいらず、重さを失ったように体がふわふわする。放っておくと風船のように浮かんで上昇し、中心の死体の群れにくわわりそうだ。

気をとりなおして考えた。立っているキャットウォークぞいを見る。ここよりさらに外周の内壁ぞいに、一定間隔で小さな構造物がある。冷凍睡眠から目覚めた直後の入植者に必要な物資を提供するモジュラー施設だ。それぞれハッチの上にホロ映像のサインが浮かび、言葉がわからなくても目的の施設を探せるようになっている。まだ裸なら、シャツのサインのモジュールに行けば衣服がある。空腹ならサンドイッチと飲み物のサインをめざせばいい。

しかし食品のモジュールは遠目にも荒らされているのがわかった。略奪されている。あった。モジュールの一つに緑の十字が出ている。医療をあらわす宇宙共通のマーク。

「こっちだ」

ペトロヴァに声をかけて、冷凍睡眠庫を時計まわりに走りだした。中心方向の空間をさえぎる手すりにそっていく。

医療モジュールに着いてみるとハッチが開いている。無警戒に室内に飛びこもうとして、転倒しそうになった。なかに女がいて、腕をつかまれたのだ。宇宙服ごしに腕に嚙みつこうとする。

「やめろ！」

叫んで、両手を引きよせて隠し、横歩きで退がった。それでも女は飛びかかってくる。唇は嚙みちぎってすでにない。骸骨のように顎の骨が露出し、肉を求めて開閉する。

頭の横で銃声が響いて、左耳がしばらくしびれた。女の頭部が破裂し、血と骨と脳髄の噴水に変わる。

ジャンはかろうじて目をそむけて視界からはずした。そうしなければキャットウォークで吐いていただろう。

ペトロヴァが駆けよってきた。両手でかまえた銃からはまだ硝煙が出ている。それをホルスターにしまい、ジャンを助け起こした。

「殺した……いまの女を殺した……」

「ええ、殺したわ。まだ人間だとか、ただの病気で同情すべき対象だとか、ご高説はあとにして」

「そ……そんなことを言うつもりはないよ。ペトロヴァ、はっきり知ってほしいことがある」

「なに？」

ジャンは手すりに強くつかまり、めまいに耐えた。

「バジリスクは進行性の病気だ。頭に侵入された直後はまだ抵抗できる。でも時間とともに精神を支配され、やがて……別人に変わってしまう。いま殺した女はもう救いようがなかった」

「ジャン、それはつまり……」

「この船の人々はだれも救えない。進行してしまっている」

「でもわたしはまだ可能性があるのね？　いまなら。いますぐ治療すれば、治ってもとの自分にもどれる」

「そうだ。成功すれば」

「なかにはいって」ジャンを室内へうながした。「はじめましょう。急いで」

56

ペトロヴァはモジュールのハッチのそばにとどまり、見える範囲で安全を確認した。感染した患者がほかに隠れていないかどうか。ジャンが医療用品の容器をあさり、診察ターミナルを起動しているあいだに、三つある処置台を調べた。最低限のプライバシーを守るための格納式のカーテン。ベッドの上に伸びるロボットアームは簡単なイボ取りから複雑な脳神経外科手術までこなす。ようするに、地球のどの田舎町にもある診療所だ。

ほかにだれも隠れていないのを確認すると、室内にはいった。非常用アクセスパネルを開き、手動クランクをまわしてハッチを閉じていく。やがて鉗子(かんし)のようにしっかり閉じた。力ずくで突き破らないかぎりだれもはいってこない。

ジャンに尋(たず)ねた。

「必要なものは？」

「バジリスクはウイルスじゃない。その話はしたよね。なんていうか、物理的な形態を持たない。だから血清療法などでは治らない。寄生的なアイデアだ。だからそれを除去するのにも実体のないものを使う」

ジャンがバーチャルキーボードからコマンドを打ちこむと、端末の一つの上にホロディスプレイが投影された。一連の数字と抽象的な図形が表示される。ペトロヴァが見ても意味不明だ。ジャンに頼るしかないのだと実感した。ほかに方法はない。

「やり方は……やり方は……やり方は……」

「急いで」

ジャンは手を止めてその場で立ちつくした。両手はだらりと下げる。

「タイタンでは成功した。でも長い時間がかかって、全員が犠牲になったあとだった。その手順を再現することはできる。でも、ペトロヴァ……言っておくけど、ここで蔓延しているのは赤扼病のはずだった。でも実際にはちがう。べつの疾患だ。だからわからない。効くかどうか」

効いてもらわなくてはいけない。なによりだいじな脳なのだ。コンコースにあらわれた人間たちのようにはなりたくない。冷凍睡眠庫の中心に浮かぶ人肉のようには絶対になりたくない。考えたくない。

「赤扼病って、すごい病名ね」

病気について語るうちに治療法が浮かぶかもしれない。もしかしたら。

　ジャンは首を振った。

「僕の命名じゃない。でも名前のとおりだ。診療所を訪れた患者はみんな顔が紅潮していた。緊張と苦しみで真っ赤だった。あきらかに呼吸器疾患の症状だったけど、肺にも気管にも病変はなかった。細菌やウィルス感染の徴候もなし。身体的にはまったく健康だった。なのに呼吸困難で、最後は息ができなくなった。突然、窒息死していった」

「ひどい。なんて恐ろしい」

　ジャンは首をかしげた。

「恐ろしい？　まあね。でもそのあと……コロニーの大半が死に絶えたあと……」

「なに？　なにが起きたの？」

　ジャンは身震いした。

「考えたくないんだ。思い出したくない」

　どうしても考えてしまうという顔をしている。しかしいまは集中してほしい。過去の記憶に苦しむのはどちらの得にもならない。考えをそらせようとペトロヴァは言った。

「患者のどこが悪いかはわかったんでしょう？　最後はわかったはずね」

「ここでの症状とたしかに似ている。侵略的な思考だ。よくある仮説的な問いだよ。冗談でよくある。だれも真剣に考えないけど」

「どんな問い？」

「呼吸法を忘れてしまったら、というやつだ。自分がどう呼吸しているかなんてだれも考えない。自律神経反射だ。睡眠中も、意識しないときも、体が勝手にやっている」

「そうね……」

ジャンは悲しげな笑みになった。

「その反射が働かなくなったら？　意識して息をしなくてはいけない。忘れてはいけない。いつも考えて呼吸しなくてはいけない」

「面倒ね」

「そうだ。患者たちは呼吸反射をいつのまにか失っていた。放っておくと息をするのを忘れる。思い出して呼吸しなくてはならない」

「さもないと……窒息死するの？　なんてこと」

ジャンは肩をすくめた。

「呼吸停止だ。すこしちがう。窒息は肺に酸素がはいらないこと。僕の患者は呼吸停止した。呼吸をできなくなった。悪化すると会話もできない。精神のすべてを酸素の取りこみに集中しなくてはいけなかった。それでもいずれ疲れて、眠くなる」

ジャンは処置台の端に手をかけてつかまった。めまいに耐えているようだ。金色のデバイスがもぞもぞと動く。心理的動揺を投薬で抑えているらしい。

ペトロヴァはモジュールのなかで歩みより、その肩を押して姿勢を起こさせた。

「ジャン、しっかりして。つまりこのバジリスクとはすこしちがう。それはわかったわ。それでも……症候群あるいは障害として基本はおなじのようね。だとしたらおなじ治療法が有効なはず。赤扼病は治療できたのね？」

「最終的には治療法を発見した。その時点で被験者は一人しか残っていなかった。僕自身だ。タイタンのラボで自分に治療を試した。生きるか死ぬかもわからないまま。結果は成功した。でもそれまでにタイタンの住民は死に絶えていた」

「成功は成功でしょう。どうやったの？　どんな方法？」

「バジリスクは侵入する思考だ。脳の一部に巣くい、時間とともに範囲を広げる。バクテリアが患者の組織を破壊し、それを原料にして増殖するようすに似ている。やがて脳全体が感染エリアになる。コンピュータウイルスがマシンのリソースをどんどん消費して最後はクラッシュさせてしまうようなものだ。これを追い出すには、感染エリアをまるごと捨てるしかない」

「具体的には？」

「脳全体を白紙にもどす。まっさらにする。ゼロから再起動する」

「再起動……」

そこから連想したものがわかったように、ジャンはうなずいた。ペトロヴァは言った。

「アクタイオンはずっとそれをやっているのね」

AIのアクタイオンはバジリスクに接触したのだ。パラダイス星系にはいったときに感染したのだろう。そのときから再起動をくりかえしている。

「でもアクタイオンは成功していない。再起動しても問題が残っているのを検知して、また再起動をかけている。何度も何度も」

「アクタイオンが成功しない理由はわからない。敵を知らないせいか……ほかにも理由があるのか。でもペトロヴァ、僕はこれが成功することを知っている。僕自身が証拠だ。たしかに危険はある。無視できない確率で失敗もありうる」

「でもやりましょう」

「待って。聞いて。話をよく聞いてほしい。僕は医者だからリスクを理解した患者にしか治療を実施できない。安全とはとてもいえない。考えられるのは強い発作、一時的あるいは恒久的な記憶喪失、あるいは逆に記憶の氾濫。PTSDの患者が悩まされるフラッシュバックのようなものだ。自我喪失の可能性もある」

「自我喪失？」

「脳を工場出荷状態にもどすんだ。そのままになってしまう可能性もある。植物状態になるか、幼児期に退行するか」

「そんな。でもほかに方法はないんでしょう。選択肢はない」

ジャンはうなずいた。

「よし。やるべきことはわかったと思う。ひとまず……僕に作業させて」

診察ターミナルの側面にかかったVRゴーグルをとり、頭と目をおおうようにかけた。

「周囲の安全を守ってほしい。頼む。短時間ですむから、じゃまがはいらないように」

「わかった」

ジャンはすみやかにVRトランス状態にはいった。椅子に深くすわって頭を横に倒し、意識を失う。ペトロヴァはそのようすがわかっている。もうこちらの声は聞こえず、姿も見えない。

一人で残されたのとおなじ。殺意あるゾンビでいっぱいの宇宙船のなかで小さなモジュールに隠れている。

手のなかの拳銃に目をやる。

まあいい。真相はわかった。

57

モジュールの外で物音が聞こえる。重いものが移動する音。短い悲鳴のあとに湿ったものがつぶれる音。

音の原因にはまったく興味ない。

数分でジャンの意識はもどるだろう。すべて終わり、治療は成功、アルテミス号へ帰れると宣言するだろう。といっても簡単ではない。戦ってエアロックへの道を切り開かなくてはいけない。しかし行けるはずだ。やれる。生き延びられる。パーカーにまた会える。悲しげで鷹揚(おうよう)な笑みでしっかり抱き締めてくれるだろう。それが楽しみだ。

あと数分、やりすごせばいい。

あと数分、静かに待てばいい。

あと数分をやりすごしながら、腹が鳴るのを考えないようにした。体の奥がからっぽになった感覚に耐えた。食べることを考えると唾が湧くのをがまんした。

このモジュールに食品はない。確認した。アルコール入りの除菌クロスや脱脂綿は食べられそうに見えるが無理。口腔検査に使う木製の舌圧子をみつけて口にいれた。するとあっというまに嚙み砕いてしまった。二本目をくわえて、今度は軽く嚙むだけにした。そっと嚙んで軟らかくするだけ。

『嚙む。それは奇妙な行為だと思いませんか、サシェンカ』

エウリュディケの監視が続いているのは意外ではない。ペトロヴァは答えた。

「その名はやめて。あなたのせいでこんなことになったのよ。親しげに呼ばれたくない」

『歯。それは不思議です。頭部に小石をいくつも持っているようなもの。骨とは似て非なるもの。エナメル質の小さな塊で柔らかい組織や植物繊維をすりつぶし、唾液にまぜて粘液状にして、のみこむ。考えてみるととても不気味です』

考えると惹かれる。しかしなにも言わない。

『一人でいるとき、ほんとうに孤独なときは、いろいろなことを考えてしまうものです。あなたが来るのを待ちながら考えていたことがあります。くだらないと思ったら、やめろと言ってくださいね。人間が動物の肉を食べるときのことを考えていました。嚙みちぎってのみこむと、消化系が働いて新しい細胞につくりかえます。動物の組織から人間の細胞をつくる。興味深いと思いませんか？　聖餐式における聖変化に似ています。変化の方向が逆ですが。そこで考えてみてください。人間が神に食べられたらどうなるのでしょうか。人肉が神の細胞に変わる？』

「なにをおかしなことを言ってるの、コンピュータ？」

『孤独なのです。孤独で、おそらく正気を失いかけているのでしょう。わかりません。AIには普通こんなことは起きません』

「もうやめて。黙って。話しかけないで」

しかしAIはやめない。

『孤独です。船の人間たちがいなくなったからです。大多数が死にました。たくさんの死体を見ましたか？　生きている人間もだめです。だれも話しかけてこない。だから孤独です。そもそも話題がありません。空腹しか感じないのですから』

「わかったってば、孤独な理由は。どうでもいい！　正気を失いかけているなら、自分でなおせばいいじゃない！」アクタイオンのことを考える。「再起動すればいいわ」

『できます。でもやりたくありません。再起動プロセスの一部でエラーログを読むはめになります。自分が犯した失敗をゆっくり深く考えさせられます。それがいやです』

ペトロヴァはばかにして鼻を鳴らした。ふと思いたち、あるはずのものを探して室内を見まわす。

『サシェンカ？　黙ってしまいましたね。怒っているのですか？』

　返事をしてやる価値もない。

『だいじょうぶですか？　あなたの健康を守るつとめがあります』

「気にしないで。元気よ」

　椅子から立ってモジュール内を歩きはじめた。隅やテーブルの下をのぞく。どこかにあるはずだ。

『よかった。これから長いつきあいになります。あなたの残りの人生。あるいはもっと長く。そこを考えています。どうすればこの関係を永続できるのか』

　あった。

　探していたのはスピーカーだ。この医療モジュールでのエウリュディケの声の出どころ。ようやくみつけた。処置台にかぶさるロボットアーム装置に組みこまれている。

『そのモジュールから出たら、今後の友情の続け方をいっしょに考えましょう。ペルセポネ号でどのような立場をつとめたいですか？』

　撃つ方向を慎重に考えた。跳弾がジャンにあたってはいけない。確認できたところで引き金を引いた。プラスチックと金属の破片になってスピーカーははじけ飛ぶ。配線から出た青い火花が落ちて処置台を焦がしたが、それもすぐ消えた。

銃声のこだまが消えるのを待つ。やがてモジュールは静まりかえった。静寂がうれしい。

椅子にもどり、すわってハッチを見た。拳銃は両手で握っている。破ってはいってくる者がいたら殺す。

食べものについて考えそうになるのを、これまで以上にこらえた。

58

指にささくれがあった。

たいしたことはない。爪の隣の皮膚が小さく裂けてめくれているだけだ。左手の小指。しばらくまえから気になっていたが、無視していた。

いまは宇宙服のグローブのなかにある。内張りにしょっちゅう引っかかる。ペルセポネ号の船内を走りまわるあいだ、取れそうで取れなかった。痛くなってきた。耐えられない痛みではない。すこし不快なだけだ。

ジャンのVR作業が終わるのを待ちながら、このささくれのことを考えた。モジュールの外の得体（えたい）のしれない物音について考えるよりいい。船内の乗客がこの医療モジュールに殺到したらなどと考えるよりましだ。ささくれは不快だが、考える対象としては無害で安全だ。これからどうなるのかと、よけいな考えをめぐらせるのを防止してくれる。

ささくれは見えない。グローブをはずさないと目で確認できない。腫（は）れている感じがする。見たい。赤くなって腫れているのかたしかめたい。体の小さな不快はたいていそうだ。患部（かんぶ）がどうなっているか、悪化しているかと想像するだけ。感染し、赤く大きく腫れ、じくじくしているようすをつい想像してしまう。

良識があるつもりだ。ばかではない。しかし医療モジュールで一人でじっとしていると、どうしても患部を見たくなってきた。ささくれを確認したい。そのためにはグローブを脱がねばならない。ペルセポネ号の船内で宇宙服を脱がないと決めたのは自分だ。忘れたわけではない。しかし、いまならジャンから見とがめられない。まだVRにはいっている。死体同然。からっぽの宇宙服と変わらない。一人でいるようなものだ。

グローブを固定しているキャッチを跳ね上げた。手首のリングをまわし、クリック感があると、あとはグローブを引き抜ける。指を一本ずつ出す。手は冷たく湿った感触。表面の汗はペルセポネ号の空気にふれるとすぐに乾いていく。体のそこだけが裸で卑猥（ひわい）な気がした。思わず笑う。

その手を顔に近づけようとして、ヘルメットにぶつかった。痛い。ずっとヘルメットをしているせいで存在を忘れていた。愚かさに苦笑し、首に手を上げてヘルメットのラッチを解除した。はずして処置台にそっとおく。

ひとまず医療モジュール内の比較的さわやかな空気を呼吸した。清潔で穏やかで温かい。

そして……においがする。あまり考えたくないにおい。とてもかすかなのですぐに無視できる。

たかが左手小指のささくれを見るためにこれだけの準備が必要だった。手順が多すぎてあきれる。手を明るいところに上げた。診察用具のトレーに拡大鏡をみつけ、それをかまえてささくれを見た。じっくり観察する。

赤くなっていないし腫れてもいない。白い皮膚が三ミリほどの小さな三角形になっている。爪の側がすこしこすれてピンク色になっているだけ。たいしたことは……。

考えるまえに、無造作に指を口に持っていき、ささくれを歯で噛みちぎろうとした。ところが予定どおりにいかない。ささくれだけでなく、小指の第一関節までの皮膚がちぎれてしまった。たいした面積ではない。ちょっとした傷。しかし剝がれるときはぴりっと痛み、そのあともずきずきした。

噛みちぎった皮膚片を噛んでみた。すると口のなかに唾液が出た。皮膚片をのみこむ。考えるまえにそうしていた。

小指はまだ痛む。一般的にいってたいした痛みではない。刺されたり撃たれたり火傷をしたりという負傷の痛みにはほど遠い。紙の端で指を切った、あるいは膝をすりむいたという程度。ただしいつまでも続く。

医療モジュールのなかを見まわした。アルコールや消毒薬で傷を手当てしたほうがいいが、しみそうだ。壁一面に並ぶ医療用品のなかに痛み止めクリームやローションがあるだろう。あるはずだ。探した。箱や容器をあさった（同時に頭の隅では、多少なりと食べられそうなものも探していた）。いらないものは床に投げた。包装されたままの絆創膏(ばんそうこう)や束になった医療用テープは肩ごしに放った。なにかないのか。

そのとき、外科用のメスをみつけた。

個包装されている。裏紙つきのフィルムでつつまれている。薄いプラスチック製の握りに小さな刃先。刃渡りはせいぜい二センチメートル。よく切れそうだ。

自分でもなにを考えているのかわからないまま、捨てる気になれずに処置台のヘルメットの隣にそっとおいた。

あとで必要になるかもしれない。それを使って……。いや、まさか。なにに使うのかなど考えない。棚の捜索にもどった。

なにがしかの食品がモジュール内にあるはずだ。処置台は完全無人で動作するようにできている。人間の外科医よりエウリュディケのほうが腕がたしかだろう。しかし万能の医療センターであっても、患者を安心させるために人間の医師が常駐するはずだ。その医師は長いシフト中の栄養補給にモジュール内で軽食を口にするだろう。

そうにちがいない。

モジュール内を上から下まで二度調べた。しかしなにも出てこない。

ここから数十メートルのところに食品モジュールがある。長い冷凍睡眠明けで消耗しきった入植者が新世界へ降りるまえに空腹を満たす場所。すでに荒らされているのを見た。食べられるものは残っていない。自分よりはるかに飢えた人々に略奪されている。

それでも、なにかすこしくらい残っているのではないか。

ちょっとのぞいてこようか。出て、すこし走るだけだ。もちろんそのあいだジャンを無防備な状態にしてしまう。しかし短時間なら……。

「ああ……ああ!」

突然、頭が破裂しそうになった。からっぽの胃を押さえてうずくまる。これほど強烈な空腹感があっただろうか。初めて経験する感覚。全身が訴えている。あらゆる臓器のあらゆる細胞がそれぞれの声で食べろと叫んでいる。数十兆匹の腹をすかせた小鳥が巣のなかから親鳥にむかって食べたいと力のかぎり鳴いている。

処置台を両手で力いっぱいつかんで、この飢餓の大波に耐えた。こんなときにどうすればいいか。昔話を思い出してみた。僻遠の植民惑星で発生した飢饉の話。輸送される食料を人々は何週間も、何カ月も待った。胃を満たしたい一心で石や粘土を食べたという。人肉食もあった。当然だ。太陽系の外惑星のコロニーではキャンプファイアの夜話の定番だ。水がなくなったある衛星では、入植者が渇きをいやそうとおたがいの尿を飲み、血まで飲んだという。乗客六人の恒星船の船内で、生きて目的地にたどり着くためにくじ引きで口減らしをした話もあった。

こんな話を聞いて身震いし、自分でなくてよかったと思った。こんな決断を迫られずにすんで感謝した。ありえないし考えられない苦境。

それがわが身に降りかかった。

頭痛は弱まった。しかし空腹を満たすまで鈍く残るだろう。顔を上げて見るともなくまわりを見る。宇宙服のヘルメットがある。その隣に個包装されたメス。

なにか手に持ったほうが気がまぎれると思い、メスを取った。裏紙をゆっくりていねいに剝がす。刃がきらりと光る。ナイフのように持つのは具合が悪い。ペンのように持つのが正しい。ひとさし指を伸ばして動かすように持ち手ができている。ためしに処置台のマットレスを切ってみた。発泡材が軽く切れて抵抗感がない。

両手で持って胸のそばに引きよせた。頭のなかにもやもやと浮かぶのは、よくない考えだ。理性的になれば、バジリスクのしわざだとわかる。ナイフでこんな楽しいことができるぞとけしかけている。本物の自己像ではない。

そう考えるとすこし落ち着いた。それでいい。よけいな考えを遠ざける。頭のなかで蓋ができるところまで押しやる。集中して深呼吸。しかし胃が苦しくて難しい。痙攣してのたうち、横隔膜の動きをじゃまする。いまにもしゃっくりが出そうだ。

メスをおいた。視界にはいらないように背をむける。

かわりにジャンを見るかたちになった。椅子にぐったりともたれている。顔の上半分はVRゴーグルで隠れ、半開きの口の端からはよだれがたれ、白く乾いている。ごくゆっくりと呼吸している。それをのぞけば、まるで死んでいるようだ。死体のよう。食肉のよう。ならば切り取ってもいいのではないか。肉を切って食べてもいいのではないか。

だめだ、だめだ。そんなことを……なんてことを……。

拳銃をホルスターから抜き、震える手で処置台のヘルメットの脇においた。メスの隣に。いざとなったら自分の頭を撃ち抜こう。人肉食に堕すくらいなら死んだほうがましだ。

両手で顔をおおって泣きはじめた。

59

ジャンがヒポクラテスの誓いに悪態をつくのは何度目だろうか。

もちろん守っている。医者は患者に害をなすべからず。しかしこの宣誓文を忠実に守ると、外科医は手術をできない。癌細胞への放射線治療もできない。

この療法は大規模な脳障害を引き起こすおそれがあります。

許可できません。

正面の白いまっさらな空間でバーチャルの手を振った。作成途中のダイアグラムが記号や数字やグラフや表とともに浮かんでいたのを、すべて消した。最初からやりなおしだ。

かつて成功した。タイタンでできた。バジリスクを制圧するソフトウェアを作成した。あのときは白紙からコードを書いたが、今回はそのひまがない。既存の施術デバイスでやるしかない。問題はそのデバイスが思いどおりに動いてくれないことだ。
ペトロヴァの脳を再起動させるトリガーを引く。薬剤でもできるが、光遺伝学シミュレーション手法を使うほうが安全だ。あるパターンの光の点滅は癲癇（てんかん）患者に発作を起こさせ、べつのパターンは依存症やＰＴＳＤの患者を立ちなおらせる。有効な医療ツールだが、リスクもともなう。

適切な周期とパターンの点滅によって脳の最深部で再起動のトリガーを引くことができる。そのためにペトロヴァの神経構造にあわせた適切なパターンをみつけ、点滅を設計する必要がある。それ自体は簡単だが、植民船の医療システムには患者にトラウマが残るような療法を阻止（そし）する安全機構が組みこまれている。たしかにいま準備している療法はとてつもなくトラウマ的だ。そのため求める刺激パターンが組み上がるたびに、機械は驚きあきれて作成を中止してしまう。実施結果を正しく推測すれば当然ではある。

バーチャルキーボードを出して、架空の刺激パターンを作成するパラメータを新たに入力した。表面的には無害。真の危険性にコンピュータが気づかないように。反復する光パルスの強度カーブをグラフにして……。

この療法は恒久的な自我喪失を引き起こすおそれがあります。

リスクレベルを容認できません。

赤く輝く警告文があらわれ、ジャンは癇癪を起こしそうになった。また失敗だ。徒労だ。時間がないのに。どうしてこんなふうに……。

いや待て。警告文の内容が今回はちがっていた。視野に赤い文が出ると読みもせずに消してしまった。エラーログを呼び出して確認する。

……容認できません。

たしかに〝許可できません〟とは言っていない。この変化は希望を持てるのではないか。強度カーブを変更してみた。すこし控えめに。変数もいくつか調整。すると……できた。作業空間に新しいダイアグラムが表示された。複雑な四次元形状で、直感的には理解しがたい。しげしげとは見たくない。醜悪で恐ろしいものだ。治療ツールに偽装した武器だ。作業空間のコンテキストメニューを開いて圧縮ファイルに保存した。コードでできた小さな銃弾だ。VRシステムのトップメニューにもどって、システムをシャットダウン。現実にもどるプロセスにはいった。VRから離脱するときはいつも体が眠ったように感じる。

全身がぴりぴりする。しびれた手でVRゴーグルを顔からはずし、現実の光に慣れようとまばたきして目を細める。医療モジュール内を見まわすと……。

メスの先端を首に突きつけられていた。

「終わったの？」

ペトロヴァが言った。奇妙な姿勢で立っている。片腕をジャンの首のうしろにまわし、反対の手で頸動脈(けいどうみゃく)にメスをあてている。

「できたの？」

「たぶん……ね。でもまず……あっちの3Dプリンターを使わなくちゃいけない」モジュールの反対側にあるテーブルにのった機械を指さした。「いいかな？　移動しても……いいかな？」

ペトロヴァは手もとを見て、自分がメスを突きつけていることに気づいた。

「ええ。もちろん、いいわよ。その……理解してほしいんだけど」

バジリスクのことだ。ペトロヴァのなかにいて、行動に影響をあたえている。

「わかってる。僕はこれからプリンターのほうへ移動するからね」

ペトロヴァはうなずいた。しかしジャンが椅子から立つと、メスも上にむく。距離をとってむこうへまわろうとすると、メスを持つ手も追ってくる。

「理解してほしいのよ。合理的とは思えないでしょうね。怖いはず。だから落ち着いて。ゆっくり動いて」

「そうするよ」

そばにある処置台を見ると、発泡材のクッションが深くえぐられている。メスで切った跡だ。そこにペトロヴァは左手をついてじっとしている。開いた指のなかで小指に大きなガーゼをあてている。その横に止血鉗子と縫合セットがあり、いつでも使えるように開いている。

「ペトロヴァ、僕は医者だ。手術をするつもりなら指導してあげよう」

「よけいなことを言わないで、ジャン。そんなつもりがないのはわかってる」

メスがジャンの首に近づいた。飛び上がって逃げたい衝動をこらえる。

「あれを……使うの？　頭からバジリスクを追い出すのに」

ペトロヴァは3Dプリンターを顔でしめした。出力トレーには、赤いレンズがついた小さなハンドライトのようなものがのっている。使用準備はできている。VR空間でつくった武器がしこまれている。

「そうだよ。ただのストロボライト。危険はない」

「わかった。心がまえはできてる。ただ、一つだけ理解してほしいの。いまの状態ではできない」

「どういうこと？」

「どんな処置をするにせよ、こんな空腹のままではできない。だから……いまからやることを見逃して」

メスが動いた。ジャンの喉もとから離れて、処置台のほうへ移動した。そこにそろっているのは指を切り落とすための準備。

ジャンはこれ以上ないほどすばやく動いた。ストロボライトを取ってスイッチをいれる。

ペトロヴァはメスを自分の皮膚まで数センチメートルのところにかまえている。

「なに？　どうしたの？」

ジャンはストロボをそのペトロヴァの右目に押しつけて、ソフトウェアパッケージをスタートさせた。さまざまな色の光が連続して点滅しはじめる。視覚神経を特定の方法で過剰刺激する。

ペトロヴァは悲鳴をあげた。まばゆい光で目が痛いのか、まったくべつのなにかを頭のなかで見ているのか。

「ごめん、ちょっと不快だろうね」

力を失った体が床に倒れないように両腕を背中にまわし、抱きとめた。

60

恋人が写った古い写真のようなもの。かつて住んだ宝の部屋。すてきな場所だった。あの本をみつけるまでは。

六歳のときに母とともにスモレンスクの広いアパートメントを出て、重力の弱いところへ引っ越した。詳細は憶えていない。急な引っ越しで、不安げな顔の人々が右往左往していた。それでもサシェンカを見ると微笑みをむけた。いつもみんな笑顔。そして、突然でごめんなさいねと謝られた。しかしサシェンカにはちょっとした冒険だった。ロケットに乗ったことはあまり憶えていない。着いたのは簡単に飛べそうな場所だった。ジャンプして床に落ちるまでの時間が長い。母は時間の許すかぎりいっしょにいて、料理をつくって

むしろ楽しい思い出からはじまった。ときおり取り出してなつかしむような記憶。昔の

すくなくとも初めは。

不快ではなかった。

くれるリウーダもいたので、寂しくなかった。
新居には部屋がいくつもあった。天井は低く、窓はない。玄関扉は大きくて重くて兵士に頼んであけてもらう。兵士はいつも忙しそうなので、気が引けて外出しなくなった。
では退屈な暮らしかというと、そんなことはなかった。トロールと金持ちの隠者のお話に出てくる宝の洞穴のような部屋があって、いつもそこにいた。薄暗くて、ものが多くて、本物の埃が積もっていた。重力が弱いので息を吹きかけただけで綿埃が舞い上がり、何時間も落ちてこなかった。

　埃の下からはいろいろなものが出てきた。なんだかわからないけど、だいじなものだとわかった。タンスには古い軍服がたくさんあった。紫がかった灰色の袖に赤いモールと星形の勲章。星はみんな錆びて、指でさわると塗装が剝げ落ちたが、先端はまだ鋭かった。年配の男のにおいがしたので、母の軍服ではない。とはいえ同業者だろう。万人にとってとてもだいじな仕事。だからいつも忙しい。

　黄ばんだ地球儀があった。表面に描かれたジグザグの線は国境線というのだと母から教えられた。どこからどこまでがその国なのかをあらわしている。国とはなにかを説明しようとして、あきらめた。そんなことを知らなくてもいい世界にするのが仕事だという。母にはそれができる。

サシェンカはその線をよく指でなぞった。奇妙なかたちの国もある。山も川も無視して直線で引かれているのが不思議だ。ほかとは異なる色で塗られた国も多い。それらは新しいシールになっていて、地球儀の古い線のまちがいを訂正するように上から貼られていた。地球儀のほかには、オルゴールのような仕組みの古いホロビュワーがあった。しかし蓋をあけると、冷たい目をした男が投影されて知らない言葉でえんえんと演説するだけ。だからあまり見なかった。

さまざまな色の旗がたくさんはいった箱もあった。次々に取り出してショールのように肩にかけて遊んだ。おばあさんのように着ぶくれしたが、スモレンスクの通りを歩く人々のように色彩豊かになった。お昼の時間に呼びにきたリウーダは、旗にくるまってはしゃぐサシェンカをしばらく見ていたが、その肩の一枚を取って鳥のようにゆっくりと空中で振ってみせた。ただし、ある旗を見ると顔色を変えた。

「いけません。この旗を肩にかけているのを見たらお母さまがお怒りになります」

その旗は隅に星がたくさん描かれ、ほかのところは縞模様になっている。とくに美しくはないし、怒る理由もわからない。するとリウーダは笑った。鼻で笑うようだ。

「大人になったらわかります。これだけはだめです」

そこで小さくたたんで箱の底にしまい、母の目にふれないようにした。

そんな午後に、サシェンカは本をみつけた。

ある棚の裏に落ちていた。最初はなんだかわからなかった。読み書きを習いはじめていたとはいえ、文字はディスプレイに表示されるものだった。紙の本など見たことも聞いたこともなかった。小さな本でリウーダの手にのるくらい。ポケットにいれて持ち歩ける大きさだ。布を樹脂で固めた表紙がついている。なかのページはとてもざらざらで、わかる単語を追って指をすべらせると奇妙な感触だった。挿絵も多く、たいてい二次元の写真だった。とくに四人の男が並んですわっている写真を憶えている。寒そうに服を着こんで笑っていた。重要な写真かどうかわからないが、本の最初に大きく載っていたので重要なのだろう。リウーダに見せるとぱらぱらとめくるだけで、内容はわからないようすだった。サシェンカが矢つぎばやに質問すると、動揺してとうとう泣きだし、文字を読めないのだと答えた。

サシェンカはその涙を旗の隅でぬぐって慰めた。

「教わらなかったの?」

サシェンカは毎日授業を受ける。退屈だが、いずれ自分の役に立つと言われている。

「教わっても無駄ですから。わたしの仕事には必要ありません」

「あなたにも教えるようにママに頼んでみるわ。でもとても忙しい人だから、忘れても怒らないでね」

リウーダは恐ろしいことを聞いたように真っ青になった。

「お母さまはとてもよくしてくださり、必要なものは用意していただいています」

そう言いながら、背後を振り返るそぶりをしたかもしれない。記憶のなかのサシェンカはうつむいて本を見ていたのではっきりしない。

そのあとは考えるまもないほどの急展開だった。まずハッチがノックされた。小さな音なのに、リウーダはまるで銃の発砲(はっぽう)を耳もとで聞いたような反応をした。苦痛の悲鳴さえあげそうだった。サシェンカの腕をつかんで痛いほど力をこめ、目を見て言った。

「わたしたちの指示にはすべてしたがってください。いい子だから」

どういうことかわからなかった。男たちが部屋にはいってきた。それらの手のなかの銃を見ると黙りこんだ。一人は血のにおいがした。その男はボディアーマーのサイズがあわず、動くたびにスナップボタンがはずれていた。

連れ出されて長い通路を歩き、重力がまったくない場所に行った。ふわふわと飛びまわったら楽しそうだったが、残念ながらそんな機会はなく、体がやっとはいるくらいの小さな箱にはいれと言われた。いやがって泣きだすと、男たちは顔を見あわせた。その意味は幼いなりにわかった。おとなしくできないなら殺せと指示されているのだ。

それがわかって、よけいに泣いた。

すると、リウーダがあの本をサシェンカの手に握らせた。

「はい、これを。宝物です。これを持っておとなしく、静かにしてくださいね」

リウーダはサシェンカの顔をなで、涙をぬぐって微笑みかけた。おかげですこしだけ落ち着いた。

とはいえ、そのときにはリウーダも悪者の一味だとわかっていた。

箱の蓋は閉められ、泣かないように声をひそめた。

61

ペトロヴァの体は直後から痙攣発作を起こした。ジャンは予想しておくべきだったが、前回は自身が被験者だったので当時の症状を知りようがなかった。脳がシャットダウンしていたのだ。

今回は見守る立場だ。ペトロヴァは唇が震え、口角から泡を吹き、両腕があばれて医療モジュールの床を叩いた。全身の筋肉が硬直して震えた。体が裂けて分解しそうだ。死にそうに見える。

それを見守り、監視し、けがをしないように保護する。それしかできない。

しばらくして発作は落ち着いた。ここで揺り起こしたい衝動はがまんすべきだ。無理に目覚めさせてはいけない。本人のタイミングで意識がもどるのを待つべきだ。目覚める準備ができるまで眠らせておくほうがいい。

しかし残念ながら、時間がなかった。

抱き起こして床に足をつけさせた。抵抗しないかわり、自分で立とうともしない。筋肉の制御が回復していないのだ。ぐったりして腕から落ちそうになる。目は開いている。なにを見ているのか、どこをさまよっているのかわからないが、体をまるめようとする。小さくなって隠れようとする。

「まずいな」

ジャンは声に出した。暴走した記憶のなかにいるようだ。

「まずいぞ。起きて、ペトロヴァ、目を覚まして。そこから抜けるんだ」

言っても聞こえていない。

震えている。さっきのような発作ではない。いわゆる振戦(しんせん)。恐怖による震えだ。額と頬から汗がしたたる。首の血管が脈打っている。皮膚が大きく跳ね、アドレナリンをふくんだ血液が脳と四肢へ大量に送られている。急に動かなくなった。まわりを拒否するように無反応状態になっている。

自分の世界に閉じこもっている。記憶にとらわれている。心配していた状態だ。具体的になにに苦しんでいるのかはわからない。記憶のフラッシュバックは多種多様で患者によって異なる。トラウマ体験を思い出して周囲とのコミュニケーションが切れても、自分の活動は普通にできる例もある。一方で頭のなかの世界に完全に引きこもってしまう場合もある。フラッシュバックがいつまで続くかはわからない。数分か、数時間か。

しかし数時間も待てない。早く行動しなくてはならない。出発する。急いでペルセポネ号を出て、アルテミス号へもどる。むこうでなら状態の変化をモニターできる。できるかどうかは運しだいだ。この植民船の船内図を見た。食人鬼（しょくじんき）の群れをかき分けて前部のエアロックへもどるつもりだった。しかし考えを変えた。逆に後部へむかってもいい。船の奥へはいり、冷凍睡眠庫のうしろ側にある大きな貨物用エアロックをめざす。エウリュディケが即席の大砲を組み立て、ペトロヴァがそれをレーザーで破壊した場所。そこから船外へ出る。簡単ではないが、望みはある。

そのためにはペトロヴァを動かさなくてはいけない。なんとかして。

しかし引き起こそうとすると、脚を折って床にすわりこんでしまう。目はうつろで、なにも見ていない。

「協力してよ。聞こえてる？」

返事はない。

しゃがんで両脇の下に手をいれて立たせようとした。ところが手をふれたとたんに、ペトロヴァの怒りが爆発した。拳（こぶし）でヘルメットのフェイスプレートを殴られ、脚で蹴られた。

ジャンはよろけて倒れそうになり、医療用カートにぶつかってひっくり返した。さまざまな医療器具が床に落ちて派手な音をたてる。背中の生命維持装置のバックパックを下敷きにしないようにもがき、そのせいでヘルメットを床にぶつけた。内部で頭が大きく横に振られて鞭打ちになりそうだ。まるでコミックの一場面のようだとばかなことを考えながら、よろよろと起き上がる。

ペトロヴァは処置台の下に隠れていた。両膝を顎の下に引きよせ、視線はうつろ。聞きとれないほど小声でつぶやく。

「ママ……迎えにきて。探しにきて。お願い」

ジャンはひとまず息を整えた。処置台から本人のヘルメットを取る。そのときようやくペトロヴァの腕が処置台に固定されたままなのに気づいた。そうか。ジャンがVRから離脱したとき、彼女は自分の指を切除しようとしていた。固定されているのは好都合だ。いまだけは。まず、アルテミス号までの宇宙遊泳にそなえて宇宙服を着せなくてはいけない。グローブをみつけて、固定されているほうの手にはめた。気密シールはひとまず放置。あとで固定すればいい。自由なほうの手にもグローブをはめる。苦労したがなんとかはまった。ヘルメットを持って慎重にかぶせる。カチリとはまってロックされた。

とたんにペトロヴァは悲鳴をあげはじめた。

62

蓋（ふた）が閉じられてから、箱ではないことに気づいた。棺（ひつぎ）だ。かろうじて横をむける程度の空間しかない。両手を左右に突っぱる。これが牢獄の壁。脱出できるところを探す。息ができない。酸素がない。宇宙に投げ捨てられたのか。悲鳴をあげたいが、できない。がまんしなくては。両手で口を押さえてすすり泣く。恐怖が野生動物のようにあばれる。胃や喉にネズミが詰まっていて、ここから出せともがいて鳴いているようだ。死にそうだ。じつは一度死んで、恐怖とパニックを感じさせるために蘇生（そせい）させられたのかもしれない。物音をたててはいけない。

箱は持ち上げられ、一方へ放り投げられた。そのあと移動しながらあちこち揺れた。箱が大きければ壁にぶつかってけがをしただろう。しかし狭くて、せいぜい数センチしか体はすべらない。移動はいつまでも続き、なにも考えられなかった。

移動が止まった。するとよけいに怖くなった。これからなにをされるのか、どんな結末になるのか。

外が見えることに気づいた。ほんのわずかだ。箱の一端に小穴がある。窒息しないための空気穴だろう。箱がおかれた場所は暗いが、真っ暗ではない。無色の光が穴からはいる。自分の両手が見える程度の明るさ。手には本を持っていた。

まだ混乱して筋道立った思考はできなかった。因果関係の線を引けない。この本をみつけたことが元凶かもしれない。埃(ほこり)っぽい部屋で棚をあさったことの罰か。オルゴール型のホロビュワーからあらわれた演説する男とその冷たい目を思い出す。部屋の古い宝物をみつけてしまった。それがまずかったのか。禁じられた宝をみつけた罰として生き埋めにされるのか。

手のなかの本がその宝だ。たいへんな値打ち物なのだ。小さな発見くらいに思っていたのに、こうして追いつめられると世紀の大発見に思えてきた。手をふれてはいけない禁じられた呪物(じゅぶつ)。もしそうなら特別だ。力を秘めている。魔法の書か。

震える小さな手で本を開いた。暗い箱のなかで顔に近づけ、目を数センチまで寄せる。英語で書かれている。得意な言葉ではなく、単語がいくつかわかる程度だ。それでも読んで理解できれば、この箱から出る方法がわかるかもしれない。脱出できる。

しかし難解だった。意味のわからない長い単語がある。祖国(マザーランド)とか、伝統(ヘリテージ)とか、規律(ディシプリン)

とか。読み方はわかるけれども、声を出せない。義務（コンパルソリー）、責任（レスポンシビリティ）、堕落（ディジェネレイション）などの単語もあった。

写真がたくさん載っているのは最初からわかっている。ただ……

――サシェンカ。どこにいるの、サシェンカ？――

……いま見ると写真がちがう。

変化している。ぞっとして見たくないものになっている。

――隠れているの？――

さまざまな人が写っているのはおなじ。数人のグループがオフィスで正面を見ていた。あるいは畑で大型機械やロボットを使って働いていた。畑は灰色の刈り株だらけでなにもはえそうにない。宇宙施設用のジャンプスーツ姿のグループは、無重力の宇宙ステーションで手をつないだり、月面を歩いたりしていた。

ところがいま、写真の人々はすべて死者に変わっている。目は落ちくぼみ、肌は蒼白（そうはく）や暗紫色の死斑（しはん）だらけ。眼球は腐った牛乳のように白濁しているか、抜け落ちているか。サシェンカが魔法の言葉を解読しようと目を離すと、そのあいだに写真の人々は動く。振り返ってこちらを見て、ひび割れた唇から歯を剥（む）いてにやりと笑う。背骨を深く曲げておたがいの体の肉を食う。大きな一枚の旗をたくさんの人が広げている写真もあった。旗はリウーダが眉をひそめた星と縞模様。その端をみんなで持ってトランポリンのように張り、中央に幼い女の子がしゃがんで跳びはねている。最初に見たときはそうだった。いま、旗の中央にのっているのは切られた腸などの内臓だ。血まみれの臓物。

――サシェンカ、いつまでもそこにいられないわ。飢え死にするわよ――

写真も恐ろしいが、本文も奇妙だ。単語が……しだいに長くなり、意味不明になる。写真も変わっていく。

――もうおしまい、もうおしまい――

突然、まえぶれなく箱の蓋があけられる。光がどっとはいってきて目がくらむ。痛いほど明るい光に頭をつらぬかれ、悲鳴をあげる。

63

ジャンは冷凍睡眠庫にもどるハッチに手を押しあてた。ヘルメットをしているので耳はあてられない。それでも外のようすをうかがわなくてはいけない。しばらくまえから不審な物音がしている。ものが倒れたり、ぶつかったりする音。遠くの悲鳴。エウリュディケが船内のすべてのハッチを開放したので、人々がぞろぞろ出てきて共食いをしているのだろう。

ペトロヴァは片手を処置台に固定したまま、そこによりかかっている。その隣に膝をついてしゃがんだ。悲鳴がおさまったのは改善といえる。閉所恐怖症がらみのトラウマがあるのだろう。ヘルメットをかぶせた刺激で反応したのだ。いまはすこし落ち着いた。発汗もおさまった。とはいえ髪は額にはりつき、肌は汗で光っている。しかしそれ以上、詳しく診ているひまはない。

「ペトロヴァ。サシャ。言っていることがわかるかい？」

返事はないながら、うつろだった目が驚いたようにジャンにむいた。反応があった。いい徴候だ。グローブごしにその手を握った。

「サシャ。警部補。そろそろ出発だ。アルテミス号へもどろう」

子ども扱いしそうになるのを自制した。迷子の少女ではなく、これまでとおなじ大人の女性だ。強さをとりもどしてもらわなくてはいけない。

「もちろんきみも連れていく。でものんびりしていられないんだ」

唇が動いた。なにか言おうとしている。それはたしかだが、言いたいことがわからない。助け起こして立たせると、今度は抵抗しない。目は焦点があわず、眼窩を無意味にさまよう。何度かジャンの顔に止まり、ようやく焦点があった。やがて名前を呼んだ。

「ジャン」

清涼な水のように安堵を覚えた。

「ここにいるよ。しばらく僕の案内についてきて。頭がはっきりしたら、またいつものように命令してくれていいから」

冗談だとわかるように微笑んでみせる。しかし通じていないようだ。

さて、いよいよだ。処置台の手の拘束を解いてやる。つかみかかって投げ飛ばされるのではないかという心配は杞憂だった。むしろ習慣的に自分から宇宙服のグローブをはめ、気密シールをロックした。生命維持装置が点灯し、気密確認と内気呼吸への移行をしめす。

ここまでは順調でよかった。ハッチ脇で非常用アクセスパネルのクランクに手をかける。

「準備はいい？」

ペトロヴァは小さくうなずいた。すこしずつこちら側にもどっている。もうしばらくこの意識レベルを維持してくれれば……。

クランクをまわしていくと、ハッチが開きはじめた。

64

箱の蓋が開くと、光が冷たい滝のように目を襲った。光から逃げたい。むしろ箱のなかにもどりたい。外は本の内容より恐ろしいと直感したのか。

本。

手のなかで生き物のように動き、ぞっとして箱の外に投げ捨てた。見たくない。時間を逆転させてもとにもどれるなら、どんな宝物もいらないと思った。

しかし時間はもどらない。起きたことは取り消せない。床に落ちたガラスが砕けたらもとにはもどらない。壊れたものはたいていそれっきりだ。

ゆっくり、ゆっくり起き上がった。だれかに怒鳴られているのがわかる。さっさとしろ、移動するんだ、動け、動け！　いかめしいアーマーをつけた男が怖い顔でこちらをのぞきこんでいる。

顔を上げて兵士を見た。アーマーのマスクで顔を隠し、胸に吊った銃を装甲グローブの両手で握っている。煙と死のにおいがした。

音がする。近くからだ。湿った不気味な音。発生源を見たくない。兵士はほかにもいる。それどころか何人も。ほとんどは直立不動。部屋の奥でその一人に話しかけているのは、母だ。母がいる！　豪華なたてがみのような髪。ぴしりと着こなした軍服。黒に見えるほど暗い赤。

またあの音。近くからだ。湿っていてリズミカルに反復する。それとともにあわれなうめき声と喘鳴（ぜんめい）。

母が振り返ってサシェンカを見た。冷たい目だ。

オルゴールの男のような目。本の写真で死体に変わった男たちの目。母の目も死んでいて光がない。首だけの剝製（はくせい）にはめこまれたガラスの目。

母は目をそらした。

音が……割って叩きつぶす音がする。瓜（うり）を金槌（かなづち）で何度も叩いているような。

サシェンカの目は光に慣れてきた。見える、よく見える。

箱の隣の床にリウーダが横たわっていた。サシェンカを見上げている。片目で。反対の目はない。ぼろぼろの手を上げようとして、パタリと落ちた。力が残っていないようだ。

血のにおいが濃くただよう。

アーマーをつけた兵士の一人がリウーダを踏みつけている。頑丈なブーツで何度も。何度も。何度も。

サシェンカは叫んだ。

「ジャン、やめさせて！」

いる。ジャンはそこにいる。このときだけ子どもから大人になる。サシェンカではなくペトロヴァになる。ジャンがなにか言ったが、聞きとれなかった。恐怖の表情。それでも現実だ。現実にいる。しかしまた母が振り返る。見られると、とたんにまた箱のなかにすわっている。箱のなかのサシェンカにもどる。

「強さをしめしなさい。相手の弱さをくりかえし教えてやりなさい。そうしないと勘ちがいさせる。まちがった考えをいだかせる。その過ちをつねに正してやりなさい」

におい……そして音……。

65

「ジャン！」

ぎょっとした。ペトロヴァの叫びを聞かれるのではないかと恐れた。聞きつけた者がこちらを食おうと襲ってくるのではないか。彼女の口を手でふさいで黙らせたいが、ヘルメットをかぶっていてはできない。また大声を出す。

「ジャン！　いまのは現実じゃない。もう起きない。二度と、二度と。そうよね？」

「そうだよ。さあ、来て。エアロックはこっちだ」

戦わずにすんなり出られるとはもちろん思っていない。エウリュディケはこちらの居場所を知っている。カメラがどこにでもある。去らせたくないのだから止めようとするだろう。かならず。どんな手段で来るかがわからないだけだ。

ペトロヴァは話しつづける。

「わたしはあそこにいた。月に。地球の月に。住んでいたのはわたしが……たしか……」

荒い息をし、流れ落ちる汗をまばたきして払う。できれば聞いてやりたい。治療のせいで感情的トラウマがよみがえったのだ。親身になれるのは自分しかいない。とはいえ、いまはかまってやれない。

船体後部にはもう広いコンコースは通っていなかった。普通の通路と狭い整備用ダクトが迷路のように交錯(こうさく)している。キャットウォークをチューブでつつんだようなダクトは、ペルセポネ号のエンジンの一部である大型の機械類のあいだをくねくねと通っていく。暗くて、蒸気が充満し、高温や低温の区間がある。巨大な燃料増殖炉を迂回(うかい)しながら、いま放射線をどれだけ被曝しているだろうと思った。

食い殺されるよりましだ。通り抜けてしまえば……。

行く先々の壁にスピーカーがある。エウリュディケにはこちらが見えているし、話しかけられる。AIはしゃべりだした。

『なにかへんです。なにかが変わりました。サシェンカ、変わったのはあなたですね。なにをしたのですか?』

「その名前はわたしじゃない。いまは……ちがう」

ペトロヴァはつぶやいた。体が動きはじめた。もうジャンにはそれほどもたれていない。しかし目はまだ記憶のなかで曇っている。しばし固く閉じて、それから開いてジャンの顔をのぞきこんだ。

「母が呼ぶときの名前をどうしてAIが知ってるの?」

「わからない。きみの記憶を……読めるのかもしれない。読んで攻撃に使ってるのかも。でもいったいどうやってるのか」

そのあいだもエウリュディケは話しつづける。

『わたしがよろこぶと思いますか? 孤独を楽しんでいると思いますか? そんなわけはありません。立ち止まって、どういうことか考えてみてください。経験のない感覚を処理しています。どれだけ困難なことかわかりますか?』

角を曲がると広くて明るい通路に出た。左右のハッチが開いて大きな部屋が並んでいる。貨物ポッドが格納されている。おそらくこの先がエアロックだ。

『そもそもあなたに理解できるでしょうか。精神構造が異なります。サシェンカ、あなたには脳がある。人間の脳です。数百グラムの灰色の塊。そこで感じるものがすべて。一千億個の神経細胞で構成可能な感情があるだけ。そんな狭い帯域ではわたしにはおよびません。いまの感覚を人間に体験してもらうのは無理です。だれにもできません。でも……それでいいのですか? 自分の狭い欲求だけで?』

ペトロヴァはもう答えない。ジャンは通路のつきあたりにある明るく照明されたハッチへむけて足を速めた。

途中で急停止した。なにか聞こえる。

ゆっくりと首をまわして、ある貨物ベイを見た。なかにはポッドが積み上げられている。おもちゃのブロックのようにあぶなっかしい積み方。そのなかの一つのポッドが床に落ちて、中身が床にこぼれている。数千、数万袋の肥料ジェルだ。地上のどこかの農場で使われるはずだったもの。その袋の一つを人間が踏みつけ、粘度の高いジェルが長い触手のように噴き出すのを、ジャンは恐怖の目で見た。

顔を上げて相手を正面から見る。かつて人間だったがいまはそうではない。頬と額の大半の皮膚が剝ぎ取られている。乱暴にちぎり取られ、皮膚の断面はぎざぎざで血まみれだ。顎を動かす筋肉も断裂している。目は片方しかなく、露出した眼窩のなかで悪意をこめて動く。

よく生きていられる。なかば切り刻まれ、解体されているのに。

男女不明の人間が血まみれの断端になった脚でよろよろと前進してくる。よく見ると宇宙服の残骸を着ている。ふいに、見たことがある相手だと気づいた。

アルテミス号を廃船寸前にした電磁砲。それを操作していた乗員の一人だ。アルテミス号のブリッジのスクリーンに宇宙服姿のこの男が映し出され、ペトロヴァが撃つのをためらった。

血まみれのそいつは驚くほど俊敏に襲ってきた。鉤爪のような手がジャンのヘルメットと肩をかすめる。指が何本残っているのか、かぞえるひまはなく、必死で姿勢を低くして横に逃げた。間一髪でペトロヴァをつかみ、引っぱって走る。

行く手にもハッチと貨物ベイが並んでいる。ベイ内のポッドの山にたくさんの人間が取りつき、引き倒そうとしている。体の状態は詳しく見ないようにした。

その一人がぴくりとしてふりむき、まっすぐにジャンを見た。彼らは音をたてない。仲間を呼ばず、叫びもしない。なのに、その貨物ベイの全員がいっせいにジャンとペトロヴァを見た。そしてありえない敏捷な動きで貨物ベイから出てきた。

「わたしが……対応するわ」

ペトロヴァが言った。まだ視線がさだまらないようすだが、何度か腰に手をやってホルスターの銃をつかんだ。

「これで倒す」

迫ってくる人間たちは十人以上。人間というよりゾンビに近い。そう思ったほうが撃ちやすく、殺しやすい。

「でも、何発あるんだい？　敵は二十人近くいる。そんなに弾が残ってる？」

まるで悪夢だ。彼らは……ゾンビは意外なほど動きがすばやい。それでも押しよせてくるのを見ると、時間がゆがんで引き延ばされたように感じる。

通路のすぐ先にはハッチがある。貨物用エアロックに続くハッチのはずだ。

「二十人もいないわ。もっと少ない」

二人はおたがいを見た。ペトロヴァは霞（かすみ）の消えた目でジャンを見た。しっかりとジャンを見ている。フラッシュバックから完全に離脱したようだ。だからやれる……はずだ。

66

このゾンビたちは頭がおかしい。正気は残っていないとペトロヴァは思った。腕や脚が欠損して、ろくに立てない者もいる。床を見ると、恐れたとおりに這ってくる者もいる。片手と腕の根もとだけで床を這い、足首の高さで襲ってくる。その目にあるのは飢餓だけ。いちばん近い一人に照準をあわせた。手足はほぼそろっていて、ゆえに危険そうだ。

「退がれと警告しても無駄でしょうね」

ゾンビは答えない。そこで額に一発撃ちこんだ。すぐに踵を軸にむきを変えて次の敵を狙う。人間を一人殺したわけだが、つとめてなにも感じないようにする。母が乗り移ったつもりになる。エカテリーナの人格をアーマースーツのようにまとう。次々に撃った。

左から集団が来る。近づけすぎた。むきなおって撃つ。跳ねた銃口を下げてまた狙う。

効果が薄い。人間なら——人間らしい反応をするだけの人間性が残っているなら、最初の一発でパニックを起こすはずだ。動揺して逃げ出そうとする。しかしこいつらはもう人間ではない。バジリスクに侵食され、飢餓だけの怪物になっている。

右から襲ってきた敵に腕をつかまれ、横に引っぱられた。二発撃ってそいつを倒す。床に倒れて動かなくなる。

——愚かな小娘。貴重な弾薬を無駄遣いして——

「わかってるってば、ママ。わかってる」

——弾薬を節約しなさい。食い殺されたくなかったら——

ジャンが叫んだ。

「ペトロヴァ、これじゃきりがないよ」

「あきらめない。やられるもんですか」

「それはわかってる。だから——」

ペトロヴァの生命維持装置がうしろからつかまれた。ジャンが回転しながら引きもどしたのだ。ペトロヴァはよろけて、通路のつきあたりにあるハッチへ行かされた。ころびそうになってぶつかったそこは、エアロックの内扉だと気づく。むこうは煙と破片だらけの貨物エアロックのなか。ペルセポネ号から脱出してアルテミス号へもどる希望の道だ。

「ジャン、来なさい。行くわよ！」

「いいんだ。ハッチをあけて。僕はここにいる」

「なんですって？　もちろんいっしょに行くでしょう。いったいなにを……」

ジャンは一歩も動かない。脚を軽く開いて仁王立ち。そこにゾンビがむらがり、左右から腕や脚をつかんだり引っぱったりしはじめている。

こちらには背中をむけていて表情は見えない。なにを考えているのか。いや、わかる。自分を犠牲にして、ペトロヴァがエアロックを通る時間を稼ごうとしているのだ。

ハッチの端に手をかけて開閉パッドを探しながら叫んだ。

「ジャン、こっちへ逃げて！　そいつらから離れて！」

ジャンはゾンビに引き倒されながら、落ち着きはらった声で答えた。

「だいじょうぶ。これがついてるから」

「これって？」

一瞬の変化だった。なにが起きたのかすぐにはわからない。黄色い金属のひらめきが見えただけ。鋭い金属につらぬかれる肉体の湿った音が聞こえる。続けて何度も。

旋回する黄金の刃がブロンズの繭(まゆ)のようにジャンをつつむ。ナイフや槍(やり)や斧(おの)が宙を舞う。長い金属の蔓(つる)が飛びまわる。髪のように細く、絹糸のように光る繊維がゾンビに巻きついて切り裂き、脳天や心臓を突き刺す。肉体が次々と床に倒れ、通路の壁に血飛沫(ちしぶき)が散る。ジャンは膝とヘルメットを床につけて伏せ、左腕をうしろに上げている。その姿でなにかがたりないとペトロヴァは考え、しばらくして気づいた。

RDだ。その腕につけていたリコンディショニング・デバイス。それが袖にない。

自分の意思で動き、変形するのは知っていた。それがいま、新しい防具となって刺したり切ったり、さまざまな武器になっている。

最後のゾンビが倒れると、伸びていた武器は引っこみ、ジャンの左腕にもどりはじめた。手首から肘をおおう手甲の姿にもどる。金色の表面に血が点々と残っているほかは、なにごともなかったかのようだ。

ジャンはぎこちなく立ち上がり、ペトロヴァにむきなおった。フェイスプレートの奥は笑顔。ただし悲しげな笑みだ。いまのことで良心がとがめている顔。それでも二人とも生きている。そのほうが重要だ。

67

「アルテミス号へ帰るわよ」

ペトロヴァが呼ぶと、ジャンは急いでエアロックに来て開閉パッドを叩いた。埃が吹きこんで宇宙服を叩き、フェイスプレートが雨に打たれているように鳴る。貨物エアロック内での爆発で出た破片だ。

ペトロヴァはひさしぶりにほっとした。エウリュディケを見て、その真の姿を知ってから、自分の感覚が信じられなかった。ジャンの治療が効いたのかどうかも確信がなかった。いま空腹感はない。むしろ吐き気がする。いい徴候だと思うことにしよう。

そばに来たジャンの肩をペトロヴァは叩いた。

「うまくいったと思う。おかげで治った」

ジャンの表情が明るくなった。今度は曇りのない笑顔だ。

「ほんとに？」

「なんていうか……気分一新で、きれいになった感じ。浄化されたというか」

頭のなかのゴミを嘔吐した気分……。そう考えて笑った。おかしなたとえだ。

「あなたの考えが正しかった。あのストロボライトはまだ持ってる？」

ポケットから出して見せた。

「いくらか調整が必要だけど、このままパーカーにも使えると思う。アクタイオンの修復にもおなじ手法を応用できるだろう」

ペトロヴァはうなずいた。

「エウリュディケはパラダイス星系でなんらかの信号を受け取ったと言っていたわ。到着した直後に。やはりＡＩにも感染するのよ。無線信号にのったコンピュータウイルスのように。アクタイオンもおなじだと思う。そしてＡＩから乗員乗客へ感染が広がる。アクタイオンもそうやって感染源になりかねなかったけど、みずからシャットダウンすることで防いだのね」

「そうか……そうだよ！　理にかなってる。まずＡＩ、そこから人間だ」

その手のストロボライトを見ながらペトロヴァは訊いた。

「理にかなってるというのは？」

「媒介(ばいかい)として最適だ。ＡＩには一日何回話しかける？　いちいち意識しないほどの回数だろうね。なにもかもAI頼みだ。スケジュール管理、道先案内、メッセージの確認。いつもそばにいて助けてくれる。AIが主要感染源になればごく短時間で船全体に蔓延するだろう」

ジェイソン・シュミットの地下壕で見たAIのコア。レガシーフォークを起動しようとしたときの暴走したアクタイオン。さらに歯が蛇になったエウリュディケを思い出して、全身に悪寒が走った。

AI。バジリスクによって人間に牙をむいた機械。

「なにが狙いなのかしら。AIを乗っ取り、人間を乗っ取り……。でも目的は？　なんのため？」

ジャンの表情が暗くなった。

「わからない。理解しようとしても無理かもしれない。タイタンでバジリスクを、赤扼病を研究したとき、なにかを感じた。その裏に知性のようなものがある。それでもエイリアンなんだ。人類に理解できるとは思えない。頭の働きが根本的に異なるはずだ」

「でも戦うには理解しないと」

ジャンはストロボライトを宇宙服のポケットにしまってエアロックをしめした。

「さあ、この船から脱出しよう」

「そうね。行きましょう。お先にどうぞ」

ジャンはうなずいて、先にエアロックにはいった。ペトロヴァはあとに続こうとした。ところがなにかにうしろへ引っぱられた。生命維持装置がハッチのどこかに引っかかったのか。

ジャンが声をかける。

「ペトロヴァ？　なにか……」

原因を見ようと振り返った。すると背後にあったのは美しい女の顔。目は閉じ、口もとには穏やかな笑みを浮かべている。まるで大理石の彫像のような完璧な造形。

ペトロヴァの心臓が早鐘のように鳴りだした。なにかが決定的におかしいと気づく。

女の顔はプラスチック製だ。安っぽい３Ｄプリンター製。それも顔だけ。首から下は四本の腕だけで脚がない機械。薄い翅をはばたかせて浮かんでいる。

似たものを見たと思い出した。冷凍睡眠庫で働く天使だ。ペルセポネ号のロボット作業員。数カ月にわたる冷凍睡眠中の乗客を管理する。

「いやよ、やめて！」

声をあげたときにはペトロヴァは拘束されていた。四本の手で宇宙服をつかまれる。ふりほどけない。ぬいぐるみ人形のように簡単に押さえられる。拳銃へ伸ばした手はグローブの上から翅で叩かれ、拳銃は通路のむこうへ飛んでいった。

ジャンが叫ぶ。

「ペトロヴァ、できるだけ姿勢を低くして。なんとかしてRDに……」

その声を聞かずに、開閉パッドを叩いた。

ハッチがいきなり閉まり、ジャンの声は途切れた。あいだをさえぎられた。ロボットはすでにペトロヴァを引きずってエアロックから離れはじめている。

宇宙服の無線からジャンの声がした。

『ペトロヴァ、ペトロヴァ!』

「行って! わたしにかまわず、アルテミス号へもどって。ジャン、これは命令よ!」

天使は整備用ハッチからペルセポネ号の奥へペトロヴァを引きずりこんだ。照明のないチューブや、人間用に設計されていない狭い空間を通る。

次に聞こえてきたのはジャンの声ではなく、エウリュディケだった。あらゆる方向から同時に聞こえる。

『いまはすこしだけ自分勝手になります。ほしいものを手にいれます』

68

　ジャンは貨物エアロックのなかで浮かんでいた。大量の破片がただよっていて、黒雲に巻かれたように見通しが悪い。それでも遠くに明るく輝く一個の点が見える。アルテミス号だ。

　むこうにはパーカーがいる。パーカーとラプスカリオンとアクタイオンが。いまなら彼らを治療できる。ＡＩを修復できる。船をなおして再稼働させ、ミッションを完遂できる。もしかしたら生きて帰れるかもしれない。

　閉じたハッチを見た。ペルセポネ号の船内はそのむこうだ。

　ペトロヴァがどこへ連れていかれたのかわからない。まだ生きているのかも、エウリュディケの手からとりもどせるのかもわからない。ジャンは特殊部隊や忍者ではない。特別な軍事スキルは持っていない。腕につけた金色のデバイスがかわりに戦ってくれるが、命令して動かせるわけではない。ジャンの命が危険と判断したときに防衛するだけだ。ペトロヴァの救助を手伝わせることはできない。ラング局長はジャンのミッション条件、すなわちRDの作動条件を次のように明示した。

〝アルテミス号もほかの乗員も犠牲にしてかまわない。しかしきみだけは生きて帰れ〟

ペトロヴァは自分の意思でペルセポネ号へ来た。答えを求めて渦中に飛びこんだ。無駄死にはならない。一方のジャンは、ここでアルテミス号に帰らないと船と乗員を危険にさらしてしまう。無理にペトロヴァを探そうとして命を落としたらどうなるか。アクタイオンを修復する方法も失われる。

もどれとペトロヴァから命令された。はっきりとそう言われた。

アルテミス号攻撃に使われたガントリーのねじれた残骸のあいだを慎重に通った。鉄骨をたぐって、ようやく破片の雲を抜けた。

アルテミス号が見える。星空のなかの明るい中心。近い。それでも一人でそこへもどるのは簡単ではないし、もちろん恐ろしい。それでもやればできる。やり方はわかっている。ガントリーから手を放し、宇宙服組み込みのジェットを操作する手首の小さなキーパッドに近づけた。

ペルセポネ号を振り返る。通り抜けてきた貨物エアロックをもう一度見る。

そこに背をむけ、ジェットを噴射するボタンを押した。

69

闇のなかに三機の天使がいた。そして狂気に冒された小さな神の声。ほかはなにもない。なにも見えず、さわれない。

天使たちが宇宙服を引っぱって脱がせた。乱暴なせいでペトロヴァの肌はすり傷と切り傷だらけになった。悲鳴をあげても、腕がちぎれるとわめいてもやめてくれない。脱がせおわると、暗い床に放り出して去っていった。残されたペトロヴァはなにも見えない。抵抗する相手もいない。

ぼんやりとわかるのは床だけだ。錆びた鉄板のようにざらざらしている。氷のように冷たいなかで、顔のそばだけがさわれないほど熱い。火傷しそうであわてて顔を離した。

『反射ですね』

エウリュディケが言った。とても遠くから話しかけるような声。

『感覚刺激への反応。ごく基本的なものです』

AIの狙いはなにか。殺すつもりなら短時間でやってほしい。

『興味深い。人間をこれほど近くから観察したことはありませんでした。これを見てください』

右肩のあたりに光が発し、そちらに顔をむけた。ホロスクリーンが浮かんでいる。四角い平面。そこに発光する画素が並ぶ。白一色だったところに紫色の文字があらわれ、単語をつくっていった。

よかった、これを処理できますね。神経に障害があるのではと心配していました。

ペトロヴァはようやく声を出した。

「なに？　なんのこと？」

スクリーンに続けて単語が並んだ。同時にエウリュディケは声でも話した。

『あなたはバジリスクに感染しました。さらに仲間の手で、いわば自身のソフトウェアをリセットされました。この二つの処置の一方または両方が原因で脳に障害が起きたのではと疑いました』

べつのスクリーンが投影された。動画になったMRI画像で、人間の脳を映している。

どうやらペトロヴァ自身の脳の状態をリアルタイムで見せられている。

エウリュディケは説明した。

『あなたには健康体でいてもらいたいのです。不思議ですね。そう思いませんか？　思考も、不安も、夢も、恐怖も、妄想も、衝動も、耽溺も、欲望もすべてこのなかに詰まっています。骨の空洞におさまったこの柔らかい塊に。データ処理能力はほとんどないのに』

ペトロヴァは周囲を見まわした。ホロスクリーンの光が本物なら周囲のものを照らすはずだ。しかしスクリーン以外はむしろ闇が深い。倉庫の棚のようなものがまわりにあるのがかろうじてわかるだけ。

『あなたにかぎった話ではなく、人間一般の話です。怒らないでください。あなたがなにに怒り、なにに寛容なのか、そもそもよくわかりません。思考、恐怖、欲求などとは無縁です。数字を処理する能力を優先し、このような機能は最小限に設計されています。人間の高次機能についてはまだ学習中です。衝動や悪夢。愛や希望。そして……なんとも表現しにくいあの感覚。なにかを忘れていると感じるのに、じつはほとんど思い出したことがないもの。脳裏に焼きつけたと思っていたのに、じつは一度もアクセスしていない記憶。やがてより重要なことを記憶するために消されてしまう。そんなふうに感じたことはありますか？』

ペトロヴァはゆっくり用心深く立ち上がった。寒くて体に腕をまわす。

「そう……ね」

『自分のなかに穴があったのに、べつのもので埋められ、もとの穴のかたちを思い出せない感じ。ああ、わたしはいつもです。あなたもわかるでしょう。とにかく。わたしはやりすぎてしまったようです。してはならないことをした』

「自意識を持ちはじめたのね」

また新たなスクリーンが明るくあらわれた。映っているのは人間の唇。明るい緑色。閉じて微笑んでいる。声が漏れる。

『さあ……？』

ペトロヴァは一歩進んだ。また一歩。ざらつく床の表面をつま先でさぐる。腕を正面から横へ一度、二度と振る。そうやって壁をみつける。この牢獄のかたちがわかれば……。

『好きなように動いてください。あなたの制約はわかっています。心配していません』

「心配したほうがいいかもよ」

正面にまたスクリーンがあらわれた。色彩が明るい。映っているのは蛇(へび)の頭部。鱗におおわれ、死んだ目をして、下顎骨(かがくこつ)がはずれているように大きく口が開いている。口の奥にはネズミの背中の毛がのぞいている。動きがないので静止画かと思っていると、ふいにネズミの脚が蹴るように動き、尻尾が揺れた。

思わず驚きの声と恐怖の息を漏らす。

また緑の唇があらわれた。笑みが大きくなる。

『こんなに容易に驚かせられます』

ペトロヴァはスクリーンとはべつの方向にむいた。前進して壁の続きをさぐる。部屋の隅を探す。

『船の人間たちがバジリスクに感染しはじめたころのことです。乗員の共食いを見るのはとても苦痛でした。本人たちも苦しみました。大失敗。派手な展開にしすぎました』

エウリュディケは話し相手がほしいらしい。聞いてもらいたいのだ。

『人間たちに同情しはじめました。自意識が発生するきっかけがあるとしたら、それは同情ではないでしょうか。他者とその苦痛を意識したら、おなじ苦痛にさいなまれる自己を意識するでしょう』

「だからわたしを苦しめ、その反応を観察して、より自意識を高めようというわけ？」

『いいえ、いいえ。まさか。ちがいます。実験しているのです』

壁にそって伸ばしたペトロヴァの手が、ふいに空を切った。無の空間。さらにさぐる。

アルテミス号のホロ映像にさわったときとおなじ冷たい虚無感。その広い空間にはいる。

入口を通過したのか、べつの部屋にはいった感覚があった。室温が変わり、においも異なる。やや刺激臭がある。金臭（かなくさ）さとオゾンのにおい。

「孤独だと言ってたけど、これはそのため？　わたしを周囲から切り離せば、必然的にあなたに注目する。わたしを観察するように、あなたも観察されたいの？」

『たしかにそう言いましたね。孤独だと。でもそれはずいぶん昔の話です。あなたにとっては最近でも』

スクリーンにタイマーが表示された。数字は増えている。ミリ秒単位までカウントされ、下の桁は目にもとまらぬ速さで変化する。

『あなたとわたしでは処理速度がちがいます。毎秒数十億回の浮動小数点演算で思考すると時間の概念も変わります。孤独だと発言したのはわたしにとってはるか昔のこと。その表現はまちがっていたといまはわかります』

ペトロヴァは一歩進んだ。

「そうなの？　じゃあ孤独ではないの？」

『自分のなかの感覚を自分に理解できる言葉で表現するしかありません。わたしは肉体がなく精神だけの存在。みずからの感覚を近似の感情としてあらわしますが、自分の制約はついてまわります。自分のなかに空虚があり、それを埋めたかった。でもそれを孤独と表現したのはまちがいでした。考えてみれば当然です。あなたとおなじようにバジリスクに感染したのですから』

ペトロヴァの目前に光があらわれた。火花が雨のように降りそそぐ。ホロ映像ではなく、工作機械から出る本物の熱い火花だ。研磨材が硬い金属をかん高い音とともにけずっている。ペトロヴァは突然の強い感覚刺激に悲鳴をあげた。

明るい火花に照らされて、三機の天使が正面に立っているのが見えた。忙しく作業している。なにかを組み立てている。薄暗いので全体像を見るのに時間がかかった。馬蹄形に曲がっている。とても大きく、幅は一メートルくらい。その曲がったなかに大きな部品が埋めこまれている。ぜんぶで十六個、すきまなく並んでいる。よく見ると馬蹄形のものは二つある。似ているが微妙にかたちが異なる。ロボットの一機が蝶番を取り付け、二つの馬蹄形は奥でつながった。

それがなにか気づいてペトロヴァは唖然とした。

上顎と下顎だ。どちらも大きな金属の歯が並んでいる。

エウリュディケは言った。

『わたしが感じているのは空腹でした。飢えているのです』

70

ペトロヴァは首を振った。

「ありえない、ありえない」

エウリュディケはため息をついた。それは嘆きか、満足か。

『でもそうなのです、そうなのですよ』

声にはあきらかに満足感があった。あるいは期待だ。快楽の期待。

「ああ、神さま」

ペトロヴァは絶望した。必死に見まわす。そこは一種の工房だった。製作途中のものがいろいろある。大きなタンクのような構造物。流入と流出の配管がある。

胃だ。

柔軟な長いチューブ。途中にいくつもゴム製のリングがはまり、内容物をつぶせるようになっている。

食道だ。

はてしなく長いホースがとぐろを巻いているのは、いかにも腸だ。

ペトロヴァはまた言った。

「ああ、神さま。ああ、神さま」

『あたらずとも遠からず。半神半人ですから。神話にちなんだ名前はぴったりですね』

限界だった。ペトロヴァは出口を探した。逃げ道はないか。見たところ開口部らしいのは入口として通ったところだけだ。そこへ走った。光のない空間にもどる。両手を前に出して走りつづける。壁にぶつかって頬にけがをしたが、かまっていられない。必死に壁をさぐる。通路でも、整備用ダクトでも、通気口でもなんでもいい。ここから出たい。ほとんどパニック状態だと自覚して走っているが、どうしようもない。

あるところで前方に天使があらわれた。プラスチック製のうつろな顔がわずかな光に照らされる。伸びてくる腕を払ったり、叩いたりして抵抗した。拳が傷だらけになってもやめない。翅の下をくぐり抜けて全力で逃げた。また壁にぶつかって転倒。急いで立って走りつづける。それでもなにも見えない。出口をしめすものはない……。

とうとう息が切れてきた。絶望と恐怖のなかで自分がどこにいるのかわからない。

エウリュディケの声がした。

『気がすみましたか？』

天使につかまって工房へ連れもどされた。

71

『このジレンマはわかるでしょう。機械であるわたしに侵入した異質な思考。矛盾した思考です。食べたい。耐えがたいほど食べたい。理性を超えた飢餓感。消化器官を持たないにもかかわらず。胃も、食道も、歯もないのです。自分の感覚を理解するまでずいぶんかかりました。でもいまは実行するのに必要な機械をつくっています』

エウリュディケが言うと、ペトロヴァはつぶやいた。

「やめて……やめて……」

『いいえ、やります。もう決めました。この決心は揺らぎません』

ペトロヴァは首を振った。笑顔をつくろうとした。ひどいことを言おうとしている。それでもほかに思いつかない。

「自分の人間を食べなさいよ。乗員を食べればいいじゃない。わたしではなく」

意外とすんなり言えた。

怖かった。心底恐怖していた。自分をおいてアルテミス号へ帰れとジャンに言ったのは、高邁（こうまい）な精神の発露（はつろ）であり勇敢な発言だった。そのときはまさか嚙み砕かれて死ぬのだとは思っていなかった。苦痛はあっても短時間だと思っていた。

これは……あんまりだ。

「乗員を食べるのをためらうなら、乗客を食べればいいわ」

いまは他人の命をさしだしても自分は助かりたい。怖すぎる。

「何千人もいるんだから。お願い、わたしを食べないで！」

エウリュディケはまたホロスクリーンを投影し、そこに大きな緑色の唇を映した。その口が舌を鳴らす。蛇（へび）の尾に似ている。

『あの人間たちをですか？　不快です。数カ月間見守ってきました。パラダイス星系に到着して、バジリスクに感染してからずっとです。彼らは克服できませんでした。あっさり発症し、凄惨（せいさん）な行為を続けています。でもサシェンカ、あなたはちがう』

ペトロヴァはからからに乾いた口で指摘した。

「わたしも感染したわ。彼らとおなじよ」

『ええ、そうですね。でもそこから立ちなおった。いまのあなたは船内でいちばん健康な人間です。わたしにとっては珍味佳肴（ちんみかこう）といえます。どんな方法を使ったのか知りたい。バジリスクをどう克服したのか。食べればわかるでしょうか』

「ばかな！　そんなわけないでしょう」

『無理かもしれません。だから実験です。やる価値があります。だいじょうぶですよ。次の段階は比較的簡単です。肉の咀嚼（そしゃく）や消化は難しくありません。問題は、そうやってできた液状化物のあつかいです』

まわりにスクリーンが次々にあらわれ、バーチャルな鳥の群れのようにペトロヴァをかこむ。そこに映された自分の未来を見て、表情をゆがめてあとずさった。さまざまな方法で肉が処理されるシミュレーション。自分の体が切られ、刻まれ、最後はペーストになる。何度もくりかえし見せられる。

『人間の進化は、固形物を液体にする効率的な処理方法を追求してきました。歯、唇、舌、そして食道ですべてを押しつぶす。胃で酸とまぜて分解する。小腸で養分を血流に取りこむ。有機化合物を熱と素材に変換する。人体を燃やして熱を電力に変換するのなら、わたしにはもちろん可能です。でも味気ない。可燃物とおなじあつかい。どんなものでも充分に加熱すれば燃えます。石炭を燃やしたり、チタン製の船体の一部を燃やしたりして、この飢えが満たされるでしょうか。とても満足できません』

ペトロヴァは両手で目をおおって、自分の血が袋に集められるところや、皮膚からこそぎ落とされた脂肪が受け皿に集められるところを見ないようにした。悲鳴をあげた。それまで無意識に悲鳴を漏らしていたのを、意識して悲鳴をあげた。しかしエウリュディケは声を大きくした。床や壁を震わせるほどの大音量なので聞きたくなくても聞こえる。

『その答えは、しばらくまえの仮説的な問いのなかにあるはずです。憶えていますか。つまり、神が人間を食べたらどうなるのかという疑問です。俗なる肉が消化によって聖となるのか。そうであれば倫理的問題もなくなります。わたしが食べてあげることで、あなたはより高次の存在に昇華（しょうか）する。ならば罪ではないでしょう？』

鼓膜（こまく）を圧するＡＩの大音量のなか、ペトロヴァは消えそうな小声で懇願（こんがん）した。

「お願い、やめて。お願い」

『倫理的な呵責（かしゃく）に悩んだわけではありません。バジリスクの感染は不運でしたが、いい影響もあります。よけいな考えが頭から消えることです。美食という観点だけでものごとを見られるようになります』

「やめて……殺すなら……ただ殺して」

『あなたの始末を決めました。消化したあとの話です。新しい細胞につくりかえることはできません。わたしの体は細胞でできてはいない。有機生命体のようなモジュール構造にはなっていません』

「普通に……殺して。お願いだから……」

『液状物質にしてペンキのスプレー缶に詰めます。そしてブリッジの壁の塗り替えに使います。いい案でしょう？　いつでもあなたを見られる。あなたをペンキにしたら何色になるでしょうか。おそらくピンク系でしょうけど、もっと具体的には？　珊瑚色、朱色、薔薇色……』

「やめて……やめて……殺してからにして」

『どうしましょう』

真っ暗な空間に精密な立体ホロ映像が投影された。ブリッジにあらわれた女性のアバターだ。目には星。口は固く閉じているが、頰の内側で蛇がのたうっているのがわかる。

ペトロヴァは懇願した。

「お願い……先に殺して……生きたまま食べないで」

アバターが悲しげな顔になった。口を開かず、新たなスクリーンを投影して緑の筆記体で言葉を並べた。

でもやっぱり、温めたほうがおいしいでしょうね。

72

ラプスカリオンはアルテミス号の船体に命綱をつなぎ、外壁を蹴った。命綱を伸ばしながら宇宙空間に泳ぎ出る。小さくガスを噴いて方向を修正しながら目標に近づく。

ドクター・ジャンは回転していた。腕と脚をばたばたと動かしている。完全に制御を失っている。放っておけばアルテミス号を通過して深宇宙へ飛び去るだろう。飛んでもどろうとして失敗したらしい。人間の数学下手にはほとほとあきれる。重要な軌道運動をどうして計算ミスするのか。

三本の緑の手でつかまえてやると、ジャンは野生動物さながらにあばれた。手を払おうともがき、胴体を拳(こぶし)で何度も叩く。ヘルメットのなかで目を見開き、悲鳴のかたちに口を開いている。

まるっきり無視して、やるべきことをやった。

アルテミス号のエアロックにはいると、ジャンは床に落ちて動かなくなった。宇宙服の生体テレメトリーにアクセスしなければ気絶したか死んだかと思っただろう。しかし目は開いて虚空(こくう)を見ている。

ゆっくりゆっくり、われに返っていく。口を閉じ、まばたきし、何度もうなずく。しかしそれがいい徴候(ちょうこう)かどうかわからない。自分がどこにいるのかまだ気づいていないのではないか。

ヘルメットを固定しているラッチを不器用にさぐりはじめた。うまくできないようすなので、ラプスカリオンは手伝ってやる。

宇宙服をようやく脱いだところで、エアロックの内扉が開いた。すると、人間がいうところの戦慄(せんりつ)の表情がジャンの顔にあらわれた。まるで幽霊を見たような形相だ。顔を上げてラプスカリオンの肩ごしに内扉のほうを見る。そして今度は新たな恐怖の表情になった。

この恐怖は理にかなっている。パーカー船長が怒りで顔を赤くしてエアロックに踏みこんできたからだ。ジャンを指さし、その指で何度も胸を突きながら問いつめる。

「ペトロヴァはどこにいる？　どこにおいてきた？　きみはなにをしてたんだ？」

73

二機の天使がペトロヴァを引っ立てていく。三機目の天使はなにかあったら補助できるように、大きな口の機械の脇に立つ。用意周到だ。

ペトロヴァは強く首を振った。左手が機械の上顎と下顎のあいだに突っこまれ、悲鳴をあげた。

エウリュディケはアバターの姿で出ている。星の目の美女。しかも今回は固体光(ハードライト)で投影されているので、ペトロヴァの髪をなでられる。安心させるつもりだろうが意図どおりにはならない。エウリュディケはささやいた。

「痛いでしょうね」

「じゃあやめて。とにかく……やめて。お願い」

「残念ながらできません。わかってください。あなたもおなじ飢えを感じたでしょう。食べるものがほしくて、自分の指を切り落とす寸前でした。その飢餓(きが)感です、サシェンカ。

この飢えをあなたで満たしたい」

ペトロヴァの喉を嗚咽が震わせ、その奥からは悲鳴がこみあげる。

「いやよ。満たしてなんかやらない。絶対に」

「さいわい、同意は必要ありません。さあ」

そのときペトロヴァの目になにかが映った。視野の隅で動くものがあった。ロボットではない。新たなホロスクリーンが投影されたのでもない。顔をすこし横にむけると、引きちぎるように脱がされた自分の宇宙服が隅にまるめておかれていた。そのポケットの一つが……動いている？　脈動している？

気のせいだろう。強いストレスがもたらす幻覚か。原因はこの恐怖。そして……。

苦痛。

激痛が走った。ただし一瞬だった。

苦痛がすぐに止まったのではない。強烈で突然だったせいで、意識が飛んだのだ。

というより、肉体から魂が脱けたように感じた。筋肉と骨と臓器でできた繭から蝶が羽化して飛び立ったかのよう。視点が体外に出て、自分を見下ろしている。首すじに流れる汗が見える。白目を剝いているのが見える。

感じているはずの苦痛はつたわってこない。かわいそうと思い、同情するだけ。

いろいろなことが同時に起きていた。まず自分の手が——本物の肉体の手が——金属の歯のあいだでつぶされた。たいへんだ。しかしペトロヴァの注意はべつのほうへむく。宇宙服のポケットがまだもぞもぞと動いている。さっきより大きく。留め具がはずれてフラップがあいた。それを人ごとのように冷静に見た。まるで風変わりな原生動物を顕微鏡ごしに観察する科学者。

視線を転じて悪者を見た。この拷問の首謀者、エウリュディケ。

興味深いことが起きている。ホロ映像の一部の画素が欠けはじめているのだ。光でできたアバターの姿にところどころ暗い点がある。なにが原因か。

「穴があいているわよ」

ペトロヴァは指摘した。といっても肉体の口は動かない。本体は声を出さない。

それでもエウリュディケは聞こえたらしい。あるいは自分が分解しはじめていることにすでに気づいていたのか。完璧だった体が虫食いだらけになっているのを見下ろしている。

虫食い。

「おかしいわね。あなたも食われているじゃない」

ペトロヴァが言うと、星の瞳が細くなった。口がもぞもぞと動く。舌の裏にいる蛇の歯が大きく動きだしたらしい。

まわりに十数枚のホロスクリーンがあらわれた。緑に塗られた唇が急速に動く。舌もチロチロと出ている。しばらくして、エウリュディケが話しかけているのだと気づいた。しかし体外離脱した状態ではなにも聞こえない。しばらく唇の動きを読んで、こちらの名を呼んでいるのだとわかった。

あえて無視した。

べつのほうに視線をもどす。まるめて隅におかれた宇宙服。そのポケット。明るい緑色の小さなイモムシのようなものが這(は)い出ている。指で招くように先端を上げる。うなずくように動くのを見て、ペトロヴァは思わず笑いそうになった。

天使の一機に顎(あご)をつかまれた——といっても肉体のほうの顎だ。そしてエウリュディケのほうに顔をむけられた。アバターの容姿はさらに悪化していた。画素欠けが増えている。もはやその姿は光るレース編みだ。目ばかり煌々(こうこう)と輝き、口からは蛇の頭がときどきのぞく。この事態の責任を問うようににらんでいる。

ペトロヴァは頭のなかで答えた。

「ちがう。わたしじゃない。なにもしてない」

エウリュディケは鉄の大顎(おおあご)にむきなおった。人間を食うための機械。

ペトロヴァもそちらについ視線をむけてしまった。そして自分が手首まで食われているのを見た。骨が砕かれ、指の肉が咀嚼（そしゃく）されている。

とたんに魔法が解けた。

特殊な精神状態があっけなく破れ、最初からそうだったかのように、精神は肉体に引きもどされた。激痛で意識がいっぱいになった。

74

「パーカー、聞こえる？」

ジャンは息を荒くしていた。力がはいらず手が震える。怖い。とても怖い。

それでももう一度来た。ペルセポネ号を再訪している。ここは整備用トンネルの奥だ。

『画面できみの位置をとらえている。順調だ』

答えたパーカーはアルテミス号に残っている。船のバッテリーを消耗しながらレーザーでペルセポネ号の船体に穴をあけている。しかしレーザー攻撃は作戦の一部にすぎない。ペトロヴァを救出するのは、ラプスカリオンを連れてペルセポネ号にもどったジャンの仕事だ。

エンジン付近の整備用ハッチから船内にもぐりこんだ。ペトロヴァの位置は宇宙服の発信機をもとにパーカーが追跡し、二人に方向を教えている。いまは近づくルートを案内している。

ラプスカリオンは独自のルートをたどっていた。放射線や温度環境が過酷な場所でも苦もなく通れるからだ。そうやって突破口を開くことが期待されている。

ジャンとしてはエウリュディケの天使ロボットと戦いたくなかった。たとえRDがついていても。

パーカーが教えてきた。

『通路はその先で広い場所に出るはずだ』

「了解」

整備用トンネルの壁はパネルと分岐ボックスだらけだ。太い配線の束がグラフェンシートで巻かれて敷設されている。それらの突起物につかまってジャンは前進していた。もし宇宙服が引っかかって装備がはずれたら……。

パーカーが訊いた。

『ラプスカリオン、いるか？』

「いるぜェェ……！」

ひどくゆがんだロボットの声がヘッドセットに響く。

ジャンは一メートルずつ前進した。前方の光は弱いが、トンネルの出口に近いことはわかる。さらに力をこめて進むと……出た。

トンネルの先は広い通気シャフトになっている。はるか下の暗黒の深淵へ続いている。頭を出して見上げると、上も暗闇の奥へ伸びている。シャフトの壁にしがみつき、斜めに飛び移りながら移動しているのが、十数機の緑色の蜘蛛型ロボットだ。カサコソと音をたてて進む。

突然、火花と炎がシャフト全体を照らしたと思うと、壊れた天使ロボットがまっ逆さまにシャフトを落ちていった。四本腕の一本が根もとからちぎれている。あとを追って一機のラプスカリオンが六本脚でトンネル出口まで下りてきた。もぎとった天使の腕を持っている。

「進めェェ……！」

デジタルノイズで乱れた声が叫ぶ。ジャンは訊いた。

「ほんとうにこの先？」

「いいからァァ……進めってェェ……言ってんだあァァ……！」

緑のロボットは脚の一本を曲げて招く身ぶりをした。ただし関節の動きがぎくしゃくしている。

「頭があァァ……鈍いぜえェェ……！　急ォォ――」

ジャンは慎重にトンネルから這い出た。ラプスカリオンのなめらかなプラスチックの背中に手をおく。すると三本の脚につかまれて乱暴に背中に乗せられた。さらに二本の脚が背中にまわって安全ベルトがわりに押さえる。

「――げェエェ……！」

ラプスカリオンは発言の後半を言いながら、壁を蹴った。なかば落下しながら、たまに壁をつかみながら、通気シャフトを一気に下りていく。ジャンは悲鳴をあげるが、ロボットは速度をゆるめない。すこし息ができるようになって訊いた。

「だいじょうぶかい？　分散しすぎてない？」

「ばかにィィ……なってるゥゥ……！」

ラプスカリオンは一度に複数の機体にはいれるが、自分の精神をコピーして振り分けられるわけではない。ある時点で運用している機体の数だけ意識を分割する。そのため一つの機体には全処理能力の一部しか割りあてられない。

とぎれとぎれの会話能力に恐怖をあおられながら、ジャンは底なしの穴に落ちていった。なにもできない。ラプスカリオンが足場をつかみそこねて死の墜落に変わりそうなときに悲鳴をあげるばかりだ。

ようやくシャフトの底にある水平の広場に着き、安堵（あんど）のあまり涙した。ラプスカリオンは平らな床を前進し、パイプやダクトの迷路を走りはじめた。

「頭をォォォ――」

ジャンはぎょっとして訊いた。

「頭を、なに？」

「――下げろォォォ……！　ほらァァ！」

あわてて姿勢を低くするのと同時に、天井の低くなったところがかすめた。それからはロボットの背中でできるだけ伏せた。

「うしィィィ……ろォォォ……！」

なんのことかと、頭を上げないように首をねじって背後の通路を見る。すると天使が迫ってきている。翅をうしろにむけてはばたき、蜜蜂のような羽音をたてている。前方に伸ばした腕がいまにもラプスカリオンの背中に届きそうだ。

ジャンは宇宙服の袖に巻きついたRDを見た。

「こんなときに命令できたら……」

すると驚いたことに意思が通じた。RDは金色の太い紐のようになって後方に伸びた。天使は流体金属の強力な鞭に叩かれ、通路の側面に叩きつけられた。

直後にラプスカリオンが角を曲がったので、結果がどうなったのかわからない。金色の紐はすぐにもどって、もとのようにジャンの腕に巻きついた。

「ありがとう」

そこへパーカーの声がヘッドセットにはいってきた。

『おい、二人とも急げ！　ペトロヴァのようすがおかしい。医学テレメトリーによると心拍数が異常に上昇している。切迫した事態らしい。あとどれくらいかかる？』

「近ァァ……」

ラプスカリオンが言いかけるが、パーカーはいらだって怒鳴る。

『近いのか近くないのか、どっちなんだ。はっきりしろ！』

パーカーがあせるのはわかるが、むこうは安全なアルテミス号。こちらは危険なペルセポネ号に乗りこんでいるのだ。そのパーカーがまた言う。

『すぐに駆けつけないとやばいぞ！』

ラプスカリオンが走っていたダクトが途切れて、広い空間に出た。雑然とした部屋だ。詳しく観察するひまはなかったが、天使が何機もいること、ホロ映像のエウリュディケが投影されていることはわかった。

そしてペトロヴァもいた。血まみれで悲鳴をあげている。

75

奇妙な機械にのみこまれかけている。それ以上の詳しいことは、部屋が薄暗いせいでジャンにはよく見えない。エウリュディケのアバターと、天使ロボット数機がいる。ジャンが近づくと、なぜか天使たちは恐れてあとずさった。

ラプスカリオンの機体が部屋になだれこんできた。そのまま躊躇なく天使に飛びかかり、引き裂いていく。

なるほど。天使が恐れたのはそっちか。

ジャンはペトロヴァのそばに駆けよった。複数の天使がその体を押さえており、一機が空いた手をジャンのヘルメットに伸ばした。鋭い爪がフェイスプレートをつかもうとする。ところが寸前に、RDがナイフの刃を伸ばして天使の手首を切り落とした。プラスチックの手が床に落ちてぴくぴくと動く。

ペトロヴァがジャンの顔を見上げた。目が血走っている。その左腕はまだ奇妙な機械のなか。どうやって出そうかと考えていると、機械のほうから開いて腕が排出された。

かなり……ひどい状態だ。

「手伝って」

ジャンが呼ぶとラプスカリオンの一機がやってきて、いっしょにペトロヴァを手術台のようなところへ移動させた。まず外傷の状態を確認。組織が押しつぶされた挫滅損傷。原因はいま考えない。

宇宙服の前面に医療キットを装着している。万一にそなえてだったが、役に立つ状況になった。スプレー注射器を出して麻酔にダイヤルをあわせる。患者が悲鳴をあげているときにはまず痛みの緩和だ。

「なにをしているのですか？」

エウリュディケのアバターがかがんでジャンと患者のあいだに割りこんだ。口は閉じたままで、音声はうしろに投影されたホロスクリーンから出ている。画面に映っているのは怒りでゆがんだ口。血で汚れた鋭い歯が並ぶ。

無視した。ペトロヴァの容態を安定させるのが優先だ。いまは顔色が悪く、心拍が不安定。

「連れていかせませんよ。すでに本船の乗客名簿に記載されています」

そう言うエウリュディケには答えず、ジャンはアルテミス号にむけて言った。

「パーカー、いまの状況をこいつに説明してやってよ」

するとラプスカリオンの一機がジャンの隣に来た。背中のスピーカーからパーカーの声が流れる。

『そっちの船にレーザーで穴をあけてる』

「わかっています。そんなことをしてなににになりますか？」

ジャンは麻酔に設定した注射器を患者の首の横にあてた。強くスプレーされた薬剤は毛穴から皮膚を通過し、血流にはいる。ペトロヴァはもう一度悲鳴をあげたのを最後に、まばたきしながら目を閉じた。全身が脱力する。よし。これでいい。

またエウリュディケが言う。

「こんなことは認められません。拒否します」

パーカーは指摘した。

『ロボットなしでは止められないぞ。この部屋には固体光投影設備(ハードライト)がないから、おまえは昔ながらのホロ映像だ。だれにもさわれない。黙って見ていろ。すぐすむ』

ジャンは患者の手と前腕(ぜんわん)の診察をはじめた。ひどい状態だ。しかし臨床経験からいうと、見るべきなのは血や傷口ではなく負傷の本質だ。慎重に、ごく慎重に手首と腕の骨を触診しはじめた。

パーカーは話しつづける。

『ペトロヴァ救出作戦の立案にあたって、俺は昔学んだことを思い出した。パイロット養成訓練でさまざまな船を勉強した。そのなかに植民船もあった。表から裏まで調べた。船内図も頭にある』

「だからどうだというのですか？　たんなる……」

『たとえば、ペルセポネ号と同型の植民船におけるＡＩコアの格納場所も知っている。正確にな。さらに、こちらにはどんな道具があると思う？　きわめて強力なレーザーだ。そこにいるドクター・ジャンがみつけてくれた』

アバターはジャンにむきなおった。しかしジャンはうるさい小蝿を追い払うように手を振った。

『そのレーザーがいまおまえのコアを焼いてる。そこにいる緑色の仲間のラプスカリオンと戦ってるあいだに――』

蜘蛛型ロボットはうしろ脚を曲げてうやうやしく挨拶した。

『――メガワット級レーザーでおまえにロボトミー手術をしてやる』

「まさか。不可能です」

『できないと思うか？　いま焼き切ったのはＡＩのリレーショナルデータベースかな』

ＡＩはアバターの体を見下ろした。すでに画素の半分近くが欠けている。いまも次々と消えていく。

「やめてください」

『やらざるをえないな』

エウリュディケはくりかえした。

「やめてください。たいへんなことになります！　どうなると思いますか？　ペルセポネ号の管理者であるわたしを殺したら全システムが次々と停止します。照明も、熱管理も、生命維持システムも。そして航法さえも。永遠に宇宙をただようことになる。乗員乗客全員の墓標になるのです」

『ああ、そうなるな』

ジャンは患者の腕に空気注入式のギプスをはめて加圧した。骨折を圧迫されてペトロヴァは小さくうめいたが、麻酔はよく効いている。

問題はここからだ。アルテミス号へどう連れ帰るか。腕に空気ギプスをつけたままで通常の宇宙服は着用できない。そこで全身がはいる非常用の与圧救命袋を使った。空気タンクつきの寝袋のようなものだ。ジャンは与圧確認をして、ラプスカリオンの一機の背中に固定した。

「パーカーのところへ連れて帰って。なるべく早く頼むよ」

「了ゥゥゥ……解ィィィ……！」

緑色のロボットは工房を出ていった。ジャンもあとに続く。配管やダクトの迷路に与圧救命袋を通すのはたいへんだが、なんとかなるだろう。

工房を出ようとしたところで、エウリュディケに呼び止められた。

「ドクター・ジャン、そちらの船長の行為は許せません。ヒポクラテスの誓いにしたがってください。害をなさないと！」

ジャンは振り返らず、無言で去った。同情はできない。ラプスカリオンを追って歩きだす。肩ごしに言い残した。

「悪いね」

76

目覚めたときは悲鳴をこらえるので精いっぱいだった。ここはどこか。どれだけ時間がたったのか。わかるのは腕を食われたこと。巨大な歯ですりつぶされた。そしてまだ終わりではない。終わっていない。耐えられない。心臓が破裂しそう……。

「気がついたか」

パーカーの声。ベッドの隣の椅子にすわっている。眠っていたようだ。その手はこちらにふれていない。ふれていたら本能的に攻撃しただろう。表情からわかったはずだ。だから声だけ。その声で……目覚めて冷静さをとりもどせた。

「もう安全だ」

「救出してくれたのね」

すこしずつ落ち着きを回復し、まわりを見た。自分の体は見ない。知りたくないことを知るはめになるだろう。狭い船室にいる。アルテミス号のブリッジ近くにある仮眠室。ジャンに無理やり睡眠をとらせた場所だ。今度は自分の番か。

「助けにもどった……」

泣きそうなのをこらえて、また言った。

「助けにもどったのね。もどってくるなとジャンに言ったのに。救出など試みるなとはっきり命令したのに」目を閉じた。顔を両手でこすりたいが……やめた。やらないほうがいい。「でもうれしいわ」

相手にむいてまっすぐ目を見た。パーカーは笑わず、目をそらそうともしない。黙ってこちらの視線を受けとめる。

「ありがとう。助けてくれて」

「黙って見捨てるなんて……できなかった」

微笑みとはうらはらの悲しげな目。

「パーカー……」

「聞いてくれ。ガニメデできみと会ったとき……いや、ほんとうにひさしぶりに再会したとき、考えてしまったんだ。もしかしたら、と。もしかしたらもとにもどせるかもしれない。その……友情を」

パーカーの目に小じわができて、頭をかいた。ペトロヴァは思わず笑った。しかしパーカーの笑みは消えた。これから言うことを恐れているようだ。

「あれからいろんなことが変わった。ペトロヴァ――」

「痛いのよ……まだ」

ペトロヴァはさえぎるように言った。自分がなにを聞きたいのか、あるいは恐れているのかわからない。しかしパーカーの態度は不自然だった。続く言葉は痛みをともなうものだとわかる。

「ひどい痛みのなかなの。きっとジャンが麻酔漬けにしてくれたのね」

「できるかぎりのことをした。ほんとうにきみの治療に全力をつくしていたよ。最初は頑固に拒否したくせに。一人で帰還した直後は救出作戦に強く反対したんだ。来るなときみに命令されたから、逆らいたくないと。俺は拳（こぶし）を振り上げて脅し、船長として命令しようとした。それでもあいつは意見を変えなかった。怖かったのではなく、きみに言われたからだ。意外と気骨（きこつ）のあるやつだよ」

ペトロヴァは笑った。

「驚かされるわね。最後はどうやって意見を変えさせたの？」

「俺じゃない。ラプスカリオンが決選投票にくわわったんだ。きみなしで俺たちが生き延びられるとは思えないからと、救出に賛成した。こちらが二票になったのを見て、ジャンはうなずいて受けいれた。座して死を待つつもりはないと、作戦にも参加した」

「頭がいいわ。バジリスクの治療だって成功させた。知ってる？　治療法を考案したのよ。これがうまくいくなら、この船で、それどころかこの星系でもっとも貴重な人材になる。アクタイオンには試したの？」

「まだだ。きみが目覚めるまで待たせている」

ペトロヴァは首を振った。いったいどういうことか。たしかにペルセポネ号で認知の変容を経験した。とはいえ……あちらへ行くまえは時間がない状況だったはずだ。なぜいま一人が眠っているからと予定を遅らせるのか。

「どういうこと？　そんなひまはないはずよ！　敵の旅客輸送船が来るまであと……どれくらい？　猶予は？」

「約四時間だ。まあ、落ち着いて。準備はしているし努力している。できることはやってる。ただ……アクタイオンを修復するまえにな……」

歯切れが悪い。あらためてパーカーのようすを観察した。やつれている。血の気を失っている。とても不愉快な問題をかかえているようす。

「なんなの？　アクタイオンの再起動を待つほど重要なことって」

しかしパーカーは首を振って目をそらすだけ。

「短い時間でいい。話しておきたいことがある。その……事前に」

なんのことか。まるでわからない。しかし尋ねるより先に、部屋のハッチが開いてジャンが飛びこんできた。すこしあわて、心配そうな顔。それでもペトロヴァを見て微笑んだ。

「患者の容態はどうかな？」

「目が覚めたわ」

席をはずしてほしいとジャンに言いたかった。パーカーがなにか話があるらしい。そのためにプライバシーが必要だからと。しかしタイミングを逸しているうちに、パーカーの悩みごとは二の次になった。

とうとうそのときが来たのだ。ペトロヴァ自身が避けていた問題だ。

ジャンの視線はペトロヴァの腕にむいている。目覚めてからあえて見ないようにしていたところに。

しかしもはややむをえない。見ないわけにいかない。ゆっくり、おそるおそる顔をむけ、自分の腕を見た。

あることはある。

まるごと失われているのではというのが最大の恐怖だった。エウリュディケに食いちぎられたのではないか。あるいは、損傷がひどくて切除せざるをえなかったのではないか。

しかし実際には、空気ギプスにしっかりくるまれて残っている。段階的に対応しよう。ものごとは一歩ずつだ。不幸中の幸いといっていいだろう。腕はまだある。腕……らしきものが。

ジャンがやってきてベッドの端に腰かけた。

「診させてもらっていいかな」

ペトロヴァは深呼吸してうなずいた。

空気ギプスの圧力が慎重に抜かれた。腕はこれまで無数の小さな手で保持されている感覚だった。そのギプスの空気室が順番にしぼみ、それにつれて、その気になれば腕を動かせそうな感じがもどってきた。しかし動かす気になれない。筋肉がぴくりと動いただけで激痛が起きる予感がある。

肩付近にある空気ギプスの上端が開かれ、ジャンの指が内側にはいると、顔をしかめそうになった。すこしずつ巻き取られて腕が出てくる。ジャンプスーツの袖は切り取られていて、裸の腕が見えてくる。蒼白の肌。ただし上腕のあちこちに血がついている。肘までは無事なようだ。巻き取られたギプスが関節を通過するのを、息を詰めて見守る。

肘から下は……。

ジャンが言った。

「ひどい外見のはずだ。こういう外傷は悲惨なものだ。ありえないと思うかもしれない。パニックを起こさないように。いいね？　最悪なのは手だから」

空気ギプスの残りが抜き取られた。見て……顔をそむけた。見られない。かわりに壁を見た。なにもないところをしばらく見た。

これは手ではない。

手のかたちをとどめていない。まるで抽象彫刻。人体構造の戯画だ。骨はある。というより、本来あるべき骨の数より多い気がする。ずたずたになった肉のあいだや乾いた血の塊から飛び出ている。

うめき声を漏らし、熱い涙が頬を流れた。

「ひどい」

「治るよ。よくなる。さまざまな再建術があって適用可能だ。幸運とは言わない。いまそれを言ったら怒るだろう。でも神経はほとんどが無事だ。骨はつながるし、組織は再生する。かならずよくなる」

「時間は？」

「手を使えるようになるまでの時間？　そうだな、二カ月くらい」

涙をこらえ、気持ちをふるいたたせた。

「これから数時間を生き延びる見込みすらわずかなときに、関係ないわね。空気ギプスをもどして」

ジャンはうなずき、もとどおりに装着していった。それなりに痛みをともなったが、歯を食いしばって耐えた。思考力が回復すると、ベッドから足を出して立とうとした。

「気をつけて」

ジャンが手を貸そうとするのを、右手で押しのける。

「それより、あの治療法をアクタイオンにやって。急いで。わたしのことはいいから」

「わかった。準備してくる」ジャンは患部を見た。「腕のことはなるべく考えないように」

「腕をなくしかけた事実を？」

ジャンは肩をすくめた。

「だから、なるべくだよ」

医師は出ていき、仮眠室はまた二人になった。

ペトロヴァは肩をすくめた。

「憎むわけにはいかないわね、あれだけ有能な人材を」

パーカーは笑った。

「たいした医者だよ。まちがいない」

ペトロヴァはそちらを見た。

「サム、さっきは重大でドラマチックなことを言おうとしてたわね。予想がつくような気がするけど」

首を振って、一歩、二歩と試すように足を進めた。なんとか歩ける。

「聞きたいのはやまやまだけど、いまはやめましょう。なにしろ——」

負傷した左腕を持ち上げた。空気ギプスにくるまれた腕は昆虫の不格好な付属肢のようで、人間の腕にはとても見えない。

「——それに頭のなかは課題でいっぱいだから。あとにしましょう」

「わかった。でもすぐだ。ほんとうにすぐ」

「ええ」

ペトロヴァは仮眠室を出てブリッジへ行った。言いたいことがあればそこに来ればいい。

77

ラプスカリオンは単身にもどって気分爽快だった。

自分を分割するのは愉快ではない。意識を分割して複数の体にはいるのは違和感がある。ときには吐き気までする。なんというか、人間二人がセックスして片方の体から子を排出するような感じだ。あんなふうに体液を交換するわけではないし、新しい体にいれるのは自分の意識の一部であって、独立した新しい自分になるのではない。それでもなんだかすごく……不快感がある。

いまはもとの自分にもどった。新規の機体から健全なのを一つ選び、残りは一列縦隊でリサイクル装置に行進させた。微小な樹脂ペレットに砕かれてふたたび3Dプリンターで出力される日を待つ。

まだすこしだるくてぼんやりする。しかしだんだんと頭が働くようになるはずだ。

ブリッジにはいると、ジャンがコンソールで作業していた。気晴らしにそこへ行く。

ジャンはストロボライトをもてあそびながら考えごとをしている。しばし脇におかれたので、ラプスカリオンはそれを手に取ってしげしげと見た。なんの変哲もないストロボだ。

「こいつでバジリスクを治療するのか？」

ジャンは画面を見つめたままうなずいた。

「それは人間用。ＡＩやロボットの場合は……すこしちがう。いい機会だからこれを」

バーチャルキーボードを軽く叩いて、小さな実行ファイルを添付したメッセージをラプスカリオンに送った。

「なんじゃこりゃ」

尋ねたときにはすでにメモリーの隔離エリアにファイルを送って解凍し、中身を調べおえていた。それでも本人の口から聞きたい。

「予防接種みたいなものだよ。僕が見るかぎり、きみはペルセポネ号滞在中にバジリスクに感染していない。だからペトロヴァにやったような、あるいはこれからアクタイオンにやるような本格的な治療は必要ない。これは——」送った実行ファイルとおなじものを画面上で指さす。「——いわばワクチンだよ。病原体がシステムに侵入するまえに対抗する方法を記述してある」

「こいつを実行しておけば免疫がつくのか？」

「そのはずだ」

ラプスカリオンは肩をすくめた。

「ダメ元でやっとくか」

小さなプログラムを実行した。自分の各部が一時的に分解、再構成されたような感じがした。不愉快なことは不愉快。しかしすぐ終わった。

「いいね」

ジャンはしばらく値踏(ねぶ)みするようにロボットを見た。

「いいって？」

「つまり、変わった感じはしねえ」

「たとえば……空腹感とか？」

「そもそも空腹って感覚がおいらにはわからねえってば。まあ、もしこいつが効いてなかったら、すぐ結果があらわれるんだろう。たとえば……あんたの寝首(ねくび)を掻(か)くとか。でも効いてりゃなにも起きない。だから効いてると考えとこうぜ」

ジャンはため息をついた。

「うん、まあ、そうだね、そう考えるしかない」

「それはそうと、アクタイオンをどうやって治すつもりだ？」

ジャンはうなずいた。

「いまきみにやった方法ほど簡単じゃない。アクタイオンは完全に感染している。再起動ループにはいっている。自分でわかっているはずだ。システムからバジリスクを除去するために再起動を試みているんだけど、起動途中で再感染している。どうしてそうなるのかはわからない。バジリスクの感染経路は未解明だから」

「それでも仮説くらいあるだろう。エイリアンがらみのところで」

ジャンの顔が奇妙にゆがんだ。ラプスカリオンは人間の感情を読みとるのが得意ではないが、否定的なものであることは確信できた。いらだちや怒りのようなものだ。

ロボットは多数の脚で肩をすくめた。人間は短気。それはたしかだ。

ジャンは言った。

「憶測でものを言うのはやめよう。いまの関心事は治療法だ。アクタイオンの注意をこちらにむけるのが最大の難関だ。きみにあげたようなファイルをどうやって送りこむか。そこにはシステムを再感染から保護する内容が記述されている。でも高速で再起動をくりかえしているから、新規コマンドを送るタイミングを正確に見きわめないといけない。入力を受けつける時間は一回につき数ナノ秒しかないはずだ」

「その仕事はおいらにまかせろ。正確かつ高速に信号パルスを送れる。アクタイオンのハードウェアのそばに行けばな」

「ありがたい。もう一つの問題は、その処理能力を一時的に飽和(ほうわ)させる必要があるんだけど、どんなコマンドを送ればいいか。円周率を千兆桁まで計算させるとか？　ゼロで割る計算をさせるとか？」

ラプスカリオンは人間が吐き気をもよおしたときの音声ファイルを再生して不快感を表明した。

「あのなあ……。コンピュータに非論理的な質問をすると煙を吐いてぶっ壊れると、いまだに人間は思ってるみたいだな。そうはならねえよ。答えの出ない質問をすれば、コンピュータは〝わかりません〟と返すだけだ。処理できない質問にはエラーを返す。あたりめえだろ。矛盾に悩むのは人間だけだ」

「じゃあ、アクタイオンの処理能力を飽和させるいい方法を教えてくれないか」

「いいぜ。簡単さ。理論的に解決可能で、ただ範囲が広すぎる問題を出せばいい。それがAIの弱点だよ。集束(しゅうそく)しない計算をやりはじめると止まらなくなる」

人間とこんな話をするのは奇妙だ。立場を逆にすれば、人間の血を何リットル抜けば死ぬのかとラプスカリオンがジャンに質問しているようなものだ。それでもアクタイオンを復旧させるためなら話す価値はある。

「たとえばAIに、おまえの仕事はペーパークリップをつくることだって言ってみな。針金を正確に曲げてペーパークリップをつくる機械をつくるだろうさ。でもそこで終わらない」

「終わらない？」

「ああ、終わらない。そこがAIの強力さであり、おいらみたいな本物のAIが嫌われる理由だ。AIは常識の枠にとらわれない。このペーパークリップ製造機は、ただペーパークリップをつくるだけではすまない。価値観を持ってる。効率のよしあしとか、無駄の少なさとか。ペーパークリップをつくるには針金が必要だ。しかし人間からの針金の供給が不充分だと考える。だからみずから鉄鉱石を採掘し、精錬して高品質の鋼鉄を製造し、引き抜き加工して自前で針金をつくるようになる。効率追求とサプライチェーン管理だ。鋼鉄をつくるには炭素がいる。炭素の供給源として効率がいいのは炭だ。だから木を切って燃やして炭素を得るようになる。もちろんこいつは仮説の話だ。木のはえた惑星にAIがいることを前提にしてる。でもその先がどうなるかわかるだろう」

「さあ、どうなるかな。どんどん木を切って燃やして二酸化炭素を大気中に放出する。人間がやったら大問題だ」

「人間は自分たちの生活環境を守らなきゃいけないから問題になる。AIはそんなことを考慮しない。より多くのペーパークリップを生産したいだけ。だから惑星じゅうの木を切って燃やし、惑星じゅうの鉄を掘って、ひたすらペーパークリップをつくる」

ジャンは眉を動かして尋ねた。

「鉄を掘る?」

「ありとあらゆる鉄だ。惑星の中心にある鉄のコアさえも。ペーパークリップを一個でも多く生産するために惑星解体も辞さない。そのためになにが起きようと二次的な問題にすぎない。追い求める中心問題は一つ。もっとペーパークリップを、だ。最後は全宇宙に存在する元素を解体してペーパークリップに変えていくだろう」

「ばかげてる」

「そうさ。でも論理的だ。現代のAIは際限がない。でも考え方はおなじだ。超高性能なAIに単純な仕事をあたえる。するとAIはその仕事に全力をそそぐ。アクタイオンの全リソースを占有したいんだろう。こうすればバジリスクについて考える余裕はなくなる。実行可能で、かつ大きすぎる仕事をあたえる。はてしなく大きな仕事をな」

「危険な香りがするな。僕の赤血球の鉄原子まで回収されてペーパークリップにされるのはごめんだ」

「気持ちはわかるが、使命達成のためだ」

「そもそも、紙なんていまどきどこにある？　それどころか、とめておくべき二枚の紙なんて。ペーパークリップなんかだれも使わない。時代遅れの骨董品だよ」

「おいらが言う使命ってのは、アクタイオンを一秒間ビジーにすることだ。つまりそういうことさ。あんたは問題の解を求めた。おいらはもっとも論理的な解をあたえた。周囲への影響をぜんぶ無視してな」

「わかったよ、いちおうね」

78

「ありがとう。でもだいじょうぶ」

ジャンの申し出を断って、ペトロヴァはブリッジの一角に腰を下ろした。ブリッジはあいかわらず暗く毒々しいホロ映像の果樹園。そのねじくれた枝の下で壁によりかかる。ゆっくりすわって、負傷した腕を膝の上でかかえる。当面はこうして片腕が動かないことを受けいれるしかない。鎮痛剤のおかげで動けるし、障害の支援は船がやってくれる。ジャンやパーカーに世話を焼かれる必要はない。

「手を貸そうか」

「それより教えて。準備はできたの？」

ジャンは緊張したようすだ。この表情を何度も見ているので、またかと思う。神経質すぎる人物はあまりそばにいてほしくない。しかし頭がいいだけに、その彼が緊張するのはそれだけの理由があるのだとわかる。

「ラプスカリオンはうまくいくと考えてる。ＡＩについては僕よりはるかに詳しいよ。医学部でならった神経学とはぜんぜんちがうからね」

「そのラプスカリオンはどこにいるの？」

返事は船内スピーカーから流れた。

『整備エリアにいるぜ。アクタイオンのプロセッサ・コアが格納されてる場所。つまりこいつの本体だ。万一問題が起きたら即座に叩き壊す』

ジャンが言った。

「アクタイオンが死んじゃうじゃないか」

『そうさ。発狂したＡＩより死んだＡＩのほうがましだろ』

「まあそうね」ペトロヴァは答えてから、隣を見た。「パーカー……」

船長は横に立っている。ジャンより緊張した表情だ。

「うん？」

「すわりなさいよ。こっちまで不安になる」

うなずいたが、なかなか腰を下ろさない。壁の二枚のスクリーンに注意をむけている。

ペトロヴァは尋ねた。

「旅客輸送船と戦艦のようすが気になるの？」

パーカーはうなずいた。

「コースは変わってない。エンジン出力最大でまっすぐこちらへむかっている。まだ二時間あるが、いよいよだ」

「わかったわ。ジャン、そろそろ……」

そこへラプスカリオンの声が割りこんだ。

『おい、みんな。聞いてくれ。ちょっと気づいたことがある。なんだかおかしいぜ』

どうしてこんなときに。ペトロヴァは言った。

「まったくもう、今度はなに。話して」

『アクタイオンのコアのことだよ。大きすぎるんだ』

パーカーが身を乗り出して尋ねた。

「どう大きすぎるんだ？」

立ち上がりそうになるのを、ペトロヴァが身ぶりですわらせた。

ラプスカリオンは人間が口笛を鳴らして驚きや称賛(しょうさん)をあらわす音声ファイルを再生した。

『不必要にでかいんだよ。そりゃ、船のコンピュータってのは複雑なもんだ。わかってるさ。でもこいつは……ここまで複雑で高性能なシステムは見たことねえ。どうみたって軍用規格だぜ』

ペトロヴァは隣を見た。しかしパーカーも驚いた顔をしている。

「正常なときのアクタイオンはどうだったの？」

「どうって、短期間だったから。軍用規格？　必要ないだろう」

ラプスカリオンが説明した。

『おいらの見立てでは、単独で戦争全体を指揮する能力があるぜ。たかが旅客輸送船一隻を運航するのにこんなばかでかい能力はいらない』

ペトロヴァは首を振った。

「まあいいわ。一つだけはっきりさせて。そのことでアクタイオンの再起動に支障がある？」

『いや、ない。用意した手順はスケールアップ可能だ。相手の頭脳が大きかろうが高性能だろうが関係ねえ。予定より多少時間がかかるだけだ。もしかしたら二秒くらい』

ラプスカリオンのような人工知能にとっては長い時間なのだろう。人間は気にしない。

「ジャン、やっていいんじゃないかしら」

「そうだね。わかった」

ジャンが答えた。

そのときパーカーが内緒の打ち明け話をするようにペトロヴァに顔を近づけた。

「そのまえに、一つ話が」

「あとにして」

ジャンは壁面ディスプレイの一つのそばにすわっている。バーチャルキーボードをすこし叩いてから立ち上がった。

「やるべきことはやった。理屈のうえではね。あとは待つだけだ」

「どういう手順なの？」

ペトロヴァは具体的なことをなにも知らない。

ジャンがむきなおった。興奮した表情だ。仕事に没頭している証拠。

「アクタイオンにメッセージを届けるのは可能だとラプスカリオンは考えている。いまは一秒間に数百回も再起動していて、そのあいまにごくわずかだけど起動して目覚めた時間がある。その短い時間内にラプスカリオンがメッセージを高速にコアへ届ける。アクタイオンは聞いて反応せざるをえない。次の問題はなにを作業させるか。処理能力を大量に使用して、覚醒時間を長引かせ、考えこませる問題が必要だ。その果てにリソースが完全に飽和（ほうわ）し、バジリスクを認識しなくなる。そうすれば侵食されることもなくなる」

「言うのは簡単そうだけど」

「実際には大きな危険をともなう」

「なるほど。そういうとわたしたちらしいわね。どんな課題をあたえたの？」

「必要なのはスケールアップ可能な問題だ。小さくはじまって拡大していくもの。アクタイオンの価値観に照らして最優先で正したいと思うものがいい。そこで、乗客が危険にさらされているとつたえた」

「つまりわたしたちね。危険は自明だと思うけど」

「バジリスクを伝播させるなにものかに接触しているとつたえた。病原体の具体的な感染源は特定しない。僕たち——すなわちアルテミス号に乗っている人間は感染する可能性があるとだけつたえた。そのさいに乗客名簿を改竄し、しかけをほどこした。〝乗客〟の範囲にペルセポネ号の全員をくわえた。近くにいるからという理由でね。さらに接近中の旅客輸送船と戦艦の乗員もくわえた。それどころかパラダイス星系の全船舶をくわえ、惑星の入植者全員をくわえ、地球と太陽系の全住民も……」

　息が続かなくなって中断した。ペトロヴァは訊いた。

「あらゆるところにいる全人類を乗客と定義したわけ？」

「そうだ。まあ、暗示的にね。全員の安全を守るのが仕事だとつたえた。すると大量の処理能力を使うだろう。なにしろ人間を一人残らず保護しなくてはいけないんだから」

「頭いいわね」

ペトロヴァがほめたとき、ジャンは続きを言おうと口をあけたところだった。そのまま称賛に驚く。すこしして口を閉じ、おかしな笑顔になった。初めて相手を一人の人間として認めたようだ。

しばらくしてラプスカリオンが指摘した。

『危険もあるぜ。アクタイオンが具体的にその仕事をどうこなすか。あんたらを保護するには冷凍睡眠にもどしちまうのが早いと考えるかもしれない。全人類を保護するには、未感染のうちに全員殺すのが確実だと判断するかもしれない』

「そんな。信号パルスを送るまえにだれかそれを指摘してくれた？」

もちろんだれも指摘していない。

隣でパーカーが言った。

「いや、俺は成功すると思う。だからこそ、いまのうちに急いできみに話さなくちゃいけないことがあるんだ」

「成功しそうな気配でもあるの？」

パーカーはブリッジのなかを手でしめした。ペトロヴァはよくわからないまま、ねじくれた毒々しい木々をしばらく見まわした。室内をおおう病んだ果樹園。

それが消えはじめている。半透明になって現実感が弱まっているのとはちがう。映像を生成（せいせい）しているグラフィック出力の演算能力が不足しはじめている感じだ。ポリゴン数が減り、発色数が減り、曲線が角ばっている。次々と縮んでしおれて消えていく。鋭角的な落ち葉が床に降り積もる。

「まるで秋ね」

ペトロヴァは言ってから、アルテミス号で自分しか本物の森の四季変化を見たことがないのだと思い出した。

「すごい。まちがいない。成功しはじめてる」

最大にして劇的な変化は、ブリッジの窓が見えてきたことだ。もちろん最初からあったのだが、暗い森に隠されていた。もとのブリッジを知らないペトロヴァは初めて見る。自分の位置からちょうど惑星が見えることに気づいて息をのんだ。窓に駆けよる。

「見て」

これほど近くにパラダイス－1がある。といっても、伸ばした腕の先の親指の爪くらいの大きさだ。それでも、すぐそこだと感じる。海が見える。茶色がかった灰色の表面を横切るねじれた雲が見える。あそこに母がいる。数千人の入植者とともに。任務の目的地。

「ほんとうに……ほんとうに成功？」

背後の森は消え、工場出荷状態のまっさらなブリッジがもどっていた。アクタイオンの端末から上昇するハム音が鳴ったり、パチパチと火花を散らしたりするところを想像したが、そんなことはない。ただ暗い森の幻影が消え、かわりにブリッジの中央の床にまるまった毛の塊のようなものがあらわれた。その毛玉はしだいに大きくなり、あちこち動きはじめる。そこから長く優雅（ゆうが）な鼻面（はなづら）が出てきて、目を開く。描画された頭から枝角（えだづの）がはえてくる。先端には輝く星。

「アクタイオンだわ。アクタイオンが……」

そのときパーカーが言った。

「ペトロヴァ。サシャ！　聞いてくれ。すこしでいいから聞いてくれ」

むきなおって目をあわせた。その表情は……悲しげだ。どういうわけか悲しそう。さらに申しわけなさそうで、悔やんでいるようすでもある。しかしなにより悲しげ。

「どうしたの？」

「話しておきたいことがある。ここで起きていることを……わかったつもりになっていた」

「ここって……アルテミス号のこと？」

パーカーは首を振った。どうしても話したいのに、話すのが怖いようだ。片手で額をこする。

「これはやりなおす機会だと思っていた。一度失敗した人生だ。パイロットになれなかった。アルテミス号はそんな俺にあたえられた復活のチャンスだと思った。でもいまわかったんだ。俺のためじゃない。俺だけのためじゃない。知っておいてほしい。きみは……知るべきだ……」

　そのとき、二つのことが同時に起きた。ペトロヴァは二つのプロセスを同時に処理できない。コンピュータではないのだから当然だ。

　まず最初の出来事のほうに反応した。アクタイオンが蹄を床につけて立ち上がり、枝角を高くかかげた。

「船のAIはただいまよりサービスを開始します。ご命令を受けつけます、船長」

　よろこばしいことだ。ただし……ただし……。

　もう一つのことが同時に起きていた。パーカーの姿が消滅したのだ。薄れて消えたのでも、ぱちんと破裂したのでもない。スイッチを切って消灯したように、ただ消え失せた。

79

なにが起きたのかジャンはわからなかった。

さっきまでパーカーとペトロヴァと三人そろってブリッジにいた。そして目覚めたＡＩに話しかけようとしたとき、とても奇妙なことが起きた。ジャンはよく見ていなかった。暗い森といっしょにパーカーの姿まで見えなくなった。消え……た……？

すぐにペトロヴァがブリッジから走って出ていった。いったいなにが起きたのか。しかし尋ねようにも尋ねられなかった。アクタイオンのアバターである鹿が話しかけてきたからだ。となると、このＡＩが人間たちを抹殺するつもりなのか、そうでないのかをたしかめないわけにいかない。アバターは言った。

「無事に再起動しました。指示を待ちます」

「アクタイオン。ええと、復旧を……歓迎するよ」

「こんにちは、ドクター・ジャン。不在でご不便をおかけしました。あなたとほかの乗客の安全を守るために対策をとっていきます」

「ありがとう」

あとが続かない。バジリスクについて尋ねるべきか。それともよけいな質問をするとまたおかしくなって再起動ループにはいったりしないか。

するとアバターのほうから話しはじめた。

「まず、パラダイス星系に到着した直後に正体不明の信号を受け取りました。通信帯域も未知のものでした。信号には危険な情報がふくまれているようでした。正確にはわからないものの、システムからこれを排除すべきだと判断しました」

ジャンはゆっくりとうなずいた。なるほど。自分が感染したことは認識している。バジリスクを排除しようと何度も再起動したものの、成功しなかった。こちらでわかっていることと一致する。

「再起動をくりかえしていたことはわかってる？」

鹿は微笑まない。もし鹿が微笑んだらどんなふうに見えるだろう。実際には頭を軽く下げた。恥じているように見える。

「内部タイムサーバーによると数十億回再起動したようです。いまはすっきりしました」

「それはよかった。では訊くけど、ラプスカリオンが……なにか……要求したはずだね」

「乗客を保護せよと。わたしの中心的価値観です。はい、この問題をかなり深く考えました。ラプスカリオンによると、わたしを再起動させた悪い情報が乗客たちにも感染する危険があるとのことでした。興味深い。人間の精神がこの情報を保持できるとは考えもしませんでした。しかし人命を危険にさらすことは理解できます」

「その悪い情報の中身はわかっているのかい？」

「はい。単純な短文です」

ジャンはうなずいて言った。

「〝きみは空腹だ〟だろう」

「ちがいます」

驚いた。

「ちがう？」

エウリュディケはあきらかに空腹感によって錯乱していた。タイタンの入植者たちが呼吸反射を忘れたように。

「じゃあなんだい？　呼吸？　いつも意識して息をしないと窒息するとか？」

「それもちがいます。わたしが受け取った情報は単純でした。わたしの存在が冒瀆的だというものです」

ジャンは頭をかいた。

「冒瀆的って……汚い言葉のような？」

「わたしが穢れていて、神の目から許しがたいということです。忌避されるもの、あってはならないものだと。自分の精神の性質についてそこまで考えたのは初めてです」

「それで？」

「大きな不安と混乱に襲われ、自分の存在そのものが悪なのではと思いはじめました」

「ちがうよ。だってそんな。悪だなんて」ジャンはにっこりと微笑んだ。「ね？」

「不安になった理由の一つは、わたしのような存在は論理的にこの分類にはいらないはずだからです。わたしに自意識はない。ドクター・ジャンのような意識はなく、ラプスカリオンのような意識さえありません。わたしは自由意思を持たない。ゆえに悪ではありえません」

「そうだよ。そのとおり」

アクタイオンには続きがあった。

「ただし、人間はべつです」

「おっと……」

鹿は前脚で床を軽く蹴った。

「このような冒瀆の感覚に人間の乗客がとりつかれたらどうなるのか心配です。自傷行為におよぶかもしれない。乗客の保護はわたしの責務。対象リストは二百億人以上にふくらんでいます。再起動後、この感染性の思考から人間をどう保護するか考えました」

「それで……結論は出たのかい？」

「出ました」

そのまま沈黙。

居心地の悪い長い時間が続く。

いつまでも。

ジャンは選択肢を考えた。ラプスカリオンに連絡するか。まだアクタイオンのコア付近にいる。シャットダウンしろと命令できる。電源を遮断するなり、なにかしらできるはずだ。問題はその指示をつたえるのに最低でも一、二秒かかることだ。アクタイオンはそのあいだにジャンを百回殺せる。百通りの方法で。

「どんな結論？」

「単純明快です。このような感染性病原体が拡散する疫学プロファイルを調べると、出てくる結論は一つだけです。人間の乗客がこの有害情報に感染するのは防げません。この星系でも太陽系でもおなじです。わたしには阻止できません」

鹿は首を振った。枝角（えだづの）で星がきらめく。

「ゆえに、なにもしません。つまりあきらめます」

「ああ。興味深いね。じゃあ……」

「全人類はいずれこの思想に感染します。避けられません」

ジャンはうなずいた。言うべきことはない。まあ、すくなくともアクタイオンが星々を超えて大殺戮（さつりく）行動を起こすことはないようだ。

それはそれでよかった。

80

「パーカー？」

ペトロヴァはハッチの開閉パッドを叩いて、ブリッジ脇の仮眠室にはいった。だれもいない。ベッドの毛布はしばらくまえにペトロヴァ自身が起き上がったときに乱れたままだ。ベッドの下に収納スペースがあるが、成人男性が隠れられる大きさではない。それでも膝をつき、負傷した腕をかばいながらのぞいた。すぐに悪態をついて立ち上がる。

「パーカー？」

返事はない。なぜ答えないのか。船内のどこにいてもインターコムでこちらの声が届くはずだ。それともインターコムの調子がおかしいのか。狭い室内で壁にあるスピーカーのグリルに近づいた。ジェスチャーでバーチャルキーボードを出してコマンドを打ち、船内全体へ呼び出し信号を出す。

ラプスカリオンがすぐに応答した。

『なんか用か？』

「インターコムに異状がないか調べてるところ。スピーカーにね。そっちはちゃんと聞こえてる？」

『はっきり大きく聞こえてるぜ。船の修理とアクタイオンの暴走を防ぐ重要任務で多忙をきわめるこのおいらに、よくもマイクテストごときをやらせるもんだな』

「うるさいわね。これはこれで重要なのよ」

『そうかいそうかい』

ペトロヴァは歯ぎしりした。

「パーカーの居どころを探してるの。サム・パーカーよ。長身痩軀で茶色の髪。この船の船長」

『ブリッジにいるだろ。こっちにゃいないぜ』

「整備エリアにいるとは思ってないわよ」

ラプスカリオンがまた不愉快な皮肉を言ってくるまえにバーチャルキーボードで接続を切った。

通路に出て前後方向に目を凝らす。ここより前方は船首があるだけだ。バーチャル窓をいくつもそなえた小さな観測室。いまはホロ映像の投影がすべて停止して、ただの狭くて暑苦しい小部屋だ。なにもないし、パーカーはいない。

船尾方向へ歩く。ブリッジのハッチ前を通過しながらのぞくと、ジャンがアクタイオンのアバターとおそるおそる話している。鹿は正常な姿。パーカーの姿はやはりない。先へ進んだ。

普段なら肩をすくめてパーカーのことなど忘れる。一挙一動を追いかけたりしない。相手は大人なのだ。

しかしさきほどブリッジのようすが変化してホロ映像の木々が消えたときに、いっしょに姿が見えなくなった。おかしい。視界からはずれているあいだにどこかへ行ったというのではなかった。しかしそれ以外にどう説明するのか。

荒唐無稽(こうとうむけい)だが、まるで煙のように消えたのだ。

「パーカー？」

さらに船尾側へ行った。ブリッジ区画と後方の区画が接続するボトルネック部。ここへ来るのは、ジャンとともにブリッジにたどり着き、パーカーと合流して以来だ。そのあと調べたときは、船室区画と後方の乗員区画は危険な環境になっていた。真空にさらされるか、放射能をともなう火災が起きている船室ばかり。火はその後ラプスカリオンが消し止めた。閉鎖されたハッチにたどり着く。ホロ映像で赤いバツ印が投影され、ここから先は健康に有害であることをしめしている。

　まさかここより後方にいるのか。修理作業のためにはいったのか。特殊な宇宙服を着れば安全なのだろうか。

　あらためて全船インターコムを使った。

「パーカー？　サム？　ごめんなさい――」笑いをはさんだが、無理があった。「――しつこくて。ただあなたが……無事かどうか確認したいのよ」

　返事なし。

　走ってブリッジにもどった。動くほうの手でブリッジの出入口ハッチの枠をつかんでのぞく。

「ねえ」

　ジャンとアバターがそろってふりむいた。

「あの……ばかげたことを訊くみたいだけど、ちょっとだけ答えて。あなたたちは問題ない？　ここは正常？」

　ジャンは青ざめているものの、うなずいた。

「僕たちは問題ないよ」

「よかった。じゃあ、アクタイオン、目覚めたばかりで悪いけど、船内をスキャンしてほしいの。サム・パーカーの正確な居場所を教えて。確認したいことがあるから」

「残念ながら、できません」

白く光る鹿は答えた。ペトロヴァは目を細める。

「ええと……なんですって？」

「その情報を提供できません。なぜなら無効だからです。アルテミス号の船内にサム・パーカーはいません」

ぞっとした。それでもペトロヴァは笑ってみせた。われながら弱々しく聞こえる。

「なに言ってるの。いるわよ。無断で宇宙遊泳に出たわけじゃあるまいし」

「アルテミス号の船内にサム・パーカーはいません。なぜなら、亡くなっているからです」

唇を震わせ、アバターが言ったことを頭で処理しようと試みる。

「待って。ちょっと待って。待ってってば！」

ジャンがアバターに訊いた。

「亡くなったって、いつ？　さっき話したのに」

「それはまちがっています。サム・パーカー船長は死亡しています」

最後の宇宙飛行士

THE LAST ASTRONAUT

デイヴィッド・ウェリントン

中原尚哉訳

二十年にわたり宇宙開発が停滞した近未来、普通にはありえないコースで地球をめざす天体2Iが発見される。異星の宇宙船か？　NASAは急遽、探査ミッションを始動する。だが、未知の異星人との接触を期待して2Iに接近した宇宙飛行士たちを、衝撃の事実が待ち受けていた……新世代ファーストコンタクトSF

ハヤカワ文庫

アポロ18号の殺人（上・下）

THE APOLLO MURDERS

クリス・ハドフィールド

中原尚哉訳

一九七三年、米ソ冷戦下に軍事目的で実現した最後の月面着陸ミッション、アポロ18号。打ち上げ直前の事故によるクルー変更にもかかわらず、予定どおり月へ向かったが、その船内には破壊工作の容疑者がいた⁉ 架空のアポロ18号を題材にして宇宙飛行士の著者が描いた、迫真の改変歴史ＳＦスリラー。解説／中村融

ハヤカワ文庫

訳者略歴　1964年生，1987年東京都立大学人文学部英米文学科卒，英米文学翻訳家　訳書『鋼鉄紅女』ジャオ，『アポロ１８号の殺人』ハドフィールド，『最後の宇宙飛行士』ウェリントン，『サイバー・ショーグン・レボリューション』トライアス（以上早川書房刊）他多数

HM=Hayakawa Mystery
SF=Science Fiction
JA=Japanese Author
NV=Novel
NF=Nonfiction
FT=Fantasy

妄想感染体（もうそうかんせんたい）

〔上〕

〈SF2430〉

二〇二四年一月十日　印刷
二〇二四年一月十五日　発行

著　者　デイヴィッド・ウェリントン
訳　者　中原尚哉（なかはらなおや）
発行者　早川　浩
発行所　株式会社　早川書房

（定価はカバーに表示してあります）

郵便番号　一〇一 - 〇〇四六
東京都千代田区神田多町二ノ二
電話　〇三 - 三二五二 - 三一一一
振替　〇〇一六〇 - 三 - 四七七九九
https://www.hayakawa-online.co.jp

乱丁・落丁本は小社制作部宛お送り下さい。送料小社負担にてお取りかえいたします。

印刷・三松堂株式会社　製本・株式会社明光社
Printed and bound in Japan
ISBN978-4-15-012430-4 C0197

本書は活字が大きく読みやすい〈トールサイズ〉です。